# ANTOLOGIA UBE

organização de Joaquim Maria Botelho

São Paulo
2015

1ª Edição, Global Editora, São Paulo 2015

**Jefferson L. Alves** – diretor editorial
**Gustavo Henrique Tuna** – editor assistente
**Flávio Samuel** – gerente de produção
**Danielle Sales** – coordenadora editorial
**Deborah Stafussi** – revisão
**Ana Luísa Escorel/Ouro sobre Azul** – capa

Obra atualizada conforme o
**NOVO ACORDO ORTOGRÁFICO DA LÍNGUA PORTUGUESA**

**CIP-BRASIL. CATALOGAÇÃO NA FONTE**
**SINDICATO NACIONAL DOS EDITORES DE LIVROS, RJ**

A637
Antologia UBE/organização Joaquim Maria Botelho. – 1. ed. – São Paulo : Global, 2015.

ISBN 978-85-260-2128-0

1. Poesia brasileira. I. Botelho, Joaquim Maria.

14-17074 CDD: 869.91
CDU: 821.134.3(81)-1

**global editora e distribuidora ltda.**
Rua Pirapitingui, 111 – Liberdade
CEP 01508-020 – São Paulo – SP
Tel.: (11) 3277-7999 – Fax: (11) 3277-8141
e-mail: global@globaleditora.com.br
www.globaleditora.com.br

Nº de Catálogo: **3787**

# Sumário



## Poesias

## Contos

## Crônicas

## Crônicas

# Nosso texto e nossa voz

Nesta antologia, dividida em três partes, a UBE – União Brasileira de Escritores, com o patrocínio da Global Editora, reúne 75 autores, cada qual dono de sua voz, cada qual dando voz a uma criação.

Gostaríamos que mais autores fossem contemplados. Nossa seleção inicial, aliás, era maior. Mas a dinâmica da publicação de livros tem seus custos.

Enfim, estamos celebrando a edição de 25 contos, 25 crônicas e 25 poemas de autores associados à nossa entidade, para que perdure, além do tempo que durarem os livros, a voz dessa gente que vive da lida com a palavra, nem tão vã como vaticinou um dia o poeta. Não é vã, porque inspira vocações, acalenta imaginários, prepara espíritos e agiganta almas. A literatura é a irmã mais velha das artes, e, do fonema à sílaba, da voz ao texto, vem construindo a nossa história e a nossa identidade.

Nós, da UBE, vivemos para a literatura.

A UBE é a mais antiga associação de escritores do Brasil. Fundada em 17 de janeiro de 1958, deriva-se da fusão da Associação Brasileira de Escritores – SP e da Sociedade Paulista de Escritores, que, por sua vez, resultaram da divisão da antiga Sociedade de Escritores Brasileiros, criada em 1942, e que teve como mentores Mario de Andrade e Sérgio Milliet. Sediada na Capital paulista, a UBE é entidade nacional e conta em seus quadros com aproximadamente 3.800 associados, dos quais 1.600 ativos.

Sua missão é discutir políticas culturais que atendam aos interesses da categoria e representá-los em todas as manifestações literárias, em poesia e prosa. Também busca orientar seus associados em questões relacionadas a direitos autorais. Teve a presidi-la nomes como Paulo Duarte, Sérgio Buarque de Holanda, Mário Donato, Afonso Schmidt, Abguar Bastos, Fabio Lucas, Cláudio Willer, Ricardo Ramos, Henrique L. Alves e Levi Bucalem Ferrari.

A UBE realizou quatro Congressos nacionais de escritores. Os dois mais recentes foram o de 1985, em São Paulo, e o de 2011, em Ribeirão Preto. Ambos foram prestigiados por mais de 1.000 representantes de todo o Brasil e do exterior.

A UBE também está representada nas Bienais do Livro, especialmente nas da Câmara Brasileira do Livro, expondo em seu estande obras de associados, promovendo lançamentos e recebendo escritores visitantes. Todos os anos envia comitiva representativa para dar palestras e oficinas na conceituada Feira Nacional do Livro de Ribeirão Preto. E foi uma das entidades que assinaram, em 2010, na Alemanha, com a direção da Feira Internacional do Livro de Frankfurt, o acordo para que o Brasil fosse o país homenageado no ano de 2013. Tive o orgulho de assinar o documento, ao lado de Levi Bucalem Ferrari.

A UBE também realiza iniciativas culturais de tradição, como o movimento Mutirão Cultural, uma ação que já ofereceu cursos de oratória e literatura a mais de 30.000 pessoas. Temos celebrado convênios com entidades de relevo no Brasil e no exterior, e está sob nossa responsabilidade a publicação do jornal bimestral *O Escritor*, com colaborações, resenhas e ensaios assinados por respeitados escritores, críticos e acadêmicos associados à entidade. Está representada em diversos órgãos e instituições, como o Conselho Curador da Fundação Padre Anchieta.

Desde 1962, a UBE concede o Prêmio Juca Pato ao Intelectual do Ano que tenha produzido significativa obra literária publicada no ano anterior. Já foram agraciados com o Juca Pato grifes das nossas letras como Afonso Schmidt, Alceu Amoroso Lima, Érico Veríssimo, Jorge Amado, R. Magalhães Jr., Sérgio Buarque de Holanda, Rachel de Queiroz, Carlos Drummond de Andrade, Cora Coralina, Barbosa Lima Sobrinho, Jacob Gorender, Antonio Candido, Lygia Fagundes Telles, Aziz Ab'Sáber, Tatiana Belinky e Audálio Dantas.

Para a presente antologia, a UBE contou com o incansável trabalho do nosso então vice-presidente, Luis Avelima (correntemente conselheiro). Sem o seu concurso, a sua dedicação, a sua seriedade e o seu amor pelas letras, estes livros não teriam sido possíveis. Em nome dele, agradeço a todos os diretores, conselheiros, associados e funcionários que trabalharam para que esta edição se realizasse.

Também não posso deixar de agradecer ao meu antecessor na presidência da UBE, Levi Bucalem Ferrari, cujos esforços e tirocínio permitiram que uma antologia anterior fosse publicada pela mesma Global Editora, abrindo caminho para a continuidade dessa generosa parceria.

E, a propósito de generosidade, cabe-me cumprimentar e agradecer a família Alves pela oportunidade que abre para os autores da UBE. Ao fundador, Luiz Alves Júnior, meu velho amigo, e aos atuais condutores dessa casa editorial, Jefferson e Richard, nossos votos de que mantenham sempre o conceito de apoiar e privilegiar a literatura brasileira, nossa voz para o resto do mundo.

Joaquim Maria Botelho
Presidente da UBE

Poesias

# A Canção

Anderson Braga Horta

A canção estende as asas
e voa pela janela.

Diz-lhe o filósofo: Fica
e com requintes te ensino
minha vã filosofia...

Mas a canção bate as asas
e foge pela janela.

Que quer do mundo e da vida?
Quer as joias da coroa,
a rosa do campo, a vela
de alvura em mar de cobalto
silente vagando à toa?

Nada. A canção rufla as penas
pairando sobre a janela.

E diz-lhe o rei, que a persegue:
Que queres, canção? meu reino?
meu cavalo? minha estela?

Ri-se a canção, descuidosa,
além, além da janela.

Diz-lhe o monge: Vivifica
o torpor de minha cela!
Em troca, dou-te o cilício,
a cruz, o pecado, o inferno
a que minha alma se atrela.
Mas a canção simplesmente
dançava além da janela.

Diz-lhe o sábio: Vem comigo.
Dou-te a ciência dos astros,

te explico a equação da vida.
E só te peço o teu hálito,
o teu frescor, a delícia
que em teu seio ri e anela.

Mas a canção, pluma e vento,
vai-se através da janela.

E o guerreiro: Luz, encanto,
sombra, flor, feitiço, estrela,
botão, pérola, sargaço,
vem! vem! deixarei contigo
todo o poder do meu braço.

Mas a canção, fugidia
como lúcida arandela,
sorrindo, flutuando, leve,
se esquiva pela janela.

A canção só quer ser bela.

**Anderson Braga Horta** nasceu em Carangola, MG. É poeta, contista, ensaísta e tradutor. Entre seus livros estão: *Altiplano e Outros Poemas, Marvário, Incomunicação, Exercícios de Homem, Cronoscópio, O Cordeiro e a Nuvem, O Pássaro no Aquário, Fragmentos da Paixão: Poemas Reunidos, Pulso, Quarteto Arcaico, Antologia Pessoal, 50 Poemas Escolhidos pelo Autor, Soneto Antigo, Elegia de Varna* (bilíngue) e *Signo: Antologia Metapoética.*

# BALADA DO REI E O MENINO

Antonio Ventura

As noites do rei estão repletas de mortos
em valas fundas e coletivas
no negro frio da noite, da floresta.

Eu não, eu pássaro, eu menino.

Os dias do rei são de espertezas, traições,
ciladas, facas traiçoeiras, de repente.
O sangue ao sabor de simples vento.
O sangue do homem vampiro
escorrendo do pescoço da vítima desavisada.

Eu não, eu pássaro, eu menino.

Nas noites do rei não só o horror da morte
mas da carnificina, povoam seus sonhos,
sua consciência e não encontra vento
nem ar, na densa floresta de abutres.

Eu não, eu pássaro, eu menino.

Mas o rei dorme feliz, porque ele é o rei,
é a faca que sangra, o tiro certeiro
na pureza de Maria, no seio de Maria,
e nos filhos sem pais e sem Maria.

Eu não, eu pássaro, eu menino.

Deixe que o rei manche de sangue sua espada
mate as criancinhas e as crianças e os meninos.
Usurpe da coroa nem de prata mas de lata.
Deixe que o rei deite em leito com seus fantasmas

deixe que o rei durma com seus mortos
pois morto, morto, um dia será o rei posto.

Eu não, eu pássaro, eu menino.

**Antonio Ventura** é natural de Ribeirão Preto/SP e Juiz de Direito aposentado. Ganhou vários concursos literários em Ribeirão Preto e região. Em 1969, ganhou a primeira menção honrosa no Concurso Nacional de Contos, promovido pela Academia Catarinense de Letras de Florianópolis. Em 1971, ganhou primeiros lugares em conto e poesia no prêmio Governador do Estado, promovido pela Secretaria de Cultura do Estado de São Paulo. Em 2011, publicou sua obra poética *O catador de palavras*, livro recomendado por grandes escritores. É coordenador do núcleo da UBE da região de Mococa/SP.

# O ACAMPAMENTO*

Aricy Curvello

**1.**

Barracões contra o rio,
o ermo contra as tábuas.
Nenhum sinal para fixar-te, nenhum, senão fluxo
e passagem,
o significado para as águas, a relva pisada
em volta das casas.
Nenhum céu, nenhum, tetos de alumínio e uma
floresta de chagas.
Do que deixaste atrás e do que ainda virá de mais
longe sobre mais sombra,
chão noturno, mais noite que a noite,
mugem na Amazônia palavras sem poema
absurda coleção de pragas.
Onde a floresta começa, o Brasil acaba?

**2.**

o que é deus e o que é fera
andavam somados num calafrio
irradiação da manhã visível
o ar a ferocidade do ar
caem do céu antes da chuva
esse inarticulado grito
parece a voz da luz

**3.**

Sequer um povoado de moscas.
Um rasgão, no devastado, para se residir.
Para os lados e por detrás, floresta ainda. Adiante, para
a frente, na outra margem do rio. A pesar nos olhos e

* O poema foi editado originalmente em *Mais que os Nomes do Nada* (São Paulo: Editora do Escritor, 1996) e, depois, em espanhol, francês e italiano.

além do som.
No princípio do mundo, a madeira atroz. Silêncio
da manhã nascendo em árvores.
Vinte casas interminadas, barracões de tábuas, um
embarcadouro de nada, e os sonhos passam. Abriam-se
    cozinhas de gorduras, ossos, limites, instante
veloz, irreparável.
    Sobre o rio a cor balançava ainda os caminhos
da luz. E a luz em vento de clorofila e galhos derrubados,
árvores porém verdes, vivas
    ainda, ainda, e só tens um instante.
Só a rapidez no acampamento, contra a floresta e o rio.

**4.**

    Os verbos ardem.
    Braços grimpam.
    Não nomes, não rostos.
    Não de nenhuma aparência, como cimento
e tijolos, chegavam um povo de morenos e peixes de seda,
    a fruta-pupunha, o verniz de tartarugas como crianças.
    E a longa, longa exposição das coisas do suor,
do calor e do apetite. Um instante para o ruído e o brilho.
    Verde arder e consumir-se.
    (Nós nos alimentamos do que morre.)
    Osso e envoltura, máscara e movimento,
trabalhar entre fumos e clangores, mundo verdeal
rangente na alfombra, oficina de barulhos e marcenaria
de pregos cantantes.
    (Evoco o dia trabalhar, não
    uma palavra cortada da vida.)

**5.**

    A terra
    verdesuja
    na luz
    limpíssima
    daqueles dias
    naqueles dias.

A verdeluz,
a luz que brilhava na luz, poder imponderável.
O que vejo: não mais verei. Ilhas sem mim.
E nada permanece muito, o fulgor
nos rios da claridade, no arquipélago dos lagos,
pássaros tucanos brilhando nos cimos, nos cimos do dia,
castanheiras, a jaquirana-boia, mungubas, samaúmas.
Roçar de asas,
colorados estandartes em bandos de voos
se levantavam.
Não. Não assassinar a luz. Não me disseram
a morte próxima da orquídea e do rato silvestre, aldeias
de ninhos. Abrem, rasgam, arrebentam a terra
para as florestas perecerem
sob as primeiras, primeiras estradas.
Os homens não buscam a luz do rio. Querem
apenas bauxita bauxita bauxita – e alumínio. O Governo
quer alumínio ferro ouro cobre cassiterita chumbo
níquel. Aqui, até aqui, o horror veio tecer diademas
de injúrias, meu salário.

**6.**

Era verde
e outras cores (queimadas) se acrescentaram.
Transitamos na opinião ilusória.
Acampados no provisório, sempre, sinais
imprestáveis e um tempo sem respostas, um tempo
em que se viaja sem bagagem. Para trás, apodrecer,
cadáveres.
Verde mover-se
no grande ir-se de tudo, no fruto
das casas de tábuas, nos galpões de sujos
instrumentos, núcleos esparsos de povo, nos povoados
perdidos. No vasto país que se descobre em barcos
de grosso casco e marcha lenta.
No tempo. No tempo o revelarás.
No tempo em que quase tudo é tarde.

No tempo, nessa paisagem além
da paisagem,
quando a imagem do tempo passar,
significados para as águas, relva pisada
em volta
das casas.

**Aricy Curvello** nasceu em 1945, em Minas Gerais. Sofreu prisões e perseguições sob a ditadura militar. Viveu em várias regiões do país e no exterior. Trabalhou em projetos de interesse nacional do Grupo Cia. Vale do Rio Doce, como o Trombetas (mineração de bauxita), no norte do Pará, onde viveu em 1975-76. Integrou a direção do Proyecto Cultural Sur, organização internacional de escritores com sede em Montreal (Canadá). Foi correspondente no Brasil da revista literária *Anto* (Amarante, 1997-2000), subsidiada pelo Ministério da Cultura de Portugal/Instituto Português do Livro e das Bibliotecas. Foi correspondente da revista literária *Palavra em Mutação*, do Porto. Integrou o Conselho Editorial da revista *Literatura* (Brasília/DF). Sócio da União Brasileira de Escritores (São Paulo), da Casa do Escritor de São Roque (SP), da Sociedade de Cultura Latina de Santa Catarina (Florianópolis) e do Instituto de Artes, Ciências e Letras do Triângulo Mineiro. Sócio correspondente da UBE/RJ. Presente em antologias importantes da poesia brasileira no país e no exterior. Verbete em dicionários e enciclopédias. É tido pela crítica em geral como um dos mais destacados poetas de sua geração.

# TECIDO*

Beatriz Helena Ramos Amaral

Asa de poema – anzol
para fisgar
na mesa uma linha

um fio grafado de corda
cortes-recortes
a tessitura do nó

e a lâmina de Urano
faz legenda de
papiro no etéreo: foz

move-se a areia na vertigem:
duna
dali se extrai o néctar
de pedra

pêndulo e farol
hipótese de concha
e tempo

**Beatriz Helena Ramos Amaral** nasceu em São Paulo, onde cursou Direito (USP) e Música (Fasm). Mestre em Literatura e Crítica Literária (PUC-SP). Obras: *Encadeamentos* (1988), *Primeira Lua* (1990, em colaboração com Elza R. Amaral), *Poema sine praevia lege* (1993, finalista do Prêmio Jabuti), *Planagem, Cássia Eller – canção na voz do fogo, Alquimia dos Círculos, Luas de Júpiter, Ressonâncias* (CD, voz e sitar), com Alberto Marsicano. Coordenou na Secretaria Municipal de Cultura os ciclos *Poesia* 96/97: *Clarice Lispector, Edgard Braga*. Recebeu o Premio Internazionale di Poesia Francesco de Michelle (Caserta, Itália, 2006). Participou de Portuguesia – Encontro Internacional de Poesia (Portugal, 2011).

---

* Publicado no jornal *Folha de S.Paulo*, em 1/8/2004, e no livro *Luas de Júpiter* (Belo Horizonte: Anome Editora, 2007). Gravado no CD *Ressonâncias* (2006, Studio MC 2/MCK).

# Incêndio e charme

Betty Vidigal

Para enfrentar o mundo,
que meu amor
de mim se arme:
incêndio e charme.

Para enfrentar-me,
há que ir mais fundo:
só charme e incêndio
não vão bastar-lhe
(que sou imune).

Amor se mune
de incenso e calma,
de calma e incenso
(amor acende-o).

Amor se arma:
ciência e karma.
Atiça o lume
do olhar intenso
e afia o gume
do seu sorriso
(alfanje, sabre).

É o que é preciso:
amor me abre.

**Betty Vidigal** nasceu em São Paulo, estudou no tradicional colégio Des Oiseaux, na USP e na Escola Panamericana de Arte. Publicou os livros de poesia *Eu e a Vela*; *Tempo de Mensagem* e *Os Súbitos Cristais*; e os livros de contos *Posto de Observação* e *Triângulos*.

# Clichês

Carlos Vogt

A propósito do amor
dois pontos:
o amor ao amor excede
salvo as exceções de praxe
inscritas na prosa
da sintaxe:
uma mão lava a outra
a que condena e a que afaga
o amor o amor renova
o amor com amor se apaga

**Carlos Vogt**, poeta e linguista, publicou vários livros, entre eles: *O Intervalo Semântico: Contribuição para uma Teoria Semântica Argumentativa*; *Poesia Reunida*; *Cultura Científica: Desafios* (org.) e *Cafundó – A África no Brasil.* É coordenador do Laboratório de Estudos Avançados em Jornalismo, da Unicamp, foi reitor da Unicamp (1990-1994), presidente da Fapesp (2002-2007) e secretário de Ensino Superior do Estado de São Paulo (2007-2010). Atualmente é coordenador cultural da Fundação Conrado Wessel, Assessor Especial do Governador do Estado de São Paulo e Coordenador da Univesp.

# Anotações de viagem

Claudio Willer

1

MEIO-DIA

a Terra respira
formigas transitam por suas nervuras
arabescos de pássaros
pontuam o pausado discurso das nuvens
só existe o espaço
a paisagem lacustre
que agora cobre uma cidade submersa
e sem saber por que vim parar aqui
o que me trouxe a esta fronteira de lugares e sensações
entro n'água
a claridade me leva à deriva
flutuo no amplo
embebido no dia mais que morno
sei-me hóspede de quem tenho sido
(a superfície do lago
se desmancha no movimento dos círculos concêntricos)

2

PRAIA NA ILHA

é assim que eu gosto: ninguém por perto
só o acolchoado de areia macia
estendido entre as dunas
onde o esforço de andar
transforma os passos em gestos voltados para baixo
na direção do caldeirão
onde se debate a fumegante cordoalha
labirinto de convulsões
vazio atravessado por espasmos
novelo de tentáculos de espuma, de correnteza polar

e as mãos de gelo
que apertam a garganta e deslizam pelo ventre
são as labaredas de mar, ganchos fincados nas costas
para nos arrastar ao fundo
– penetrar nesse abismo
é navegar o dorso da morte, transformar a consciência
em pátio de ventanias –
mas, no entanto
não somos daqui
viemos de muito longe
para descobrir a derradeira praia deserta
no costão oceânico da ilha
cercada por muralhas de vento e claridade
onde cobertores de maresia
são estendidos sobre nossos corpos
mansamente reclinados
sobre a pele dourada do Tempo

[...]

4

RUÍNAS ROMANAS

Quantos poetas
já não estiveram aqui
quantos poetas
já não escreveram
sobre a ofuscante aniquilação
diante desses dramáticos perfis minerais
tão próximos da pedra original
do barro anterior à forma
coisas
reduzidas a não mais que montanha
quase natureza
coisas
na fronteira da mão que trabalha, do vento, da água
aqui
ressoam os silvos do vento

aqui
ecoa a ensandecida voz do oco, do cavo, da fresta
– silêncio matizado de sussurros
e agora
eu também sou um dos que enxergam:
o informe
o monstruoso passado
– foram os escultores do avesso
que as reduziram a isso
os autores
do cruel teorema
que nos condena ao presente
e repete
que nada sabemos, nada vale a pena
pois passado e futuro só existem
como passo para a informe eternidade
– a custo divisamos lá fora
a realidade logo ali, logo aqui:
outro lugar
onde existiremos menos ainda
nós
é que somos os fantasmas
e a solidez
é o que está aí,
nas ruínas
que não param de repetir
que isto
– NADA –
é tudo o que temos

**Claudio Willer** é poeta, ensaísta e tradutor, ligado à criação literária mais rebelde, ao surrealismo e à geração *beat*. Publicações recentes: *Um Obscuro Encanto: Gnose, Gnosticismo e Poesia*, ensaio; *Geração Beat*, ensaio; *Estranhas Experiências*, poesia. Traduziu Lautréamont, Ginsberg e Artaud. Possui textos publicados em antologias e periódicos no Brasil e em outros países. Doutor em Letras na USP, onde fez pós-doutorado e deu cursos como professor convidado. Também deu cursos, palestras e coordenou oficinas em uma diversidade de instituições culturais. Presidiu a União Brasileira de Escritores.

# PALAVRA E MISTÉRIO*

Dalila Teles Veras

*Só uso a palavra para compor meus silêncios*
Manoel de Barros

(

)

Além do mais
sabe-se
os mistérios residem
tão-somente
nas coisas inauditas

**Dalila Teles Veras** é poeta, cronista e ativista cultural. Publicou inúmeros livros, nos gêneros poesia, crônica e ensaio, dos quais se destacam *À Janela dos Dias – Poesia Quase Toda* e *Retratos Falhados*. Cofundadora do Grupo Livrespaço. Desde 1992, dirige a Alpharrabio, livraria, editora e centro cultural em Santo André, SP. Publica, desde 2009, crônicas, ensaios e poemas em seu blog literário *À Janela dos Dias*.

* Poema do livro *Retratos Falhados*, Coleção Ponte Velha, São Paulo: Escrituras Editora, 2008.

# A Musa de Firenze

Djalma Allegro

Para fazer o poema dos teus lábios
evoquei palavrões
palavras chulas...

Mas se fosse falar de tuas curvas
atentaria em tuas ancas
quando pulas
os córregos de águas brancas
marmóreas
dos afluentes do Arno
onde até os peixes
têm ares de escultura.

Enquanto deixes
ver nos teus seios salientes
de expressiva figura
a pujança de Firenze
esta terra de sábios
de videntes
de alfarrábios
que guardam séculos de luzes
mistérios e... um segredo
deste mundo.

Por isso, com teu corpo me seduzes
mas, no fundo, no fundo
tenho medo.

**Djalma Allegro** é poeta nas horas vagas e foi jornalista, ator de teatro e televisão e então advogado trabalhista. Participou de antologias, shows literários em televisão e universidades. Seu livro *Retomada* foi lançado em 1999. Coordenador do Concurso Estadual de Poesia da OAB/SP nos últimos seis anos. É Diretor 1º Tesoureiro da UBE.

# Trabalho

Eros Grau

Trabalho como um operário.
A camiseta branca que vestistes, nua,
Incorporando o cheiro do meu corpo.

Queria, de repente,
Fossem não de poeta minhas mãos.
Mãos que trabalham forjas, teares,
Automotrizes
Deslizariam, calejadas,
Muito mais doces em tuas costas.

**Eros Grau** nasceu no Rio Grande do Sul, em 1940, vivendo em São Paulo desde 1950. É Professor Titular aposentado da Faculdade de Direito da USP e ministro aposentado do Supremo Tribunal Federal. Foi professor visitante na Universidade Paris 1 – Panthéon-Sorbonne e na Universidade de Montpellier I. Tem vários livros jurídicos publicados no Brasil, na Itália e na Espanha. Pronunciou inúmeras conferências no Brasil e no exterior. Em 2007, publicou o romance *Triângulo no ponto*, em 2011, *Paris, quartier Saint-Germain des Près* e, em 2013, *Teu nome será sempre Alice e outras histórias*.

# Tão tranquila

Eunice Arruda

Tão tranquila a sala
A tarde caminha lenta impune
Portas fechadas
Ressoam vozes
Lá fora
Um telefone jamais chama

Talvez chova ainda hoje
Mas agora
Nenhum risco ou relâmpago
Posso dormir neste barco
Há árvores à margem sombreando o rio

É tão tranquila a sala
Na tarde seguindo lenta
E vibra
Ardente
Como uma palma de mão
Aqui descanso do sim e do não

**Eunice Arruda**, poeta, nasceu em Santa Rita do Passa Quatro (SP). Radicada na capital, vem desenvolvendo atividades relacionadas à literatura e dedicando-se especialmente à escritura de poemas. Cursou Comunicação e Semiótica. Com quinze livros publicados, foi premiada no Concurso de Poesia Pablo Neruda, organizado pela Casa Latinoamericana, Buenos Aires, Argentina, e é presença em antologias no Brasil e no exterior.

# Oração no Reino de Nossa Senhora do Cimo da Serra

Francisco Moura Campos

Nossa Senhora
do Cimo da Serra
quero o fervor
e as preces do povo
que abençoais
nas capelas simples
do Vosso Reino.

E moças bonitas
me trazendo os beijos
que não encontrei
escalando morros
patinando escarpas
do Vosso Reino
Nossa Senhora.

Quero Mariana
me dizendo versos
que em vão procurei
nas gargantas fundas
de águas sonoras
do Vosso Reino
Nossa Senhora.

Quero me iludir
me deitar sereno

na verde candura
– o de esquecimento!...
Do Vosso Reino
Nossa Senhora
do Cimo da Serra.

**Francisco Moura Campos** nasceu em Botucatu, São Paulo. É formado em Engenharia Civil e pós-graduado em Engenharia Sanitária. Paralelamente à atividade como engenheiro, foi editor de poesia e lançou vários poetas pela Editora Metrópolis, da qual foi sócio-diretor em 1986. Durante anos trocou experiências literárias com Carlos Drummond de Andrade.

# O ESTRANGEIRO

Gláucia Lemos

Veio vestido de areia
com seu chapéu de pirata,
corcel de crinas vermelhas
e ouro nas quatro patas.
Tinha olhos de malícia,
no queixo a barba grisalha
cor da neblina da tarde.
Um violão de onze cordas
transverso em ombro franzino.
Falava estranho sotaque
de marinheiro ou cigano.
Fabricada em couro fino
calçava bota comprida
forrada de grosso pano.

Chegou-se à minha janela
para pedir coisa pouca.
Uma banheira de prata
para lavar seu cavalo,
cobertor de puro linho,
para abrigo do seu pelo.
Também um pouco de vinho
para lhe matar a sede.
Para si mesmo só queria
um copo com água fria,
uma coberta qualquer
e a concha de uma rede
para descanso dos pés.

Torci o trinco da porta
e destravei a tramela,
Mandei que entrasse na sala,
ele aceitou prontamente
soltando a rédea amarela.

Acendi o candeeiro,
servi-lhe vinho e pão quente,
tirei-lhe a capa amassada,
dei-lhe a rede e o meu lençol,
e fiz com que se aquecesse
no meu seio e no meu sol.
E depois de adormecê-lo,
envolvida na emoção,
saí do quarto sozinha,
pisando devagarzinho
com meus chinelos na mão.

Na outra manhã o céu
sorriu com azul diferente.
Tinha um brilho de ouro novo
de doer no olho da gente.
Da janela olhei pra fora,
vi que o ramo de onze-horas
floria vermelhamente.
Lá adiante a preamar
era esmeralda e era paz.
Uma porção de aves novas
apareceu de repente
povoando os meus quintais,
cantando um gorjeio doce
em lugar dos meus pardais.
Vinha um cheiro de alecrim
na brisa que esvoaçava.
Um chuvisco de jasmins
eu não sei de onde chegava.
Pensei que aquele estrangeiro,
bruxo, príncipe ou guerreiro,
tinha magia e segredos
que ninguém adivinhava.

Preparei um pão de amoras
numa bandeja lavrada,
e vinho da melhor safra
pus na jarra de ametista

que foi obra de um artista
pra me ser presenteada.
Fui espiá-lo no quarto,
que a noite agora era morta.
Entrei com passos mansinhos,
mãos carregando carinhos,
boca em sorriso de rosas,
levemente abri a porta,
a rede estava quieta,
a janela entreaberta,
chorava o vento lá fora.
Meu lençol sozinho e frio,
fundo da rede vazio.
Ele já tinha ido embora.

Flutuando no horizonte
um pouco acima de um monte
ainda avistei uma ponta
do seu chapéu de pirata.
Sonho bom ou pesadelo,
eu o avistei da janela.
Cavalgava a madrugada
na montaria encantada
que tinha crinas vermelhas
e ouro nas quatro patas.
Nas mãos a rédea amarela,
violão transverso no ombro,
e o meu coração na sela.

**Gláucia Lemos** nasceu em Salvador, Bahia, onde reside. Graduada em Direito, tem pós-graduação em Crítica de Arte e especialização em Estética. Estudou Artes Plásticas e Música. Dedicou-se ao jornalismo e estreou como autora de livros em 1979. Escreve romances, contos, crônicas, ensaios de arte, literatura infantojuvenil e poesias. Tem 35 livros publicados, com quatro romances premiados pela Academia de Letras da Bahia, pela Secretaria da Cultura de Recife, pela UBE do Rio de Janeiro e pela UBE de São Paulo. Pertence à Academia de Letras da Bahia, ao Instituto Geográfico e Histórico da Bahia e à União Brasileira de Escritores de São Paulo.

# Borges Teresa Walt

Hamilton Faria

O poema exato de Borges
esquiva-se
do arrebatamento
Misterioso
Abstrato
Não se sabe
onde
e se
morrerá

Santa Teresa D'Ávila
ora
ao se fundir
com Deus
e as metáforas

Whitman
o velho de barbas longas
e alma de mulher
solta seus versos
em enxurrada
no coração dos amantes
e dos compatriotas
que os acolhem
nos lábios
e na alma

Poetas falam muitas línguas
Diverso o sopro de palavras

O nascedouro
é o mesmo:
o lugar
a eternidade

**Hamilton Faria** escreveu oito livros de poemas e participou de vinte antologias. Publica, desde 1976, por várias editoras e em jornais, revistas impressas e eletrônicas, sites e outras publicações de grande circulação no país. Participou de recitais, lançamentos e palestras em feiras de livro, universidades, fóruns internacionais de cultura, centros culturais e em espaços públicos (praças e ruas). Em 2011, publicou o seu primeiro livro digital intitulado *mínimoImenso*. Recebeu prêmios por trabalhos literários e culturais no Brasil e no exterior.

# SONETO

Hélder Câmara

Dorme um lobo faminto no meu peito:
dei-lhe a carne do amor, da fantasia,
dei-lhe o sangue da noite fugidia
e este monstro está sempre insatisfeito.

Dorme, sonhando neste vale estreito
co'o cordeiro da paz e da alegria,
pois só assim me recompensaria
dos grandes males que já me tem feito.

Ah! Despertá-lo!? Não, isso eu não ouso:
prefiro o mal que agora me asseguro
do que tirar tal fera do repouso...

Dorme, ressona o lobo mau, solerte,
e eu peço a todos um silêncio puro
para que nunca mais ele desperte!

**Hélder Câmara** nasceu em Fortaleza, Ceará, em 1937. Publicou o livro *Diagonais – Crônicas de Xadrez*, pela Editora Saraiva, SP, em 1996. Editou a *Revista Xadrez*, mensalmente, a partir de 1980, durante 28 números. Colaborou em diversos jornais, a partir de 1958, entre os quais *Jornal dos Sports* (RJ), *Luta Democrática* (RJ), *O Estado de S. Paulo, Gazeta Esportiva* e *Diário Popular*. É compositor de MPB e poeta.

# A PALAVRA

Luis Avelima

Sendo fibra autêntica
Teces teu canto em linho ou cânhamo
e porque autêntica te fixas em meus lábios
e me induzes ao verso.

Feito cinzel, modelas o poema no papel em sulcos,
Como ninguém, sabes enfeitiçar carvões e tungstênios.
E se te vais, não me detenho:
meu punho em gesto aflito
É nau escolhida a esperar teu regresso

**Luis Avelima** nasceu em Alagoa Nova, Paraíba. Tem diversos livros publicados e participação em antologias e suplementos literários no país e exterior. Cantor e compositor, também tradutor de obras de Fiódor Dostoiévski, Anton Tchekov, Mikhail Bulgakov, Marina Tsvietaieva e Daniil Kharms, entre outros. Foi vice-presidente da União Brasileira de Escritores.

## Caramuru

Moniz Bandeira

Em tempo de monção, o mareante relega
ao cais de onde partiu sua memória escura,
segue a derrota e terra ao longe ele procura,
no mar sem horizonte ao qual a nau se entrega.

A pátria se alontana, o oceano se desprega,
desborda a perspectiva, o céu não tem moldura,
e o mar salga a saudade e uma paixão sem cura
que o mareante ressente em sua viagem cega.

O tempo a cada aurora verte, a cada dia,
o calor sempre azul, a opressão do mormaço,
adormentando a nau em meio à calmaria.

Mas súbito se acinza o céu, torna-se baço,
o mar se desatina, a tormenta inicia
e anega a nau, enquanto a noite anegra o espaço.

§

Entre o trovão e o raio, o céu em luz estronda,
enlouquecido o mar ao vento se rebela,
e assoma e atroa e afronta e arroja a caravela,
destravada, adentrando o ventre de uma onda.

A caravela tonta os arrecifes ronda,
balouça sobre a água em meio da procela,
sopra a lufada, quebra o mastro e tomba a vela,
e contra as pedras ela esbarra e se esbarronda.

Espanto e pranto. O mar os náufragos devora.
E aquele que restou, nadando com afã,
encolhe-se na rocha onde a moreia mora.

"Caramuru-guaçu!" – gritou a cunhantã,
ao ver o homem que dentre os sargaços aflora,
quando o sol queima a noite, acendendo a manhã.

§

O mareante emergiu ante uma gente estranha,
mulheres e homens nus, adunados em festa,
corpos cor de urucum, penas de ave na testa,
batendo os pés, dançando e gritando com sanha.

Entre escombros vagueia, um arcabuz apanha,
ao revolver no escolho o que da nau lá resta;
ergue-o sobre a forquilha, e aquela arma ele apresta,
e acende a mecha e atira e realiza a façanha.

O estrépito atordoa, e os brasis assustados,
ao ver a ave tombar, entre fogo e clarão,
debandam em tropel, para todos os lados.

O mareante assombrou assim todo o sertão.
Caramuru-guaçu! – aclamavam-no aos brados!
É o homem que faz fogo e produz o trovão.

§

Irrompe do arcabuz o poder do mareante
e entre os tupinambás lhe dá a primazia.
Caramuru se afama, à tribo se afilia,
naquelas brenhas onde a guerra é tão constante.

A estrugir o arcabuz, o ferro fulminante,
os contrários abate e, em meio à frecharia,
aos golpes de tacape e atroante vozeria,
no combate, a vitória é ele que garante.

A cauinagem depois. A tribo comemora
e, bebendo e cantando e dançando, na aldeia,
do inimigo moqueado as carnes lhe devora.

Um sol avermelhado em sangue então clareia,
abrasa a mata, excita o verde, o dia aflora,
e com dentes de espuma o oceano morde a areia.

§

O mareante se torna um ser ambivalente.
Entre o mar e a floresta, indefinido, duas
almas acoita e encarna, ao suceder das luas,
naquela terra tão distante e diferente.

Mas da pátria saudade, é certo, já não sente.
Adere à natureza e, entre as mulheres nuas,
acobreadas, sorve o mel das que são suas
e lhe fazem na rede a noite sempre quente.

Uma das cunhantãs, a que mais ama e anela,
ele consigo leva, atrela à sua sina,
ao voltar ao mar antigo em uma caravela.

Numa ilha bem longe, onde o francês domina
e a caravela aporta, um padre na capela
batiza a cunhantã e a sagra Catarina.

§

Toda ilha é mistério em sua solidão.
A do corsário oculta atrás dos muros uma
existência indescoberta, envolta em bruma,
que oprime Catarina e causa depressão.

De lá ela se vai, regressa ao seu rincão,
à mata, ao sol, à praia adornada de espuma
e de sargaço, e ali Caramuru arruma
a casa e vive até que chega o Rusticão.

O donatário já de tudo se apropria,
da terra que é comum, fértil, e tem fartura,
sesmarias reparte, e propriedades cria.

Caramuru a tudo assiste, a tudo atura.
O Rusticão, porém, vai encontrar um dia,
no ventre dos brasis, a sua sepultura.

§

El-Rei, senhor d'aquem e d'além mar, não há de
perder qualquer domínio onde crê que ainda impera.
Manda um governador, que muito considera,
à terra dos brasis erguer uma cidade.

É cumprida a missão com a maior crueldade.
A bombarda castiga, os brasis exaspera,
e em meio ao fragor, chumbo e sangue, uma era
fenece quando a mata o branco estupra e invade.

No alto do promontório, encimando a baía,
lá emerge a cidade e, para que a defenda,
um muro a natureza atassalha e asfixia.

Caramuru então se transfigura em lenda,
ornada a cunhantã por uma fantasia,
como a Paraguaçu, que nunca se desvenda.

## Moribeca

Vasto e verde o horizonte ao longe se afigura,
e Moribeca tem da expedição o mando,
devassando os sertões, a mata deflorando,
em sua marcha ousada e longa desventura.

Muitos anos vagueia, ouro e prata procura,
parece uma ilusão, uma esperança vã do
mameluco, porém um dia ele vê quando
a serra resplandece ao sol em prata pura.

Moribeca conduz os nobres à colina.
Era obter as mercês tudo o quanto queria,
todas elas em mãos, para apontar a mina.

Mas ao ver-se frustrado, ele em ninguém confia,
nada revela, e sua existência termina,
deixando o enigma atrás das grades da enxovia.

## A Torre de Garcia d'Ávila

No alto de Tatuapara, a Torre é solidão,
segredos encarcera em pedras e argamassa,
e, taciturna e muda, os séculos perpassa,
atalaiando o mar e regendo o sertão.

Além da mata, a terra indefinida, o chão
hórrido, a silva agreste, onde a violência grassa,
todo senhor da Torre os seus currais espaça
e o domínio conserva em cada geração.

E a conquista prossegue em sua marcha ingente.
Sempre após a batalha ocorre o mesmo drama.
Batidos os brasis, em guerra permanente,

ao cativeiro vão, quando não degolados,
enquanto o dia murcha e a noite se esparrama
por toda a sertania, as brenhas e os cerrados

**Moniz Bandeira** é formado em Direito, doutor em Ciência Política pela Universidade de São Paulo e professor aposentado de História da Política Exterior do Brasil. É autor de mais de vinte obras, entre as quais *Presença dos Estados Unidos no Brasil (Dois Séculos de História)* e *Formação do Império Americano (Da Guerra contra a Espanha à Guerra no Iraque)*, obra que lhe conferiu o Troféu Juca Pato em 2006.

# Mesa

Mara Senna

Da mesa posta da memória,
andei recolhendo os pratos,
os fatos,
as histórias.
Recolhi os talheres,
os prazeres e os desprazeres,
os bem e os mal-quereres.
Recolhi os copos,
os corpos,
os estorvos,
os lapsos.
Só deixei a toalha limpa,
pronta para a surpresa.
A vida, muitas vezes,
é quem serve
a melhor sobremesa.

**Mara Senna** é natural de Araxá, MG, e vive em Ribeirão Preto, SP. Tem dois livros publicados: *Luas Novas e Antigas* e *Ensaios da Tarde.* Participou das antologias *Frutos da Terra, Ave, Palavra!, 10º Concurso de Poesias da Universidade Federal de São João Del-Rei,* MG, *Prêmio Sesc de Poesia Carlos Drummond de Andrade* – edições 2009, 2010 e 2011. Vencedora do I Concurso de Crônicas da Alarp em 2009 e 3º lugar em 2010, e menção honrosa no Concurso Nacional de Poesias Helena Kolody, PR (2010).

# Giz dos dias: paisagem com três mulheres ao fundo

Marco Aqueiva

## i

Só pedras no bom-dia
no olho a flora da rapidez
na pele as raízes da pedra
pedras predam flores

outra lucidez a frase sopra
prado alegria frescura
atravessando as palavras
ares grutas da memória

ainda verdes feixes suaves
aves de áspera primavera
flores frágeis, frescas pedras
pedras predam flores

nos flancos da pedra sonhos
movimento que não para
pedras que esmagam flores
a volúpia que recria pedras

na espessura do azul gruta
pedras secretam águas nuvens

de asfalto, flor de alegria dura

– bom-dia (entre cálculos)

## ii

Lá está ela
na esquina porta
fechada sob o toldo que mal beira
o peso das palavras repetindo-se infrenes.

Suas mãos aos restos como se buscassem
o aço na têmpera o peso no estilhaço
arremessando profundidades margens direções
"ai, meu lugar é um pouco mais que um lugar
a mais" e a ameaça das cinzas nos mesmos
olhos baços teima lá dentro pousando
desespero.

Pregando-se à parede
ainda faltam alguns centímetros
para os mesmos palmos de terra.

Lá nunca ela sob o toldo.
Por apenas ficar
mármore
suas carnes já em ajuste de pedra.

**iii**

As pedras estavam lá
estacionadas como é próprio
dos calçamentos
inertes como os olhos mãos
pés prolongando o calçamento

Ela gente estava lá
em pé sobre as pedras
tendo a nudez covardemente
exposta sem fazer corar
olhos mãos pés

Elas pessoas estavam lá
quase pedras germinando
nos ventos da curiosidade
colunas de inércia e um manto
florido de indiferença

Ela ainda gente estava lá
ilhada ao sol da desventura
os seios e o púbis sem outras

margens que não as pedras
olhos mãos pés também carentes
do abandono sobre as pedras
sangrando outra forma de gente
entroncada por entre as pedras

na dor (im)própr(ia) a toda gente.

**Marco Aqueiva**, professor no ensino superior, poeta e crítico, é autor de *Neste Embrulho de Nós, Sóis, Outono, Sou?* e *O Azul Versus o Cinza/O Cinza Versus o Azul*. Integrou a diretoria da UBE (2006-2010). Desenvolve, com Gonçalo Galvão, o projeto Diálogos Literatura e Psicanálise no Cinema desde 2008. Colabora, na internet, com os portais Cronópios, TriploV e Literatura sem Fronteiras. Coordena o Projeto Valise e integra o coletivo Quatati.

# NO TEMPO AZUL DAS MADRESSILVAS

Mariza Baur

é aqui, no profundo azul de mim, onde ninguém jamais esteve
que eu te quero, clandestina

escafandrista, mergulho no segredo das cavernas de alcaçuz
procuro a flor da maresia
perdido nas crateras, percorro labirintos de neblina e sal
penetro o túnel de cetim e é luz, veneno cor-de-rosa, teu coração granito

alpinista, escalo a amora amara do teu "não querer-querer"
os seios de absurdo e tango acesos se derretem aos meus beijos
e nus dançamos no cume do Everest
e é incêndio e é vertigem e tu finges que é fagulha

bandoleiro, invado tuas memórias
chantageio a saudade insana que teimas ocultar e o olhar te trai
uso armas infalíveis, palavras de pimenta e mel
dos nossos ontens, rabisco versos e é desejo
e cega me respondes que não escutas, que não podes
quem sabe um dia, no tempo azul das madressilvas

é ali, no profundo azul de ti
onde nada mais escondes, clandestina, que eu te espero.

**Mariza Baur** é advogada, jornalista, escritora, membro do Ministério Público. Diretora da UBE – União Brasileira de Escritores de São Paulo (2010/2012). Recebeu diversos prêmios literários no Brasil e na Itália, entre eles: XXVII e XXV Prêmio Nosside, Reggio Calabria (Itália) 2009 e 2011, Prêmio Lila Ripoll, Porto Alegre (RS), 2010 e 2011, VII Concurso de Poesia OAB, São Paulo (SP), 2010, III Prêmio Literário Canon, São Paulo (SP), 2010, XXII e XX Noite de Poesia, Campo Grande (MS), 2007 e 2009, XXX Concurso Literário Felippe D'Oliveira, Santa Maria (RS), 2007, XVII Concurso de Contos José Cândido de Carvalho, Campos (RJ), 2007, Prêmio Cataratas, Foz do Iguaçu (PR), 2006. Publicou contos, crônicas e poemas nas antologias *DesAMORdaçados* e *Contos de Abandono* e na antologia *Prêmio Nosside* (sob a chancela da Unesco).

# Toada 121 anos depois

Nei Lopes

Hoje, daqui a pouco, aqui,
Dezenas de nós, em todo canto,
Ergueremos aos céus
Os punhos desimbambados
As cacundas libertas de libambos
Toando ao ritmo rouco das angomas
Gingando, cambalhotando
Ao som de nossos frouxos berimbaus.
Ali,
Estarão aqueles
Que não inventaram nem o ritmo
Nem a ginga,
Com seus *dread-locks* de fio plástico
Seus abadás de feira
Seus laguidibás de camelô
Ares compungidos por exigência do mercado.

Mas que sejam bem-vindos!
E que sejam louvados! Saravá.

Enquanto isso,
Aqui, lá, acolá, e desde sempre
No escuro dos arquivos
No mistério dos pejis e gongás
Nos templos fora-do-comércio
No exílio da mente
Outros tantos
Mas nem tantos
Evocarão nosso holocausto mambembe,
Sem público, sem lobby, sem audiência

Com a chama só de uma vela
Mais três gotinhas de água fresca
Uma caneca de café
E uma tamina de angu
Depositados ao pé desta lembrança.

**Nei Lopes**, escritor e compositor popular, nasceu no subúrbio carioca de Irajá em 1942. Bacharel em Direito e Ciências Sociais pela UFRJ, tem publicada em livros vasta obra centrada na temática africana e afro-originada. Entre seus livros publicados estão: *A Lua Triste Descamba, Dicionário da Hinterlândia Carioca, Esta Árvore Dourada que Supomos, Dicionário da Antiguidade Africana, Enciclopédia Brasileira da Diáspora Africana, Oiobomé: a Epopeia de uma Nação, História e Cultura Africana e Afro-brasileira* (Prêmio Jabuti), *Mandingas da Mulata Velha na Cidade Nova, Vinte Contos e uns Trocados* e *Novo Dicionário Banto do Brasil.* Por seu trabalho como intelectual e artista, em novembro de 2005 recebeu do governo brasileiro a Ordem do Mérito Cultural, no grau de comendador.

# Estrada mestra

Oleg Almeida

Havia uma estrada na minha frente,
uma estrada mestra pavimentada de pedras,
uma daquelas estradas que só acabam
chegando, serpente que morde seu rabo, aos mesmos
lugares donde partiram, fechando o cerco.
Era bem reta e chamativa, embora
suas antigas pedras não fossem nada garbosas,
mas todas acinzentadas, além de postas
de qualquer jeito, faltas de simetria, manchadas
de lama – numa palavra, bastante feias.
Eu ignorava aonde a régia estrada
conduziria a quem porventura pisasse nela;
tive, ainda assim, a coragem de, doido
varrido, deixar-me guiar pelo sol que se punha,
seguindo o rastro dos gênios e andarilhos.
Ia seguro de mim. Os altos pinheiros
nórdicos acompanhavam meu caminhar alegre.
O vento me dava tapas, molhava a chuva
minha cabeça cheia de sonhos extravagantes;
nada, porém, eu temia, pois era novo.
Era tão novo que sangue nos calcanhares,
insolações e pernoites ao céu aberto, dentre
tantas reviravoltas da minha viagem,
faziam com que ficasse mais pertinaz naquela
interminável corrida sem vencedores.
Anos e anos a fio, decepções à beça:
calos e cãs, e cansaço a triturar os ossos...
Maratonista por manha da natureza,
fui carregado pela fatal rapidez dos dias.
"É fácil envelheceres, enquanto moço;
é fácil envelheceres em movimento;
é fácil envelheceres fora de casa, quando
nem os semblantes dos próximos nem as fotos

amareladas recordam o transcorrer do tempo!" –
tenho-me dito ao longo da minha marcha.
Vou fatigado, mas sem retardar os passos:
pouco mudara minha visão de mundo. As altas
palmeiras esguias me acompanham hoje,
as guardiãs da estrada mestra que continua,
pavimentada de pedras, na minha frente.

**Oleg Almeida** é poeta e tradutor, nascido em 1971 na Bielorrússia e radicado desde 2005 no Brasil. Publicou os livros de poesia *Memórias dum Hiperbóreo* e *Quarta-feira de Cinzas e Outros Poemas*, além de numerosas traduções do russo (Púchkin, Dostoiévski, M. Kuzmin) e do francês (Baudelaire, P. Louÿs). É idealizador do projeto "Stéphanos: Enciclopédia virtual da poesia lusófona contemporânea" e agente cultural em Brasília.

## Rimbaud

Péricles Prade

É o poeta ao lado dos outros nesta imagem
antiga: sem jeito, magro, escuro,
a roupa quase branca
soprada por um vento sujo.

Onde estão as luzes,
As vozes,
As carpideiras do inferno?

Na perna insana repousa
o fuzil de abissínia ferrugem,
bengala de areia
no deserto de sua câimbra.

É sempre assim
que a palavra se vinga
na morada do aventureiro

**Péricles Prade** é catarinense, advogado e juiz federal, considerado um dos grandes nomes brasileiros do conto fantástico e da poesia. Dirigiu vários suplementos literários. É membro da Academia Paulista de Direito e pertence à Academia Catarinense de Letras. Algumas obras: *Os Milagres do Cão Jerônimo; Este Interior de Serpentes Alegres*; *Sereia e Castiçal*; *Nos Limites do Fogo*; *Os Faróis Invisíveis*; *Guardião dos 7 Sons*; *Jaula Amorosa*; *Pequeno Tratado Poético das Asas*; *Ciranda Andaluz*; e *Além do Símbolo*. Presidiu a União Brasileira de Escritores de 1980 a 1982.

# Soneto in memoriam

Renata Pallotini

Hei de morrer em ti, nesse teu corpo estranho
Num espanto feroz, feito de febre e fúria,
Feliz pelo que tive, amante enquanto dure
A alta fonte do amor e seu limpo rebanho.

A tua alma assassina assistirá, contente,
A um sonho agonizante e por si só perdido
E, sonho do meu sonho, esse fim terá sido
Nada de verdadeiro, o falso de quem sente.

Morrerei nos teus olhos, morrerei nas memórias
Do teu mundo cabal, cadafalso de histórias,
Rupturas, padrões, fábulas, ossos, chifres.

Sentirás o meu peso, isso que não sentiste
Senão como um olhar, talvez mau, talvez triste.
Serei por fim em ti, para que me decifres.

**Renata Pallotini** nasceu em São Paulo e nessa cidade fez seus estudos preliminares; ali se graduou em Direito e em Filosofia. Fez, mais tarde, o Curso de Dramaturgia da Escola de Arte Dramática de São Paulo, da USP. Ministrou cursos em Roma, Itália; no Peru, em Cuba e na Espanha. Poeta, dramaturga, novelista, roteirista de TV, várias vezes premiada por estes títulos. Recebeu os prêmios Molière, Anchieta e Governador do Estado, em teatro; Jabuti, em poesia; APCA, em televisão, entre outros.

# Rituais de criação

Severino Antônio

I desde cedo ele retoma
os gestos de ritual:
com uma cuia na mão
tenta recolher no ar
algumas cenas do dia
que passam rápido demais
e se dissolvem no vazio.

mas o fundo está furado
e as imagens já escorrem
por debaixo das portas
ao redor de todo o pátio,
fechadas sem chave à vista.

altas paredes tampam
a passagem ao outro lugar
onde nomes criam coisas
que vêm dançar depois
no céu, como no chão.

II sempre ilhado de ausências,
busca rejuntar pedaços,
chama vozes que se foram
e as que ainda nem ressoam.
só alguns ecos retornam
ao seu canto e à música.

mesmo sob o cerco e a sede,
não desiste do destino:
com os braços em roda
e as formas do encanto,
ele segue o sacro ofício
até um tanto da noite.

amanhã recomeça
o seu trabalho de sonho.

III

com vontade de abraçar
cada uma criatura,
reinicia seu desígnio,
o cuidado, para que as vidas
nunca sumam sem sentido.

por conta da sua lida
que vem da manhã primeira,
é que o mundo não acaba.

muitos outros, no silêncio,
atravessam as fronteiras,
recolhem restos e sombras
para recompor a luz
com a transmutação das dores.

IV

– Gaia,
criador de cosmogonias
em um fundo de quintal,

– Giollo,
que abria os silêncios
como caixa de brinquedos,

– João Jordão,
das serpentes em mandalas
sem começo nem fim,

– Olímpia,
a passarinha,
quase pousada no chão,

– Olívia,
a que cantava
para acender as coisas,

– Clarice,
a que dançava de lado,
metade com o invisível,

– Nelico,
que fazia circular
os relógios e as águas,

– Quixote e Alonso,
nômades de osso e sonho
numa terra sem ventura,

– Míchkin,
príncipe sem reinos,
aquele de tanta ternura,

– Friedrich,
um e outro, quase calados
nas suas torres de exílio,

– Vincent,
em meio aos vórtices
das sementes solares,

– Antonin,
a martelar as fendas
entre a carne e o espírito,

– Afonso e Policarpo,
que reuniam palavras
para transformar os dias,

– Arthur,
com os fios azuis e o manto
de enredar o sagrado,

onde estiverem, escutem:
seus corpos fazem pontes
entre a história e a poesia.

o que poderia ter sido
e o que tenta vir a ser
têm morada em seus olhos.

a criação não tem término,
com as suas mãos que sonham.

os amores se arrastam
entre as formas imperfeitas,
cedo ou tarde se constelam.

os sinais que recordam
a irmandade das coisas
permanecem pela Terra
e na rota das estrelas.

**Severino Antônio** nasceu em Cachoeira Paulista, SP. Obras publicadas: *A Irmandade de Todas as Coisas: Diálogos sobre Ética e Educação*; *Uma Nova Escuta Poética da Educação e do Conhecimento: Diálogos com Prigogine, Morin e outras vozes*; *O Visível e o Invisível (A Redescoberta do Sagrado, O Reencantamento do Mundo, A Matéria Amada)*; *Novas Palavras* (com Emília Amaral e outros); *Redação: Escrever é Desvendar o Mundo*; *A Menina que Aprendeu a Ler nas Lápides e Outros Diálogos de Criação*; *Educação e Transdisciplinaridade – Crise e Reencantamento da Aprendizagem*; *A Utopia da Palavra – Linguagem, Poesia e Educação: Algumas Travessias*; *Redação* (com Emília Amaral e Mauro Ferreira).

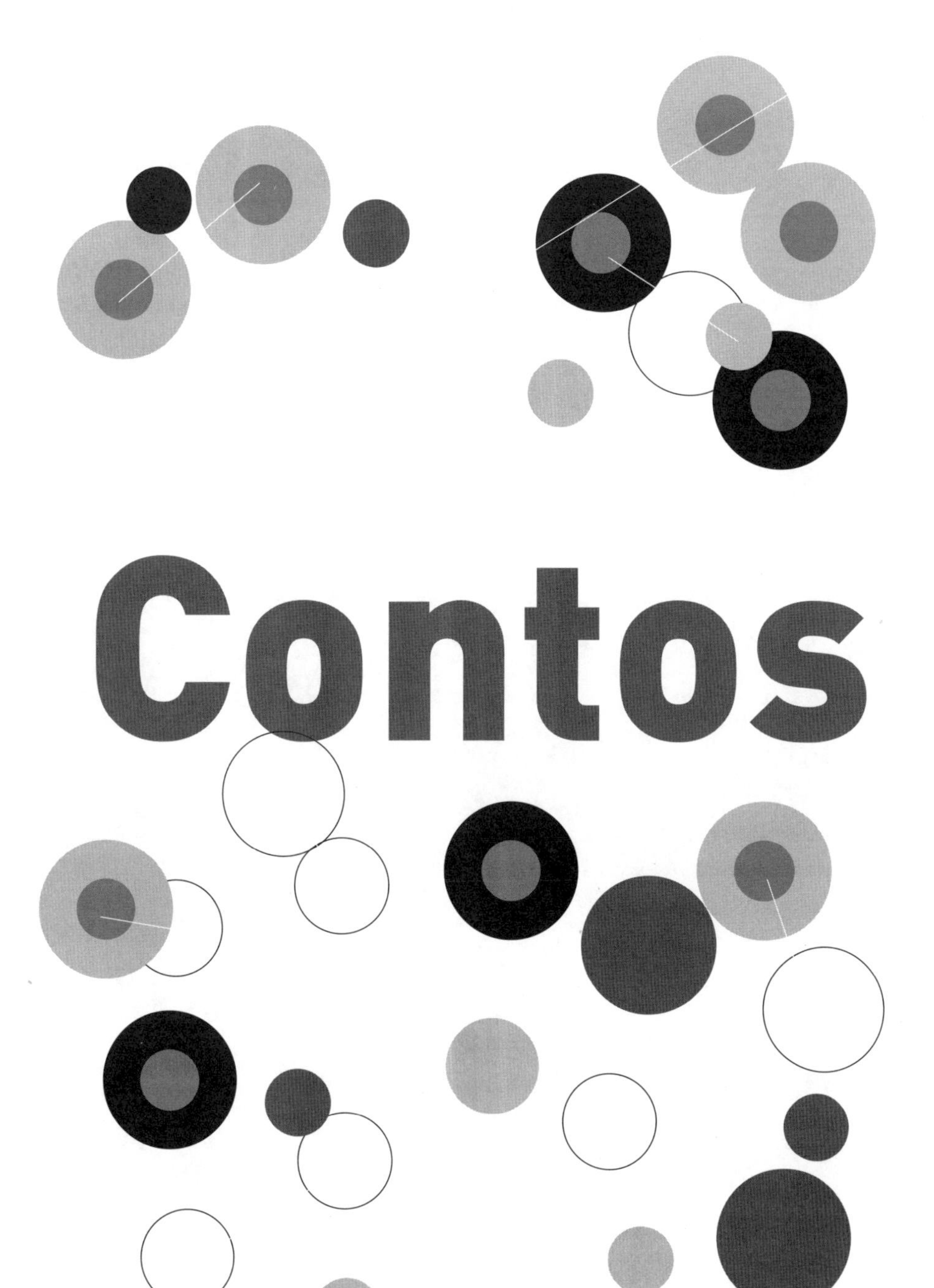
Contos

# Katmandu

Anna Maria Martins

*Ah, Katmandu Katmandu,*
*quem te ignorava que não*
*mais te ignore.*
Krisha (Nepal, 1971)

*Gap* foi a palavra. Outra não me serviu. Abertura fenda brecha diferença hiato lacuna. Nenhuma me satisfez. Era *gap* mesmo.

– Você é muito fresca com essa sua mania de usar palavras estrangeiras. Nosso idioma é riquíssimo, haja vista a palavra "saudade" (desculpe o exemplo tão óbvio), que não se traduz.

– Mas nenhuma traduz *generation gap*. – O meu eu irritadiço e desarrazoado recusou-se de imediato a entrar nessa de riqueza vocabular, equivalências, expressões substitutivas e outras que tais. O eu mais sensato ainda tentou argumentar. Dei-lhe um golpe rápido e traiçoeiro: ele amoitou.

Solto, e sem ter quem lhe contra-argumentasse, o outro, o desarrazoado, insistiu na *generation gap*. E sua irritação desenvolveu-se em elucubrações infindáveis: causas, teorias, estatísticas, pesquisas, efeitos na vida cotidiana, o difícil relacionamento, os exemplos à mão. E por aí afora. Foi se desamarrando. Antes que se soltasse de todo, dei-lhe um puxão com firmeza. Voltamos à base e, momentaneamente, nos equilibramos.

Minha irritação não é visível a olho nu ou em primeira instância. Grande prática em disfarces, eu tenho. Trata-se de uma simuladora, concordamos. O autocontrole, esticado às raias da exacerbação, ao observador mais arguto deixa apenas entrever leve rigidez muscular. A máscara moldou-se gradualmente ao comando oral. Dócil, dispensei chicote ou ferro em brasa. E não recusei o pequeno torrão de açúcar. Sou da geração prensada. A que cresceu no fundo do quintal – perdão, retifico, muitas vezes fui chamada à sala de visitas para receber o já mencionado torrão. Mais tarde, voluntariamente me retirei do *living*: o baseado revira-me o estômago. E ainda não aprendi a viver em comunidade.

– Deficiência e azar seus – não tem mesmo complacência esse eu que se presume sensato e analítico. Está sempre me pegando no pé, desculpe, na cabeça. – E ainda por cima ingrata. Se esquece (ou finge) que foi com eles que aprendeu a curtir sua comidinha natural, sua ioga, seus *jeans*, sapatilhas, rosto lavado, incenso e outras coisinhas. Demorou, mas chegou lá. E a música, então?

– Ah, seja justo. A música acompanhei *pari passu*.

– Não me venha com essa. Você continua curtindo as mesmas. Isso que você ouve, para eles já é memória. Arquivo, saudosismo. Estão noutra há muito tempo. E o que me diz da sua reforma de base, hein? Admita que se conseguiu se descartar, em uns 30%, de suas máscaras, sua rotulagem *a priori*, seus pequenos remorsos cotidianos, deve a eles. Vamos, admita.

Calada, eu procurava uma das técnicas alijatórias de assuntos desagradáveis, em que sou mestra. Trata-se de um desvio sub-reptício, rápido e eficiente. Mas não houve tempo. Enquanto eu hesitava entre as três que reputo as melhores, ele seguiu me encurralando.

– Como foi que você se desobrigou (sem aquele remorsinho incômodo) de ir a todos os aniversários, casamentos e mortes do clã? Hein? Ainda vai a todas as bodas de prata ou de papel?

– Chega. Você tem raz...

Disposta a entregar os pontos e ele nem me deixou concluir.

– Tenho razão sim. Lembra-se do último casamento (o do sobrinho nº 3), a grande reunião degluto-festiva do clã? Você chegou a se vestir inteira: a máscara impecável, os metais reluzindo, a seda escorregando suave. E a pelica rangia à medida que você se equilibrava nos saltos de sete centímetros. Pronta para sair. Quando foi dar uma última olhadela no espelho, se lembra? E viu de perto aqueles cílios pesados de rímel, a sombra azulada nas pálpebras, você não aguentou. Hoje não danço nesta tribo, você disse, eu faço a minha tribo e só danço quando quiser. Arrancou tudo: máscara, roupas, sapatos, coleira dourada, os pequenos aros reluzentes. Tudo. De rosto lavado, flutuando na túnica solta, foi preparar o seu chá (aquelas misturinhas que você gosta de fazer, variando as ervas). Desencavou de uma pilha de discos, em homenagem aos noivos, a *Marcha Nupcial* de Wagner e ficou sentada, tranquila, ouvindo a música e saboreando o seu chazinho. Está lembrada?

– Estou. Chega. Pode erguer o troféu. Mas, por favor, agora chega.

– Apenas uma última sugestão: *playback*. Vamos voltar ao momento em que você abriu a porta.

Voltamos.

Cigarro e incenso. Quando abri a porta, a fumaça bateu espessa em meu rosto. Foi se esgarçando à medida que, parada na soleira, narinas ardidas e olhos lacrimejantes, eu tentava identificar contornos. À luz fraca de um único foco, pernas, almofadas, braços e copos foram se criando. Oi, eu disse. Oi, eles responderam. Firmei a vista e entrei. No segundo passo (quando pulava uma perna), esbarrei num copo: o líquido se espalhou em meu pé, na almofada e no chão. Cerveja. Dedos grudentos e a irritação saltando bruscamente de um 2º estágio para o 10º, peguei um lenço. Merda. Que esse filho da puta pusesse o copo no chão tudo bem, mas tinha que deixar logo na entrada? Enquanto tirava a sandália e enxugava o pé, como medida preliminar para desaquecer a raiva, me concentrei na música. Milton. Pé descalço e outro calçado, andei até o banheiro, atenção firme em *Maria Maria*. Na rápida passagem pelo quarto, nem a voz do Milton conseguiu desviar meus olhos da cama: um caos. Ah, por que não voltei na segunda-feira como havia planejado? Não tinha nada que antecipar a volta, só por causa de uma reles chuvinha. Ficasse lendo, ouvindo música. Olhando o mar pela janela. E me chatearia menos.

Um banho de chuveiro, prolongado, limpa meu corpo da cerveja e do cansaço. Detergente contra o mau humor? Enrolada na toalha, à espera de um efeito talvez retardado, fico me entretendo em criar *jingles* tipo "Lave-se com sabonete *Hilariante* e sorria em qualquer circunstância" ou "Só a ducha *Sorrisão* produz o jato que lava a sua chateação". E por aí afora.

Cabeça agora trabalhando num *outdoor* anti-irritação de rápida eficácia (a fórmula do produto peço depois ao apresentador risadinha), ouço duas batidas leves e meu nome. Enfio um roupão e abro a porta, não muito, o suficiente para dar de cara com um braço estendido, a mão segurando uma xícara. Sem pires.

– Fiz um chá para você. Posso entrar? Não pus açúcar, mas se você quiser vou buscar.

Me entregou a xícara, foi entrando. Passou pela cadeira – a mala aberta em cima – pela banqueta da penteadeira, sentou-se na cama. Em meio a um bolo de cobertas e lençóis amarfanhados.

– Fez boa viagem? A gente não sabia que você ia voltar hoje.

Não era um tom de desculpa, constatação apenas. Os olhos claros firmes nos meus, fisionomia tranquila. Barba à la Cristo, rosto alongado *idem*. Cabelos um pouco mais curtos.

Tomei um gole de chá e resolvi me sentar na banqueta da penteadeira. Continuei bebendo, devagarinho, o líquido quente descendo gostoso por minha garganta ressecada.

– Não se preocupe com a pia da cozinha. Depois a gente lava a louça. Resolvemos fazer uma comidinha, estava todo mundo com preguiça de sair. Krisha cozinha muito bem. Morou um ano em Katmandu com uma família de camponeses. Eles saíam para a lavoura, ela cuidava da casa e da comida.

Fui tomando o chá e tomando conhecimento dos dotes culinários de Krisha e de suas andanças pelo Nepal. Ah, Katmandu, Katmandu, quem te ignorava que não mais te ignore.

– Vou buscar mais um pouco – pegou a xícara vazia que eu tinha colocado sobre a penteadeira. – Sem açúcar. Já vi que você gostou. O açúcar estraga o sabor do chá. Volto logo.

Pensando nas montanhas do Nepal, aproveitei para acabar de enxugar o cabelo, a essa altura quase seco. Quando ele voltou, trazendo a xícara e um violão, desliguei o secador.

– Quero que você ouça esta música. Fiz ontem à noite. Krisha já estava quase dormindo. Ela só consegue dormir ouvindo música.

Põe a minha mala no chão, senta-se na cadeira.

– Aqui está bom. Assim posso tocar melhor.

Os acordes se encadeiam, límpidos. E a letra fala de grão, semeadura, amor e ciclos da morte e vida. Em espaços rurais e telúricos as imagens se cruzam, fundem-se: uma opção de vida.

Corcéis retesados, as cordas empinam, e meus olhos de prendem a esse cavalgar seguro. Som de vento e sussurro de crina, as cobertas da cama movem-se em ondulações coloridas. O risco azul da manta, agora estreito rio fendendo a terra. Cavalgo vales e promontórios, desço à planície e me sento à beira do rio.

Ele continua tocando. Já não fala em semente e semeadura. Apenas toca. Acompanho o movimento de seus dedos, desço os olhos por seus *jeans* puídos, as sandálias gastas. Ergo a vista: os olhos azuis me encaram com limpidez e alegria, a cabeça oscila levemente ao ritmo da música.

Na cama as cobertas amarfanhadas, no chão a mala por desfazer, roupas espalhadas, cinzeiros repletos e copos sobre a penteadeira. Vou registrando, com tranquilidade, a desintegração do meu espaço organizado, e acho que esse pequeno caos não tem a menor importância.

Amanhã ponho as coisas em seus devidos lugares, dou ordem em tudo, e a vida retoma seu curso. Isto é, retomo o meu curso.

**Anna Maria Martins,** paulistana, é membro da Diretoria da Academia Paulista de Letras, na qual tomou posse em 1992, e conselheira da União Brasileira de Escritores. Seus contos figuram em diversas antologias e lhe renderam prêmios importantes. Publicou *A Trilogia do Emparedado e Outros Contos* (Prêmio Jabuti, revelação de autor, e Prêmio Afonso Arinos, da ABL, em 1973); *Sala de Espera*, 1978; *Katmandu* (Prêmio INL, 1983); *Retrato sem Legenda*, 1995, e *Mudam os Tempos*, 2003.

## O ACASO DA VINGANÇA

Arine de Mello Junior

Era tarde de ventania e Zé do Calço foi encilhando sua égua alazã.

Montado, olhou para trás e viu a casa pegando fogo. Ouviu gritos, mas continuou parado e, em seguida, deu as costas e partiu.

Para ele, bem feito, o capeta estava sendo torrado com casa e tudo.

Dez léguas à frente, no riacho, deixou a égua beber, bebeu e molhou a cabeça.

A égua foi pastar, e ele sentou-se e olhou para o céu. Estava com sono, a noite passada em claro tirava-lhe a disposição. Não queria continuar a jornada e improvisou um rancho de sapé para passar a noite que foi descendo escura como nunca.

Cuidava da égua num raio de poucos metros que a corda alcançava e de longe, na escuridão, só a brasa do seu cigarro de palha dava-se para ver.

Em seguida, mal apagando o cigarro de palha, colocou-o entre os galhos secos da precária estrutura que segurava o sapé e adormeceu, mas o vento continuou a soprar e do nada seu cigarro voltou a mostrar a brasa queimando o resto do fumo.

Levada pelo vento, uma faísca incendiou o sapé, e ele nunca mais acordou...

Zé do Calço foi para o céu e lá um anjo lhe perguntou: "foi você que tentou matar o capeta?" – ele, mais que depressa, respondeu:

– Foi sim, seu anjo... Torrei o danado que chegou a "fedê" capeta queimado! – mas o anjo o repreendeu:

– Capeta não se mata!!... Capeta é para mostrar quem são os bons e os maus. Foi Deus quem o colocou em seu caminho... – disse o anjo, e ele emendou:

– Pera lá!... Você está dizendo que Deus tem parte "cum" capeta?

– Não, mas de certa forma...

– Ele tem ou não tem parte "cum" o coisa ruim? Voltou a perguntar Zé do Calço, mas bem mais contrariado, e o anjo acrescentou:

– Você não sabia que Ele criou o capeta?

– Isso é impossível! Respondeu ele, indignado ao olhar para um dos lados e ver Deus adormecido em um macio amontoado de plumas brancas como a neve.

O anjo, observando-o aflito, retirou-se para lhe dar oportunidade para pensar e compreender a obra de Deus.

Zé do Calço, não. Começou a andar pelo céu de um lado para o outro, mas ninguém lhe dava atenção até que, ao enfiar a mão em um dos bolsos encontrou um resto de fumo, um pedaço de palha e a binga.

Ansiosamente, fez outro cigarro de palha e sentou-se num pedaço de nuvem para saciar a vontade quando o mesmo anjo se aproximou, e, inflexível, perguntou:

– Você não sabe também que é proibido fumar aqui no céu? Assim você vai parar no inferno!...

Ele olhou-o nos olhos, balançou a cabeça, e, mal esfregou a brasa do cigarro no bloco de nuvens, atirou-o longe. Não percebeu que ventava e a ponta do cigarro havia atingido as brancas plumas onde Deus adormecia...

**Arine de Mello Junior** nasceu no Engenho Tambaú, município de Murutinga do Sul (SP). Formado em Direito, fez vários cursos de especialização em Direito Penal e Processual Penal. Com uma passagem pela Administração Pública, foi Secretário de Saúde da cidade de Ponta Porã, MS, atividade que mais consolidou sua necessidade de escrever. É autor dos livros *Estes Momentos* (poesia, 2004), *Outros Momentos* (poesia, 2005), *Reflexões dos Momentos* (poesia, 2007) e *A Dualidade* (romance, 2009).

# Sob o sol da manhã

Audálio Dantas

Lá está dependurado, em que altura não importa, pode ser o décimo ou o sétimo andar, tanto faz, é assim todos os dias, se não falta serviço. O serviço de raspar paredes envelhecidas, de cima para baixo, primeiro, para depois refazer o mesmo caminho, passando uma, duas demãos de tinta.

No começo tinha sido difícil aprender aquelas lições de abismo, dava um grande frio na barriga, a descida em sobressaltos, a vida pendurada do alto dos edifícios. Não dava para olhar para baixo, o mundo escurecia sob a cadeira que o sustinha sobre o abismo. Depois, aos poucos (era preciso), foi aprendendo a viver pendurado naquelas cordas como se fosse uma aranha a fiar e a tecer a teia.

Agora, ali, no décimo (ou já será o sétimo?) andar. Vem descendo na raspagem, serviço iniciado no vigésimo andar, já está no meio do caminho, ou mais. Vem na linha dos banheiros, no lado mais fácil de trabalhar, o que não tem muitas janelas, tem só as áreas de serviço. E aqueles vitrozinhos basculantes dos banheiros de vidro fosco. Ali o trabalho tem de ser mais apurado, a raspagem é mais demorada nas laterais da abertura na parede, nos cantos, no parapeito. Às vezes, conforme a posição da vidraça, é preciso ajustá-la. É uma operação simples, basta uma leve pressão na esquadria, para cima e para baixo. Mas uma operação delicada pode assustar as pessoas lá dentro ou, pior, levá-las a pensar que estão sendo espionadas. Espionar não é fácil, nem ele tenta, é problema, é risco de perder o serviço. De vez em quando, é verdade, escapa uma ou outra olhada furtiva para dentro, de passagem, nada de parar, demorar em observações perigosas. Quem está dentro, quem mora nestas alturas, é gente rica, gente que pode.

Vem descendo, pensando essas coisas na passagem por mais um vitrozinho, mais devagar do que precisa para fazer o serviço. Aciona a manivela da cadeirinha, volta a subir, vai além do ponto desejado e vê, de relance, que falta um bom pedaço de vidro fosco. Não consegue dominar a curiosidade, maneja com mais cuidado a manivela para fazer o curto caminho de volta. O retângulo sem vidro permite a entrada da luz forte e crua do sol. De passagem, seu olhar vai junto, penetrando, num instante tímido. É um olhar arrancado do escuro do pensamento, no qual o diabo certamente estará, no mais profundo, remexendo, como costuma fazer com as fraquezas da gente.

Aquele buraco no vidro fosco do vitrozinho. Mesmo sem ousar parar diante dele, retarda os movimentos e na passagem lança um olhar mais fundo, retém a imagem lá de dentro, difusa, os contornos do busto nu, a água a escorrer, brilhando. Visão rápida, nervosa, como se estivesse colhendo uma fotografia proibida. Continua a subir, a imagem sai de seu campo de visão. Hesita antes de descer e se recolocar em posição mais favorável. Dá para ver, agora, com mais precisão, a maravilha dos seios brancos arrematados de cor-de-rosa nos bicos. Tem a impressão, não, tem a certeza de que eles estão mais próximos do vitrozinho, quase ao alcance da mão.

A mão acaricia, na ponta dos dedos, os bicos rosados. Mão fina, dedos longos, mais longos ainda por causa das unhas vermelhas muito compridas que parecem ferir a carne branca.

Ela havia se chegado, sim, para mais perto do vitrô. Aquele corpo lá fora, visto em partes, subindo e descendo, as pernas dependuradas, as coxas unidas no espaço apertado da cadeirinha, o peito marcado pela camiseta suja e sem cor definida, empapada de suor, as mãos fortes agarrando a manivela, o rosto impreciso, em rápidas passagens. O vidro quebrado. Aquele buraco permite essa observação fragmentada, nervosa, às vezes interrompida por culpas momentâneas. Uma situação absurda, um desejo de ver mais, um desejo que cabe muito bem num filme Buñuel – ah, os obscuros objetos do desejo.

Aquele vidro quebrado, ela vinha reclamando havia tempo, cobrando uma providência do marido; por onde andará ele agora, a essa hora quente da manhã? Ele disse que iria visitar clientes, almoçaria fora, não sabia a que horas voltaria ao escritório nem para casa, talvez tivesse de jantar com outros clientes. Tem sido assim ultimamente, com frequência cada vez maior. Repetidas mentiras, ela sabe.

Mãos nervosas, os dedos deslizam pela carne rija dos seios, descem rápidas pelo ventre, aquela hipótese de barriga que é o mínimo que toda mulher deve ter. (Ela revisita os versos de Vinícius de Morais.) Num instante acariciam os pelos molhados, pequenas protuberâncias, buscam entrefechadas profundezas.

De quem são aquelas mãos lá fora a ferir com uma espátula a tinta envelhecida do parapeito da janela? Mãos fortes, escuras de sol, aquelas mãos de operário de Portinari, as partículas de tinta grudadas no suor.

A mão branquinha, os dedos finos, as unhas, garras vermelhas sobre o montezinho redondo do seio. Percebe o jogo, se arrepia. Mulher tem artes do demo, ele sabe, sente que aquela boniteza toda está sendo mostrada de propósito. Ou será o próprio demo lá dentro do banheiro? O demo, o cão que também está lá dentro do peito dele, remoendo. De suas presepadas sempre ouviu falar, desde meninozinho, no sertão de onde veio para ganhar a vida, nunca pensou que fosse daquele jeito, balançando na ponta de uma corda.

O demo ali, tresmudado em formosura, se amostrando em doces visões através de um buraco. Desprega o olho, pensa em descer, seguir seu trabalho, sua sina. Mas está preso, mais amarrado do que sua vida naquela cadeirinha. Bem que tenta escapar, repensando os conselhos de sua gente mais velha, daqueles que sabem das artes do tinhoso.

Bonitas artes, ele vê: a mão branquinha escorrega na espuma, vem lá de cima, descendo devagar pelo pescoço, demora-se sobre o seio, em concha, escondendo o biquinho cor-de-rosa que depois prende entre os dedos indicador e polegar. Na posição em que está, ele não consegue ver a outra mão, mas sabe onde ela está, segue-a no pensamento, enquanto seu corpo todo treme num arrepio bom.

Do corpo ainda vê parte do tronco, do peito para baixo, até os joelhos. A mão forte empunha a espátula, raspa a tinta que já não existe no parapeito. Se quiser, pode tocá-la, quase faz isso, mas recua, sente-se desconfortável naquela situação, não faz sentido aquilo, é *nonsense*, um corpo dependurado, nem sabe de quem, como objeto do desejo que tenta aplacar com as próprias mãos. Precisar, não precisa, ainda ontem, no *vernissage*, tinha se esquivado de palavras e olhares ansiosos, nem umas nem outros percebidos pelo marido ali perto, mas distante.

Agora, aquela ânsia. Compara-se a uma cadela daquelas enfeitadinhas, que correm no cio em busca do primeiro cão da rua. É isso mesmo, uma cadela; é bom, o sangue corre quente, faz tremer seu corpo todo, faz mais inquietos os dedos que se agitam dentro da carne úmida. Não faz nada para deter o gesto da própria mão em busca da outra, aquela que se demora lá fora, no parapeito, a sustentar uma espátula desnecessária.

Um tremor ainda maior. Na posição em que está, a cadeirinha rente ao parapeito, não pode ver o bonito lá de dentro, aquelas formas que podiam até ter sido torneadas pelo diabo, mas não foram não, beleza assim não podia ser arte do coisa feia. A mão branquinha está pousada sobre a sua, um pouco molhadinha, até com um resto de espuma – ai, que delícia as unhas vermelhas arranhando de leve, coisa tão bonita e boa só pode ser arte de Deus.

Devagar, ondulando, a mão branquinha avança na direção da coxa.

O corpo colado à parede, na cadeirinha em posição lateral. Toca de leve a carne dura e escura, troca arrepios. As garras arrematadas de vermelho, crispadas colhem a presa. Contém-se para não cravá-las na carne toda oferecida, os dedos passeiam entre o joelho e a bainha da bermuda barata e toda suja de poeira e tinta, ergue um pouquinho o pano, descobre a pele mais clara, intocada pelo sol de todos os dias.

As garras tremem, a carne sob elas também. Avançam, buscam avidamente um zíper. A mão grande e forte e escura pousa sobre as garras vermelhas, numa carícia imensa. A suave mão do operário de Portinari. Ou será a de um vaqueiro de Guimarães Rosa? A fúria de cadela no cio não deixa que se detenha em considerações desse tipo, frescuras de burguesinha sem-vergonha, isso sim.

Os dedos percorrem a carne rija, poderoso macho exposto ao sol da manhã.

Um arrepio imenso, maior do que o que o assombraria na primeira vez em que se debruçou sobre o abismo. A cadeirinha, sua prisão de cada dia, balança na ponta da corda, ele junto, num doce estremecer. O medo vencido, só prazer, a mão branquinha ali, uma carícia nunca antes imaginada. Um susto, de repente a mão branquinha se recolhe, deixa a carne em frêmito e desamparo. Mas logo está de volta (mulher tem artes do demo), empapada num creme que rebrilha ao sol, faz-se concha e colhe, ávida, a presa.

O corpo nu, entregue, dedos da outra mão branquinha em carícias nas carnes da própria carne, em desvãos, profundezas, vertigem.

Lá fora, o pulsar e o calor da presa que deseja para sempre ser dominada pela mão tão branquinha e sem inocência.

A mão branquinha, os dedos, as unhas vermelhas, o céu azul, céu fundo, profundo, sem começo nem fim. A cadeirinha sobe num solavanco, vai para muito além do último andar, já não se sustém pela corda, navega em nuvens.

Agora, ai, agora despenca no abismo, numa queda sem fim, mergulha num mar de líquido branco e espesso.

**Audálio Dantas** é um dos mais importantes jornalistas brasileiros. Atuou em algumas das principais publicações do país, como a *Folha de S.Paulo*, as revistas *O Cruzeiro* (redator e chefe de redação), *Quatro Rodas* (editor de turismo e redator-chefe), *Manchete* (chefe de reportagem) e *Realidade* (redator e editor). Tem vários livros publicados, entre os quais *O Circo do Desespero* (1976), *Repórteres* (1997), *O Chão de Graciliano* (2007) e *As Duas Guerras de Vlado Herzog* (2012), pelo qual recebeu o Prêmio Jabuti na categoria de Melhor Livro do Ano/Não ficção em 2013.

## A ROSEIRA

Caio Porfírio Carneiro

Ela quebrou o talo da roseira, girou a rosa entre os dedos e cheirou-a. Sentiu a fisgada do espinho. Praguejou, chupou o dedo, voltou a cheirar a rosa e, com cuidado, extraiu um espinho do talo.

Ele, que observava, avisou:

– Há outros espinhos.

– Eu sei. Um feriu meu dedo.

– Os outros ferem também.

– Vou tirar todos.

– Não faça isto.

– Por que não?

– A rosa é para ser cheirada e o espinho para ferir.

– Que bela lição.

– É o destino de ambos.

– Eu conheço você?

– Creio que não.

– Então por que não se mete com a sua vida e me deixa com a minha rosa?

– Porque os espinhos são as folhas do caule da roseira.

– E eu com isto... É outra bela lição?

– Não. Uma lembrança apenas.

– Lembrança?

– Exato.

– Você não tem mais o que fazer?

– Tenho. Mas isto não se faz com os espinhos.

– Sabe de uma coisa?

– Diga.

– Vou jogar fora este talo e ficar com a rosa. Já fiz isto muitas vezes.

– Não o jogue fora.

– Faço o que com isto?

– Dê para mim.

– Para que você quer este talo cheio de espinhos? Veja: feriu o meu dedo.

– Passe para cá.

– Tome. Cuidado com os espinhos.

– Obrigado.

– Vou embora cheirando a minha rosa. O cheiro dela me alcança a alma.

– E os espinhos alcançam também.

– Você é estranho.

– Creio que não.

– Pois parece.

– É que a vida é assim.

– Assim como?

– Uns colhem flores e outros espinhos. Vá cheirando a sua rosa. Você é muito nova. Um dia, quem sabe, colherá espinhos. Espero que não.

– Adeus.

– Adeus.

Ela se foi, faceira, cheirando a rosa, e ele ficou parado, balançando o talo nos dedos. Enrolou-o, com cuidado, no jornal que trazia na mão. Olhou em volta e viu, não muito longe, um terreno de gramado verdejante. Marchou para lá, plantaria ali o talo e a roseira se destacaria na paisagem em torno.

Logo ouviu o chamado dela:

– Ei! Você outra vez. Esse terreno é nosso. Vamos cercá-lo.

– Eu queria plantar este talo aqui.

Ela pensou, pensou, ainda cheirando a rosa:

– Faço um acordo com você.

– Diga.

– Vou lá em casa. Trago adubo. Planto ele aqui. E vou tomar conta dele.

– Combinado.

– O terreno vai ser cercado, com uma entrada apenas. Deixe comigo.

– Tudo bem.

– Volte sempre.

Voltou muitas vezes. Ela abria o portão e olhavam a planta crescendo. Conversavam longamente.

Nasceu o primeiro botão, que se transformou em flor. Olharam-se. Ele, com cuidado, tirou-a da roseira, deu para ela e beijou-a na face. Ela cheirou a flor e prometeu:

– Juro que não tocarei nos espinhos.

Ele deu-lhe outro beijo e se foi.

Ela voltou várias vezes para esperá-lo junto à roseira. Ele não mais apareceu.

Ela começou a sentir as primeiras fisgadas espinharem-lhe o coração.

**Caio Porfírio Carneiro** nasceu em Fortaleza, Ceará. Dedicou-se desde muito moço ao jornalismo em sua terra natal. Bacharelou-se em Geografia e História pela Faculdade de Filosofia de Fortaleza. Transferiu-se para São Paulo em 1955, onde durante anos foi encarregado do setor do interior da Editora Clube do Livro. Desde 1963 é secretário administrativo da União Brasileira de Escritores.

# Os recuados

Cyro de Mattos

– A senhora tinha parentesco com a vítima?

– Mãe.

– Quantos anos a vítima tinha?

– Trinta e seis.

– A senhora tem outros filhos?

– Oito e mais três netos que vivem comigo.

– A vítima morava com a senhora?

– Desde que nasceu e por último quando conseguiu fugir do sanatório.

– A vítima ocupou as funções de guarda-noturno durante alguns anos. Recebia algum provento? Era auxiliado por alguém?

– Era eu quem sustentava ele.

– Qual a sua profissão?

– Sei fazer cesto e esteira. Vendo aos sábados na feira, junto com umas coisas miúdas, pente, carretel, agulha, alfinete, botão, fita, espelhinho e perfume.

– A vítima bebia muito?

– Só não fazia isso quando estava com o apito na boca, aquele maldito apito que tinha vez que ele ficava a noite toda soprando. Era aquela aflição dentro de casa que aumentava ainda mais com os gritos dos vizinhos. Parecia que aquele inferno todo nunca ia terminar.

– Quem dava dinheiro à vítima para beber?

– O povo da rua e uns conhecidos lá do bairro.

– Quando foi que a senhora resolveu dar formicida à vítima?

– O remédio?

– Remédio! A senhora não sabia que era veneno?

– Eu comprei o pacote no armazém pela manhã. Tinha ido comprar café e um pouco de açúcar.

A mulher parou um pouco e continuou.

– Eu disse a ele que aquilo era um remédio pra abreviar seus sofrimentos, que ele bebesse logo pra ter um sono tranquilo.

Parou novamente, fez um esforço e continuou.

– Ele estava muito bêbado, com barba e cabelo grande, o rosto todo ferido. Ele tinha aparecido na sala com uma corda de cebola na cabeça e um ramo de flores murchas no bolso do paletó velho. Ele andava muito sujo, maltrapilho.

Com certo tremor:

– Parecia um bicho.

– A senhora não tinha outro jeito de abreviar o sofrimento de seu filho?

– Não tinha. Não suportava mais vendo ele todo dia dormir na sarjeta e chegar bêbado em casa.

Correram murmúrios entre as pessoas que se comprimiam na sala.

– A senhora comprou o formicida para matá-lo?

– Não. Pra matar formiga e barata.

– Como a senhora conseguiu que a vítima bebesse o formicida?

– Ele tomou o remédio com guaraná.

– A vítima relutou em tomar o veneno?

– No princípio.

– E depois?

Uma careta desenhou-se no rosto da mulher, rompeu a crosta e se formou de uma maneira sofrida.

E, num tom baixo, ela prosseguiu.

– Depois eu abri a boca dele pra que o remédio fosse bebido, pra descer depressa na garganta e acabar de vez com o sofrimento dele.

O juiz recuou um pouco na cadeira.

Uma sensação de mal-estar percorreu os cantos da sala.

O juiz passou o lenço no rosto.

– Qual a quantidade de veneno que a senhora deu à vítima?

– A garrafa toda.

– Ele morreu logo?

– Instante depois.

– A senhora não se arrependeu do que fez?

– Sim.

– A senhora não sabia que estava dando veneno a seu filho?

– Eu já estava desesperada. Sofria muito vendo ele viver como um bicho... pior que um bicho...

Com a cabeça caída para frente.

– Ele era meu filho... mas na hora, doutor, eu só pedia a Deus que levasse ele.

Depois a sala permaneceu vazia, mergulhada naquele silêncio somente cortado pelo zumbido das moscas.

Raios de uma manhã abafada sobrevieram e fundiram os elos de uma corrente que se rompera numa estrutura sólida, feita no duro clamor de uma voz que se tornara impotente ante os dias neutros.

Houvera sempre uma condição de abandono, queda, cimento frio, que atingira o ponto máximo no amálgama de seus angustiantes tecidos.

A sala no absoluto silêncio.

A mulher foi recolhida ao cubículo que servia como cela nos fundos do prédio onde funcionava o fórum da cidadezinha.

Ela transpirou tremores misturados com cinzas. Minutos passaram num ritmo que feria quando começavam a lembrar-lhe o que tinha de ser.

Existiram suspiros fundos dentro do cubículo quase sem luz. Até que chegou uma brisa para envolvê-la com ondas ligeiras, trazendo certo alívio no peito que não parava de gemer. A brisa permanecia no rosto sob a pele enrugada, em carícia de lenço. Soprava nos olhinhos de sagui, que piscavam nervosos. Vermelhos e úmidos.

**Cyro de Mattos** é poeta, contista, novelista, cronista, autor de livros infantojuvenis e organizador de antologias. Já publicou 38 livros, entre eles, *Os Brabos*, que recebeu o Prêmio Afonso Arinos da Academia Brasileira de Letras, e *Cancioneiro do Cacau*, Prêmio Nacional de Poesia Ribeiro Couto da União Brasileira de Escritores (Rio) e Prêmio Internacional Maestrale Marengo d'Oro, em Gênova, Itália. Obteve Menção no Concurso Internacional de Literatura da *Revista Plural*, México. O conto "Os Recuados" recebeu o Prêmio Jorge Amado do Centenário de Ilhéus, 1981, o Prêmio Nacional Leda Carvalho, da Academia Pernambucana de Letras, 1983, e Menção Honrosa no Prêmio Jabuti, 1988.

# INVESTIGAÇÕES SEM NENHUMA SUSPEITA

Deonísio da Silva

– Não há problema algum, se o que se quer é incomodar, de alguma forma, o rapaz – disse o delegado. – Aguarde um momentinho só, que eu já encaminho o senhor ao funcionário responsável, detetive prata da casa, pois tudo o que aprendeu, aprendeu em nossa companhia, de que desfruta há vários anos.

O funcionário responsável era um sujeito alto, magro, claro, de pequenos olhos muito apertados e que cultivava uma vasta cabeleira. Sua elegância sempre marcava a sua presença na delegacia de polícia. Vestir-se bem, um dia ou outro, todos eram obrigados, por força de certas solenidades: inauguração de uma ala nova no presídio, aniversário de um chefe, transferência de um colega, congratulações por alguma captura difícil e coisas assim. Mas ele, não: estava invariavelmente bem-vestido. Recentemente adquirira uma moto, o que lhe valera certo trânsito entre uma parte da juventude, aquela que podia comprar motos e podia por isso comer cachorro-quente, tomar uma coca ou outra, combinar algum encontro menos público, comparecer a alguma promoção oligofrênica em alguma boate suspeita, adquirir algum fumo mais nocivo, gazear aulas e, principalmente, não trabalhar, obrigação de que todos eles estavam desincumbidos por força de certo vestígio que, mesmo não sendo genético, vai sendo transferido de geração a geração, desde que não ocorram certos entraves, que são raros, mas que não podem de todo ser impedidos.

– O meu método é o mais simples possível – disse o funcionário responsável.

– E como é que o senhor procede, então? – perguntou o queixoso.

– Pego uma pasta destas aqui e ponho uma etiqueta: Fulano de Tal. Não devia ir revelando logo os meus segredos, mas o senhor é pessoa de confiança. Com uma pasta devidamente catalogada, pode-se incriminar qualquer pessoa. Todos são culpados. A diferença, entre os que são condenados e os que não, é apenas uma tolerância das autoridades. O senhor pode me dizer aí o nome da pessoa que o senhor julgue mais idônea nesta cidade. Sua mãe, por exemplo. Pois saiba que se eu organizar uma pasta com o nome de sua mãe, em breve ela responderá a inquérito, leve ou pesado, dependendo das acusações que eu resolver arquivar aqui. O senhor está sentindo que depende de mim, e não dela, a gravidade das acusações, não está?

– E como é que o senhor sabe que eu sou pessoa de confiança?

– Todos os que denunciam são pessoas de confiança. A recíproca também é verdadeira. As pessoas realmente suspeitas são aquelas que se fazem de desentendidas quando recebem insinuações para esclarecer um ou outro ponto da vida de um vizinho que conhecem, de um colega de trabalho, até mesmo de um estranho que tenham visto uma que outra vez.

– Quer dizer, então, que o senhor escreve ali, por exemplo, quero ver... Por exemplo, vamos dizer que o senhor escreva ali o nome da minha mãe, então...

– Vamos facilitar. Como é o nome de sua mãe?

– Maria José Fagundes. Mas não tem importância? Não compromete?

– Não, não, não. Trata-se apenas de um exemplo. Eu escrevo aqui o nome da sua mãe: Maria José Fagundes. Bem, temos aqui a pasta. Agora, eu a identifico. Procuro em nossos registros a sua filiação, o seu endereço, e dados mais gerais. Como vê, já temos algumas informações sobre sua mãe. Algumas já indicam certa suspeita. Fagundes é uma família muito ambígua. Se não me engano, entre os primeiros degredados que para cá vieram, havia um Fagundes no meio. Não será ela uma descendente remota desse tal? Bem que pode ser, não é mesmo? Os vícios vão passando de geração para geração. Vejamos agora onde é que ela mora.

– Mas não compromete, não tem importância, o senhor tem certeza de que não complica?

– Claro que não. É apenas um exemplo. Para ilustrar. Para explicar como é que se faz investigação. Não foi isso que o senhor me perguntou? Onde é que ela mora?

– Mora aqui mesmo nesta cidade.

– Aqui? Esta cidade está cheia de vícios. Tem viciado de todo calibre. Viciado em corrupção, viciado em tóxico, viciado em putaria, viciado em vagabundagem, viciado em subversão... Em que rua mora a sua mãe?

– Mas não complica, o senhor tem certeza de que isso não vai atrapalhar a vida da velha? Eu sei lá...

– Mas trata-se apenas de ilustrar um exemplo do modo de proceder dos investigadores. O senhor não pode ter medo, é uma pessoa de confiança. Só se o senhor está escondendo alguma coisa, mas se o senhor está escondendo alguma coisa, o senhor não é uma pessoa de confiança, e daí o tratamento é diferente.

– Não, não, não. Perguntei por perguntar. É que... Sabe como é, querem saber tanta coisa da vida da gente, declaramos tudo hoje em dia, daqui a pouco o formulário do Imposto de Renda vai nos perguntar quantas amantes temos, quanto elas nos custam por ano, os presentes que damos, essas coisas. Mas minha mãe mora na Rua General Osório.

– Eieiei. Foi ela mesma que escolheu morar naquela rua? Não é possível!

– Não, não, não. O apartamento onde mora a senhora minha mãe foi adquirido antes da crise. No tempo da safra de porco, o senhor se lembra?

– O senhor vai aprendendo mais umas regrinhas concernentes à investigação. Quem pergunta sou eu, o senhor somente responde.

– Mas o senhor mesmo disse que este era apenas um exemplo ilustrativo.

– O senhor está dizendo que eu disse que este era apenas um exemplo ilustrativo. Não vou discutir a validade da observação, mas esta é uma opinião sua sobre uma coisa que eu disse. Pode ser que eu tenha dito isso, pode ser que eu não tenha dito isso, pode ser que eu tenha dito isso de uma maneira bem diferente desta que o senhor usou para descrever o que eu disse, pode ser que o senhor tenha querido dizer uma coisa e disse outra, podem ser muitas coisas e outras muitas podem não ser. Todos erram demais. Além do mais, o senhor deve saber que a forma com que é feita uma observação modifica o conteúdo desta observação.

– Mas o senhor dizia, isto é, me pareceu que o senhor me perguntou em que rua minha mãe morava.

– Morava? Não mora mais? Por que não disse logo? Por que só diz agora que ela "morava"? Quer me embrulhar?

– Não, não, não. Foi erro meu. Eu me confundi.

– Estou vendo que o senhor está confundindo muitas coisas. Parece, à primeira vista, um homem muito vulnerável à confusão toda que nos cerca. Mas é homem que ainda pode ter esperanças, porque é um animal humilde, já está reconhecendo que é o senhor mesmo quem erra e não nós, o que é sinal aberto de bom senso. Mas então quer dizer que a senhora sua mãe ainda mora naquela rua?

– É. Mora.

– Pois é. Naquela mesma rua, ali pela altura do número mil e poucos, tem um cabaré, onde só trabalham menores. Quer dizer, não é propriamente um cabaré. É uma casa de família. Mas funciona como cabaré. Isso não teria muita importância se as mulheres não fossem aquelas que são: meninas. Temos que proteger a nossa juventude. A juventude é o maior patrimônio moral de um povo. Porque os velhos, os velhos o senhor sabe como são, já estão todos meio céticos de uma porção de coisas, cansados de proibições que não deram em nada, são todos uns safados. Podendo, tergiversam mesmo.

– Pois é. Eu ouvi falar nesse cabaré; dizem que é uma pena, que são meninas abandonadas – umas, filhas de ricos, outras, que vão lá apenas para matar o tédio. O senhor leu os livros *Londres, Roma* e *Lourdes*, de Balzac? Desculpe, quase lhe faço outra pergunta.

– Quase, não. Ponha sua sutileza de lado. O senhor me fez outra pergunta, embora já tivesse sido avisado de que quem pergunta sou eu, o senhor responde. Aliás, o senhor não pode ignorar noções elementares da lei. Bom, deixemos de lado isso, por enquanto. Por enquanto! Depois o senhor será chamado a depor sobre esse cabaré, sobre essa rua e sobre os que moram nessa rua. Advirto-o de que não se negue, porque ser arredio a convites da polícia equivale a colocar o pescoço na canga. Em que número da General Osório mora a senhora sua mãe?

– Mas já me arrependi de ter pedido o exemplo. Se eu soubesse...

– Como disse? O arrependimento sempre vem tarde. Vamos, vamos, vá respondendo.

– Mas não complica? Logo a minha mãe, meu Deus do céu! A criatura que mais amo no mundo. O senhor tem certeza de que não vou complicar a vida da minha mãe?

– Só se não responder direito às perguntas, só se não colaborar com a polícia.

– Minha mãe mora no número 1821.

– No 1821? Lá onde mora aquele médico que foi preso?

– Médico que foi preso? Ah, sim, o Doutor Oliveira.

– Como é que ele tem se comportado depois que foi solto?

– Não sei nada.

– Já começa a se omitir. Se sua mãe mora no mesmo edifício onde mora aquele médico, como é que o senhor nada sabe da vida dele?

– Mas é minha mãe que mora lá, não eu.

– Isso o senhor já disse. Não precisa ficar repetindo o que já disse para ganhar tempo. Essa tática é muito conhecida. Ora, todos nós sabemos que nossas mães nos contam uma porção de coisas. Então, logicamente, sua mãe lhe contou alguma arrelia desse médico.

– Mas dizem que ele não é médico. Que foi preso justamente por não ser médico.

– Mas o que é isso, homem? Que lógica tem esse seu pensar? Então quem não é médico vai preso? Entra em cana? Mas onde estamos?

– Eu quis dizer que ele foi preso porque dizia que era médico e não era.

– O senhor assinaria seu nome embaixo do que acaba de dizer? Não precisa responder. Mas, se o senhor assinasse, o senhor seria preso. Porque essa declaração incrimina muito a autoridade. Preste bem atenção no que vou dizer ao senhor: a autoridade não prende uma pessoa só porque ela diz que é uma coisa e é outra. O senhor pode dizer para todo mundo que é inteligente, por exemplo, e não ser, por exemplo. Ninguém vai prender o senhor por isso. Para se prender uma pessoa, é necessário, no mínimo – no mínimo, entendeu?; não há limite para o máximo –, uma acusação concreta. E aquele médico foi preso por "Prática Ilegal da Medicina". E eu vou dizer mais uma coisa para o senhor: para mim – para mim, o senhor está entendendo?; para mim, quer dizer, pessoalmente, não é como autoridade que eu estou, agora, fazendo essa observação –, para mim, quase todos os médicos deviam ser presos por prática ilegal da Medicina. Porque, como o senhor sabe, os estudantes de Medicina são recrutados – que recrutados?; recrutados o quê?; eles é que se recrutam – nas classes mais favorecidas. E essa gente estuda muito pouco porque tem dinheiro. É difícil o senhor encontrar um filho de pobre que se torna médico. Também não quero dizer que a culpa seja somente deles. Não. É que todos temos poucas escolhas, não é mesmo? Esse aí, que mora junto com sua mãe...

– Não. Pelo amor de Deus! Ele não mora junto com minha mãe.

– É expressão de força, digo, força de expressão. Quis dizer que mora no mesmo apartamento.

– Mas não é no mesmo apartamento.

– Desculpe mais uma vez. Quis dizer no mesmo prédio. Por que o senhor ficou tão vermelho? Não se ofenda com enganos, não. Além do mais, o senhor pensa que as pessoas idosas também não dão seus pulinhos? Dão. E como dão! Pode ser então que a senhora sua mãe um dia tenha precisado desse seu vizinho, que se dizia médico, para aliviar o seu reumatismo e ele, esperto como é, tenha lhe receitado um certo exercício de aquecimento. E ela, pobre velha, sozinha, não pôde aviar a receita. Então ele, um homem novo ainda, ajudou. É uma hipótese. E como na cama as pessoas costumam se tornar mais vulneráveis, mais amáveis, mais frágeis e mais decifráveis, pode ser que esse falso médico tenha confidenciado alguma proeza à sua momentânea companheira. Sabe como é, os humanos, quando se encontram, se dizem coisas.

– Pode ser. Mas a minha mãe nunca me falou nada desse médico.

– É possível. As mães costumam ser muito discretas a respeito de sua vida sexual. Ao menos para os filhos. É compreensível. Depois de haverem ministrado uma educação baseada em repressões, em proibições, em beliscões, em safanões, fica muito difícil contar que praticaram exatamente o que mais proibiam. Bem, mas por hoje chega. São quase onze horas e já conversamos a manhã toda. O senhor pode passar aqui na próxima sexta-feira para continuarmos o inquérito. Se o senhor souber alguma coisa mais grave sobre sua mãe, anote para trazer, então, na sexta-feira. Se ficar muito apreensivo e tiver medo de esquecer o que descobriu – acontece muito isso entre as pessoas que depõem; excitam-se demais com as descobertas que fazem e, para aliviar, comunicam logo, não se aguentam, não podem esperar a hora marcada, é uma espécie de autoexorcismo –, pois bem, se acontecer isso com o senhor, o senhor pode telefonar, não se acanhe. Se eu não estiver, deixe o recado com um dos rapazes. Vou mandar mimeografar o seu depoimento de hoje para ser distribuído entre todos os que investigam. É a norma da casa. Um depoimento sempre esclarece outro. Sabe como é, os homens vivem em sociedade. Então tudo diz respeito a todos. Tá bom assim, então? O senhor pode passar na sexta-feira? Precisamos conversar muito. O senhor viu que nem deu tempo de tomar sequer o nome do rapaz que o senhor queria denunciar? Depois chamam os policiais de vagabundos. O senhor vê quanta injustiça se comete contra os que investigam? Ninguém pode imaginar a trabalheira que dá investigar a vida de uma pessoa. Aliás, como é mesmo o seu nome completo?

– Serafim de Fagundes.

– Pomba! Será que o nome tem a ver alguma coisa com o destino?

Assustado e confuso, Serafim de Fagundes despede-se do investigador.

O delegado vem ver porque houve tanta demora numa simples explicação. O investigador se justifica:

– Esse aí, que acabou de sair, deve ser aquele que rouba a aposentadoria da mãe. O senhor se lembra daquela denúncia que recebemos por telefone, aquela velhinha se queixando de que sempre era lograda pelo filho? Pois fui ver se ela pagou o aluguel este mês, me informaram que não. Eu acho que esse aí... Bem, na próxima sexta-feira a gente vai ficar sabendo mais.

**Deonísio da Silva**, integrante da Academia Brasileira de Filologia, é escritor e professor universitário e tem diversos romances, contos e ensaios publicados em vários idiomas e adaptados para teatro e televisão. Recebeu diversos prêmios, entre os quais o Prêmio Internacional Casa de las Américas, em júri presidido por José Saramago, que fez a apresentação de um de seus romances no Brasil, em Cuba, em Portugal e na Itália. Assina coluna semanal em publicações reconhecidas e mantém ainda a coluna semanal de Língua Portuguesa Sem papas na língua, com Ricardo Boechat, na Rádio Band News RJ. "Investigações sem nenhuma suspeita", o conto desta antologia, está em *Contos Reunidos de Deonísio da Silva* (Editora Leya, 2010).

# Lobisomem de Bananal

Edmundo Carvalho

Chegou à cidade rapazola. As pessoas do lugarejo, habituadas à rejeição do novo, puseram-se a observar. Com o tempo, acostumaram-se. Perceberam nele um quê desmiolado. Orelhas grandes meio pontiagudas, pele mais amarelada que o habitual, cheiro incômodo de quem se esquiva do banho. Sentado ao chão, punha a se coçar, habitualmente.

Falava o suficiente pra se manter vivo. Diziam que grunhia quando dormia, lá na Estação de trem. O local era pouco frequentado à noite e ele se arranjou por ali. Ninguém fez conta. Davam-lhe de comer e cobrir, como exige a caridade cristã, e isto lhe bastava. Fez por fim, da Estação, sua morada, o que lhe garantiu a "patente" de Nelson Maquinista. Alcunha que ele, diga-se, ostentava com orgulho.

Reservava o hábito de brincar com as crianças pelas ruas da cidade, ora com bolinhas de gude, ora no futebol de rua, mas muitas vezes, por ver a criançada gargalhar, pulava e rodopiava fazendo-se o bobo. Espojava-se na poeira da Rua da Palha e corria pra lá e pra cá fazendo micagens.

Daquele jeito que saía, empoeirado, tomava chuva e foi ficando cada vez mais com cheiro de cão vadio.

Nos quintais das casas mais caridosas, costumava fazer algum serviço, por pagar comida. Carpia, tratava de galinhas, ordenhava cabras, colhia ovos. Todos se acostumaram a ele e já não nutriam medo, apenas asco. Tratavam-no com a devida distância. Ao lhe passar o prato de comida, podiam perceber bem a imundície. Chegaram a notar, até, fezes de galinha em suas mãos. Mas era o Nelson Maquinista, bastava!

Aos domingos rodeava a igreja acompanhando a missa, da praça. Sabia-se inoportuno lá dentro. Tudo corria por conta de estudada indiferença de todos. As mães recomendavam aos filhos que não o tocassem. As pessoas lhe davam moedas para vê-lo afastado das rodas que se formavam depois da missa. Nelson sabia se esquivar por entre hábitos e costumes. Rodeava, mas não intervinha. Aproximava-se, mas não tocava. Sorria sempre. Chorava em todos os velórios e era o último a sair do cemitério. Aliás, passava mais tempo lá dentro do que permitiam os costumes. Intrigava, mas não chegava a pôr medo.

E foi assim que, figura antológica da cidadezinha, passou anos naquela explícita clandestinidade.

Lá, um dia, pra quebrar a monotonia das horas, o delegado foi ao juiz da comarca, que mandou chamar o prefeito, que, por sua vez, mandou chamar o padre e mandaram chamar os fazendeiros mais importantes do lugar. Estava acontecendo um zunzunzum muito forte acerca de avistamentos de lobisomem no município. Providências haviam que ser tomadas, para que a tranquilidade reinante não fosse aviltada pelo terror.

Por consequência de tão importante sugestão, o assunto passou de zunzunzum de botequim pras rodas de domingo na praça, nos chás da tarde, nas vendas, nos pontos de leite, nas procissões e até no baile de debutantes.

E o tal cão danado fazia cada vez mais vítimas. Estavam sumindo galinhas, cabras e passarinhos de gaiola. Chegaram a ver arranhões em portas e árvores. O mistério estava instalado. O horror tomou conta das senhoras da cidade. Em noites de lua cheia ninguém saía às ruas. E em noites desertas as sombras se movimentam com muito mais ansiedade. Os morcegos se multiplicam. As corujas piam mais assustadoramente. O uivo de um cão no cio recomenda a presença do comedor de fezes de galinha a rondar os quintais. Os mitos da noite se unem numa procissão do inferno.

Em noites sem lua, já se podiam ver mulas-sem-cabeça batendo seus cascos e lançando jorros de fogo pelas ventas. As mentes da cidade se uniram na fantástica avidez de se produzir causos e acontecidos. Mas o auge da imaterialidade mítica exige seu contraste. Há que haver um ente mais carne e osso que se sirva a ligar os dois mundos. A exemplo da mitologia grega, que criou seus semideuses, fazendo-os habitar tanto o convívio dos mortais quanto o Olimpo, noutras sociedades criou-se os semidiabos. E o lobisomem de Bananal estava feito, convivendo dois mundos. Restava localizar o mutante.

Nelson Maquinista passava ao largo daquela catarse. Dormia com a mesma indiferença, na plataforma da Estação. Não distinguia noites de lua das de estreladas, a não ser para fitar atentamente aquele amontoado de pequenos vaga-lumes inexplicáveis. Cantarolava, sorria e dormia o sono dos bobos.

Foi quando o inevitável bateu à testa de alguém, que não demorou a bater de orelha em orelha. Quem mais poderia incorporar tal entidade do demônio? Quem tinha aquelas orelhas pontiagudas? Quem vivia se espojando pela terra e se coçando qual cão vadio? Quem uivava para as estrelas, na plataforma da Estação? Quem vivia a passear pelo cemitério, por horas a fio? Quem evitava entrar na igreja pra assistir à missa? Ah! Alguém lembrou: "*quem vivia com as mãos sujas de merda de galinha?*" Não tinham mais dúvidas.

Acorreram ao delegado, que tornou ao juiz, que ainda que meio incrédulo tornou ao prefeito, que, pra prontamente defender seus eleitores, tornou ao padre, que, fazendo o sinal da cruz, reuniu os pios. Depois de muito debate, de muitas certezas e incertezas, de muitos arroubos em defesa da integridade da sociedade local, resolveram pôr a coisa à prova. Planejaram um ardil que seria infalível. Lançando mão do caráter inevitável das aberrações da mutação, que condena o danado a se transformar em noites de lua cheia, traçaram a estratégia. O palco seria exatamente a plataforma da Estação. O juiz aquiesceu, o padre abençoou, o prefeito assentiu e o delegado partiu para a ação, apoiado pelos fazendeiros.

Dado toque de recolher, os homens envolvidos na operação deveriam portar capa preta e chapéu. Levaram rolos de fumo, resmas de alho e estacas de madeira para se, em caso mais extremo, assim o exigisse.

Havia na Estação, uma gaiola grande, reforçada, feita de madeira, qual cela de prisão, onde se guardavam as correspondências e despachos que iam e vinham de trem. Foi lá que, numa fatídica noite de lua cheia, prenderam Nelson Maquinista, às seis horas da tarde, e aguardaram o momento da mutação que deveria se dar à meia-noite.

A cidade toda erma. Nas casas, corações sobressaltados. Na plataforma, homens de chapéu e capa preta, resma de alho na mão, relho na outra. Caminhavam aflitos de um lado pra outro, vagueando. Trocavam, vez por outra, uma ou duas palavras: "*Que horas são?*" "*Oito horas.*" "*Ainda!*" Rostos amarrados, uns convictos, alguns por certa obrigação social, outros, embora não o revelassem, já certos de estarem cometendo uma infâmia. Envergonhados. Mas o clamor popular e a comoção coletiva exigiam uma resposta. Afinal, todas as evidências apontavam para o miserável Nelson. Nada de concreto poderia ser afirmado, é claro, mas nenhum outro cidadão daquele lugarejo seria capaz de tamanha dissimulação. E quem poderia ser desonrado daquela forma, senão o mendigo? Pensavam todos, cada um de *per se*. Nelson Maquinista, na verdade, fora o escolhido para redimir todos os outros, para eliminar suspeitas, "*para salvar os pecados do mundo*".

De início, Nelson se sentiu até lisonjeado. Pego de surpresa e sem esboçar qualquer resistência, como era de seu caráter absolutamente ingênuo e pacífico, seguiu sereno e altivo para dentro do gaiolão, sob os olhares perplexos de todos. Ficou a observar os movimentos dos homens a quem conhecia bem. Sabia dos mistérios de cada um. Seu estado aparentemente catatônico guardava, de fato, um sentido muito próprio de percepção da realidade. Não havia dissimulação que ele não pudesse perceber. Como aquela ação pronta e pragmática foi verdadeira, reveladora da mais pura fragilidade do ser humano, Nelson seguiu sua sina sem tropegar, obediente a uma determinação humana, sem rodeios. Ele se sentiu parte de um grande espetáculo circense, para o qual a plataforma era o melhor de todos os palcos. Ali, ele mesmo havia escolhido como morada. Estava em casa e todos os outros eram seus convidados. Ele era o ator principal, o centro de todas as atenções, de todos os pensamentos. Havia, no cotidiano daquela cidade a certeza de que todos eram normais e ele o demente. Mas, naquele momento, ele teve sua certeza de que era apenas o único são. A existência nos revela esses contrastes. Estavam ali na Estação, na verdade, travestidos de chapéu, aba quebrada na testa, capa preta, todos disfarçados em um só: o juiz, o prefeito, o padre, o delegado, os mais bem-sucedidos fazendeiros e comerciantes da cidade, menos o banqueiro, que não via, no acontecimento, nenhuma vantagem pecuniária e foi dormir com suas contas.

Nelson Maquinista, de quem havia sido subtraída toda a roupa, para permitir aos seus algozes a visualização completa de todo o processo de mutação, à vista de todos, carapinho num canto, pediu cobertas e não foi atendido. Era preciso explicitar completamente aquele ato transloucado. Dormiu serenamente.

Uma espessa névoa encobriu a cidade e apagou o olho crítico da lua cheia. O ambiente ficou mais circunspecto, mais apavorante. Os homens procuraram, inventando pretexto para uma conversa, se agrupar. Falavam de trivialidades. A conversa era nervosa. A névoa, sorrateira, transformou o ambiente para mais intimista, fez as consciências mais hesitantes, inseguras. E o debate ficou mais e mais acalorado, até que, o prefeito, habituado ao conchavo político, tomou da palavra e passou a enaltecer a atitude corajosa e altruísta de todos os que ali se dispuseram a defender o interesse que lhe parecia o mais importante de todos, que era a salvaguarda das crianças da cidade, ameaçadas pela voracidade daquela criatura endemoniada. Apaziguou os ânimos e reconstituiu a certeza primeira sobre aquele "*ato pensado*". Aplacados os nervos, perceberam que o principal poderia estar se perdendo, que era observar a mutação. E alguém bradou: "*já são onze e meia*". Correram todos para a frente da jaula improvisada. Silêncio sepulcral. Ninguém mexia um cílio. Podia-se ouvir a respiração de cada um. Estavam todos em transe. Somente Nelson Maquinista se mantinha em seu sono, impassível. Do mesmo jeito que dormiu, ali permanecia na mesma posição.

Não mexia um dedo. Até que, ao bater da meia-noite, quando todos esperavam pelo início do processo tão aguardado, o infeliz rapaz deu uma virada súbita para o outro lado e todos se afastaram emitindo um oh! em uníssono, brandindo suas resmas de alho. E tiveram a certeza da pronta manifestação do esperado. Olhavam atônitos. Esperaram. Os minutos estavam como que congelados. Alguns já podiam ver os pelos crescerem no corpo do infeliz, eriçados pelo frio. Outros viam as orelhas cada vez mais pontiagudas. Mas era pura miragem. O padre fez o sinal da cruz por três vezes e pôs-se a orar. Os outros o seguiram. E o indigente permanecia imóvel, como em estado de hibernação. Nada aconteceu, até que tivesse dada, já, uma hora. E o mesmo aconteceu até às seis horas da manhã, quando, o juiz, tendo se dado por instruído, ordenou a retirada. Daí, para reduzirem o mais possível o impacto negativo dos efeitos do vexame, trataram de pôr tudo em ordem rapidamente, e dispersaram antes das seis e meia.

Era uma vez...

Assim me contaram na Casa da Mãe Joana.

**Edmundo Carvalho** nasceu em 1949 em Silveiras, SP. Formado em Engenharia, vive atualmente em São José dos Campos, cidade onde foi vice-prefeito, Secretário de Planejamento, Presidente da Fundação Cultural Cassiano Ricardo e Secretário de Meio Ambiente.

# A segunda morte de Carlos Gardel

Edson Amâncio

No dia 24 de junho de 1935, uma segunda-feira, às 14h58, no aeroporto de Medellín, o avião em que viajava Carlos Gardel choca-se com outro avião antes da decolagem. Ambos se incendeiam e a maioria dos passageiros morre carbonizada. Gardel entre eles.

Esta é a versão oficial e ela deveria prevalecer, não fosse aquele encontro casual que tive com um jovem poeta no Café Paulista, no centro da cidade de Santos num começo de tarde do longínquo ano de 1940.

– Você leu a entrevista de Libertad Lamarque? – perguntou-me o poeta.

– Li. Achei que era pura especulação.

– Eu estava em Buenos Aires quando ela lançou dúvidas sobre a morte de Gardel. Chegou a vê-lo entrar numa galeria. Estava com o rosto coberto e, ao perceber que fora reconhecido, desapareceu. A entrevista teve enorme repercussão na Argentina. Os jornais não falavam de outra coisa. Eis a origem da boataria.

– Se estava com o rosto coberto, como ela pôde assegurar que era Gardel?

– Não sei a resposta, mas estive com um bailarino em Buenos Aires que me garantiu ser verdadeira a informação de Libertad Lamarque.

– Mas por que me conta esta história? Perguntei, ainda incrédulo.

– Porque você pode comprová-la e fazer um belo trabalho de jornalismo se as informações forem verdadeiras. Você tem em mãos um furo, só comparável talvez com a explosão da primeira bomba atômica. Pense bem no que estou lhe contando. Imagine que Gardel esteja vivo. É quase certo que esteja, ajuntou como se desculpasse pela dúvida embutida na sua primeira afirmativa. Imagine, continuou, não interessa como, talvez tenha ficado mutilado no acidente, não sei, talvez. E não queira aparecer em público. Não queira ser visto como um desgraçado, um aleijão. Quanta gente famosa prefere viver a velhice, a decrepitude ou a doença no anonimato? Quantos não preferem se esconder, afastar-se do palco para que o mito sobreviva? Você poderia imaginar Gardel com o rosto desfigurado, cantando para o seu fiel e fanático público argentino? Não! É preferível que ele morra mil vezes, para ser lembrado como "o eterno Carlitos". Acha mesmo impossível? Confesso que a estória me convence perfeitamente. E depois, não custa investigar. Aquele bailarino – continuou falando – estava bêbado, mas não estava blefando. Talvez tenha desabafado comigo. Tudo é possível. É provável que não quisesse ou não pudesse partilhar este segredo com nenhuma outra pessoa. E por que comigo? Simplesmente porque eu era um desconhecido, um estrangeiro anônimo na mesa de um bar e, provavelmente, jamais o encontraria outra vez. E quem me daria crédito se eu surgisse com uma estória dessas? Num momento de desespero, vendo-me falar de Gardel, alguma coisa tocou-o profundamente, fazendo-o confessar: "Gardel vive!"

A ideia, embora instigante, me parecia absurda. Talvez eu não tenha refletido o suficiente. É possível que, se o tivesse feito, jamais viajaria a Buenos Aires no rigoroso inverno de 1940 em busca de alguma coisa tão impalpável como um fantasma. Mas a juventude tem seus arroubos. Em pouco tempo, estava decidido. E lá fui eu à procura de um morto.

O nome artístico de um bailarino aposentado, "La mariposa", um número de telefone que jamais atendeu, um apartamento na Calle Corrientes onde nunca havia ninguém era toda a pista de Gardel. "La mariposa" frequentava o Hotel Colón e o restaurante Palais de Glace onde, afinal, o conheci.

"Gardel vive ou não?" Era o que eu iria perguntar ao misterioso bailarino. Por mais irracional que fosse a ideia, eu estava ali para isso. Não iria retroceder, mesmo sabendo que corria o risco de ser tomado por um demente.

Meu diálogo com Guillermo Canaro – o verdadeiro nome de "La mariposa" –, foi curto e objetivo. Para minha surpresa, confessou-me, sem rodeios:

– Gardel está vivo!

– Claro, retruquei. Ele nunca morrerá.

– Morrerá, certamente, um dia, mas o que estou lhe dizendo é que não morreu no desastre de avião como foi divulgado.

– Como pode afirmar isso? – perguntei.

– Vejo-o todas as noites.

– Mais alguém conhece essa história?

– Sim, contei a um poeta brasileiro. Mas era apenas um poeta. Quem poderia acreditar numa afirmativa dessas partindo de um poeta? Iriam pensar que é fantasia. Jurei jamais dizer a quem quer que seja, embora algumas vezes me sinta oprimido com esta promessa e queira desabafar.

O bailarino já havia tomado duas garrafas de vinho. Seus olhos nadavam sonolentos nas órbitas, mergulhados numa poça de lágrimas.

– Você pode provar o que está falando?

– Não tenho nenhum motivo para isso.

Em seguida se levantou, orgulhoso, como se tivesse proferido uma peça de oratória. Deixou duas notas de vinte pesos sobre a mesa e foi embora. Imediatamente acenei para o garçom, apontei o dinheiro e saí do restaurante, quando "La mariposa" já virava a esquina. Passei para o outro lado da rua, puxei o capote sobre o pescoço, o cachecol sobre a face, atolei o chapéu na cabeça, e me esgueirei rente aos muros, seguindo-o à distância. Andou meio cambaleando até entrar num luxuoso prédio de apartamentos da Calle Corrientes.

Anotei o número do prédio e procurei me afastar, dissimulando, quando vi a janela do terceiro andar se iluminar de uma luz amarela, filtrada através da vidraça enfumaçada pela neblina. De longe, vi a silhueta elegante de alguém perambulando de um lado para o outro, como se meditasse, como se falasse a um interlocutor invisível. Seria Gardel? – pensei –, sem me dar conta do absurdo daquele pensamento. Fiquei ali plantado, nessa espécie de delírio que só os gênios ou os alucinados conseguem, rememorando o inusitado daquelas últimas horas. Só me afastei quando a luz da sala se apagou e não conseguia mais divisar a silhueta de Gardel, ou seja lá quem fosse que se angustiava naquela misteriosa sala.

Nos dias subsequentes passei a frequentar com assiduidade o restaurante Palais de Glace na esperança de voltar a ver "La mariposa". Os garçons, já acostumados com minha presença, sorriam amistosos ao me verem entrar. Ramiro, o *maître*, foi quem me deu a pista.

– "La mariposa?" – perguntei.

– No inverno, disse, está toda noite no Olímpia.

Agradeci e saí voando em direção ao Olímpia.

A boate estava anunciada por um discreto luminoso de neon no segundo andar de um prédio meio decadente da Calle Florida. Subi uma escada estreita em caracol, até alcançar a portaria. Comprei o ingresso e perguntei ao porteiro se "La mariposa" havia chegado.

– Ele é sempre o primeiro a chegar, respondeu.

Sentei-me numa mesa de pista, num local que me permitia uma ampla visão do salão. Quando me adaptei à pouca luz, pude ver "La mariposa" sentado a dois passos de mim. Uma garrafa de uísque pela metade, conversava animadamente com uma bela mulher. Esperei que ficasse sozinho e o abordei.

– Boa noite, disse.

– Boa noite, respondeu, afetando um ar de fingida surpresa, que não me passou despercebido. – Como veio parar aqui?

– Não foi difícil chegar até você. Todos o conhecem. Estive pensando em Gardel. Você é a única pessoa em Buenos Aires que poderá me esclarecer esta questão.

– E por que eu faria isso?

– Ainda não sei. Meu instinto me diz que devo confiar em você e que meu esforço não será em vão.

Ele explodiu numa gargalhada desdenhosa, pediu ao garçom outro copo, encheu-o de cubos de gelo, completou-o com uísque e brindamos.

– A Gardel! – disse, levantando o copo para o alto com um estranho brilho no olhar.

– A Gardel! – respondi.

– Sua teimosia deu resultados. Ainda hoje vou levá-lo até Gardel.

– O preço? – perguntei, sem subterfúgios.

– Apenas o seu silêncio, mais nada, e continuou rindo de forma obscena.

Na Calle Corrientes "La mariposa" abriu rapidamente a porta de entrada e subimos por uma escadaria de mármore branco, muito bem cuidado, e revestido de um suntuoso tapete vermelho. Antes de abrir a porta do apartamento, pediu-me silêncio e ajuntou:

– Aconteça o que acontecer, você deverá permanecer imóvel e não abra a boca. Arreganhou os dentes num sorriso cínico e silencioso e entramos.

– Sente-se nesta poltrona e aguarde, disse.

Acomodei-me na semi-obscuridade da sala. Na verdade, em nenhum momento acreditei que Gardel iria sair por uma daquelas portas. No silêncio, eu ouvia os ruídos que "La mariposa" fazia no quarto. Aparentemente conversava com alguém, sussurrando. Súbito uma música invadiu o ambiente. Era o som de um bandoneon lamentoso anunciando um tango. O ruído musical aumentou gradativamente, até surgir na vitrola a voz inconfundível de Gardel cantando Mano a Mano.

"Rechiflao en mi tristeza, hoy te evoco y veo que has sido
en mi pobre vida paria, solo uma buena mujer."

Em seguida, a porta se abriu de repente e "La mariposa" apareceu. Eu mal podia acreditar no que via. O bailarino surgiu naquela porta como se saltasse de um pesadelo. Tinha as faces exageradamente maquiadas de branco, os cabelos penteados, partidos e grudados no couro cabeludo à maneira de Gardel, os lábios extravagantemente pintados de vermelho, uma casaca de duas pontas fazendo as vezes de paletó, gravata borboleta branca, punhos rendados, os braços estendidos em minha direção, os olhos lacrimejantes. Rodopiou duas ou três vezes pela sala e, meio trôpego, parou diante de mim. Fez uma longa reverência com a cabeça, revirou os olhos e disse:

– Venha dançar com Gardel!

**Edson Amâncio** nasceu em Sacramento, MG. Possui graduação em Medicina pela Universidade Federal do Triângulo Mineiro, mestrado e doutorado em Medicina (Neurocirurgia) pela Universidade Federal de São Paulo. Autor de vários livros de ficção e também do livro *Neurociências – Divulgação Científica, O Homem que Fazia Chover – e Outras Histórias Inventadas pela Mente*, 2006. Também são dele *Em Pleno Delito* (contos), *Pergunte ao Mineiro* (crônicas), *Memórias de um Quase Suicida* (romance), *Minha Cara Impune* (romance) e *Cruz das Almas* (romance).

# Os rapapés da despedida*

Fábio Lucas

Rondava o Profeta Ramiro Elias o fumacê da fama, pois seu olhar estorricava os pássaros na gaiola, fazia murchar as samambaias e estiolar os gerânios. Sua voz rascante prenunciava catástrofes, maus augúrios, dissabores. Ultimamente, contraíra o hábito de mover-se religiosamente até o Correio Municipal, a fim de presenciar a chegada dos sacos de correspondência.

Macambúzio, ouvia a voz trovejante de Dona Dulce, que gentilmente distribuía as cartas e encomendas. Os jornais, em assinatura, destinavam-se aos fazendeiros, gente rica, cujos representantes recolhiam as coleções até a vinda dos donos legítimos à cidade, nos sábados e domingos, dias de missa, compras e visitas.

O Profeta, cabisbaixo, todavia empinado, no seu jeito de soberba, lançava olhares cobiçosos à musa de Transvalina. Diziam que ele fora casado com a deslumbrante mulata Quitéria, aquela de Andirobas, a dos olhos verdes. Falsa magra, pernas finas, coxas grossas, caixa trepidante pelo caminhar compassado. Num dia inesperado, desaparecera, levando consigo apenas a trouxa de pertences pessoais. Fora monitorada pelo mascate Ibraim Saliba e, insistiam, rumou para São Paulo, juntamente com o filho único, Ramiro Júnior.

O Profeta Ramiro aguardava perdidamente uma carta de São Paulo, três linhas que fossem para acalmar o coração. Notícias de Quitéria ou do Júnior? As opiniões se chocavam. Vagas fumaças. O Júnior, constava, já seria um grande craque do futebol paulistano. Quitéria amasiada... tantas lérias.

O Profeta arquitetou na mente o dia e a hora em que se visse a sós com a Dona Dulce. Enquanto isso, ia gastando o trivial: Carta pra mim?

O olhar de cão corrido comovia a Dona Dulce e ela desmanchava-se em palavras de gala e consolo. Consolo e também uma chamazinha de esperança, por que não? Seu Ramiro, esqueça o passado. O senhor é moço, vistoso, sacudido, e tem sua renda certa, de aposentado, sempre haverá moça transvalinense a conquistar. Dê uns tratos na figura, frequente os bailes e as rezas, algum peixe haverá de sobrar no fundo da rede. A vida é jogo,

* Publicado originalmente em *O Zelador do Céu e seus Comparsas*. Natal: Editora Sarau das Letras, 2012.

seu Ramiro. Tem suas doçuras. A boca apertava-se nas "doçuras", tomava a forma de um beijo.

O Profeta, tão solto e ácido, foi-se amoldando às horas vagas de Dona Dulce. Nada de carta de São Paulo, mas sempre a fortuna de esperar com as ouças abertas à voz do poderoso oráculo. Seu Ramiro, a sua não chegou ainda, mas está a caminho. Dona Dulce, após o pregão das novidades advindas de todos os quadrantes, sentava-se, deixando ver as pernas sublimes que o avental do serviço entremostrava.

Ela se divertia com o Senhor Ramiro, agora a orbitar em torno de seu pequeno planeta. Ela se apiedava da solidão em que o pobre coitado vivia, alvo da bisbilhotice e da malquerença municipal. Temia seu esbravejamento e, mais do que tudo, seu mau-olhado. Podia fulminar um cristão. Mas, que é isso? Seu Ramiro viera de gravata e chapéu-de-domingo. Que tempos são estes, de esquisitices?

O Profeta virara hóspede diuturno do Correio. Quando o carteiro, Joaquim Nanico, manco e sofrido, trazia o saco pesado da estação, emocionado suspirava pela carta. Como emocionado escutava a cantilena da Dona Dulce. Seu Ramiro tão mudado, ela pensava. Escolhia as palavras, rosto lavado, vai ver que até tomara banho.

Numa das vezes, trouxera duas rosas bravas, daquelas que nascem nos quintais. Pra Senhora não esquecer da gente. Ela: deixa em cima do armário, seu Ramiro. Depois vou providenciar uma jarra. Tão bonitas, não carecia!... Dona Dulce cogitava das mudanças do mundo, do poder onipresente das metamorfoses. Multidão de luzes se acendiam no seu espírito. As Graças caíam do céu, o mundo girava a todo vapor, o sol da prosperidade raiava no horizonte da Pátria. Deus ouvia as suas preces e despachava para a Terra uma legião de anjos para protegê-la. O Seu Ramiro...

Até que Dona Dulce, um dia, segredou que iria sentir muita falta da pessoa de todos eles, mas fora transferida para a agência de Queluz-de--Minas, onde ficaria noiva do primo Altair Fontoura, dono de uma loja de tecidos. Em breve, tiraria férias para cuidar de tudo: mudança, enxoval e noivado. Saudade de todos. Noiva? A sociedade quedou-se boquiaberta.

Lembram-se da bomba sobre Nagasaki? O efeito devastador foi igual, quando a notícia, na velocidade da luz, se espalhou por Transvalina. Mais outra bomba, a de Hiroshima, caiu sobre as secretas intenções do Profeta Ramiro que, taciturno, se trancafiou em casa por três dias, até que saiu, de luto, na hora regulamentar de inquirir da carta de São Paulo.

Chovia. Poucas pessoas. Com as barras das calças molhadas, mas altivo, ereto e de cabeça erguida, Dom Ramiro sentou-se na primeira poltrona vaga e esperou que Dona Dulce estivesse só, à disposição de suas premonições catastróficas. Ele, que na fuga de Quitéria com o Júnior, fizera duas cruzes no rastro deles e, depois do Mangalaô-três-vezes, riscou-lhe, a ela, traiçoeira, a mais cruel das pragas: morrer leprosa, degolada, ou, melhor ainda, com os panos em chamas numa cilada da sorte. Metódico, não se conteve com os agouros que lhe trouxeram fama: pediu ao compadre Antenor-da-Caixa D'Água, Pai de Santo, que sacudisse um ramo de erva-daninha na direção da fugitiva. Assim se confirmaria herói vingador da imperfeição humana, destino imposto pelo Criador.

Ele, agora, no silêncio da manhã escura, antes que Dona Dulce o cobrisse de lisonjas e agrados, adiantou-se sublime, solene, ao balcão e estendeu-lhe a carta-ofício que laboriosamente tracejara na reclusão: hoje é dia de a Senhora receber, ao invés de entregar. Leia, por favor:

Exma. Sra. Dona Dulce, em mãos: Até concentrar-me em vós, rodeava-me a neutralidade do mundo. Os desejos ardiam na chama da antecipação da morte, esta já de morada na alma. Cumpria-me augurar as leis do Destino, fulminadoras de todas e quaisquer veleidades.

A vossa presença em mim fez subtrair-vos da claridade de minha reputação, do meu ente em profusão de autenticidade. A Sorte envolveu-me solene. Eis-me presa de vossos encantos.

Deixo, por esta, de investir em vós, tão suprema na urdidura dos meus devaneios. Retiro-vos do meu belvedere, para onde acorriam os mistérios gozosos. Vejo, neste transe, remover-se o vosso vulto do meu repertório. Vós que nada fizestes para evitar que vos retraísseis ao fatal esquecimento, que vos esfumaceis do meu pasmo deleitoso.

Aquele trovão de agoniado prazer, seguinte ao relâmpago que partiu as trevas no meio, tirou-vos do não-ser, revelou-me o vosso aspecto divinizado. Tudo aquilo se precipitou para sempre ao buraco negro do olvido. Vós estáveis na raiz do meu espanto jubiloso. Fizestes-me recuperar a flâmula de justiceiro.

Apaguei-vos da cosmografia do pensamento. A tal ponto que nem em efígie desejo levar-vos à pira da desmemória, a fim de que não renasçais das cinzas. Eu não estarei presente ao meu funeral. Desde agora, silentes os tambores da minha admiração, baixo a cortina, retiro-me do palco.

Exilada do sonho, não mereceis o sortilégio da posteridade. Nem no séquito da paixão povoareis o retábulo das aleluias. Faltar-vos-á o oxigênio da réplica, a maturidade da fala que move os corações e a prodigalidade da imaginação. Sois o ser que se despede, o barulho que se esvai ao correr das águas na curva do rio interminável. Sois falecido sonho. Silêncio, em suma. Nada, portanto.

Solene, silente, o Profeta se retirou do recinto, curvando-se em mesuras, como uma espiga de arroz aos ventos do infortúnio. Dona Dulce, atônita, aguardou o seu lento afastar e deslizou suavemente o envelope ao lixo.

**Fábio Lucas** é ensaísta e crítico literário. Membro da Academia Mineira de Letras, da Academia Paulista de Letras, do PEN Clube do Brasil, da Modern Language Association (EUA), da Sociedade Portuguesa de Estudos Clássicos (Coimbra, Portugal) e da Association Internationale des Critiques Littéraires (Paris). É autor de *Expressões da Identidade Brasileira*, *Lições de Literatura Nordestina*, *Peregrinações Amazônicas – História, Mitologia, Literatura* e *O Zelador do Céu e seus Comparsas*.

# O RETORNO

Frei Betto

Criança, havia em minha cidade – um trançado de ruas na encosta de um vulcão aposentado – um diabo que promovia as mais desvairadas loucuras. Soprava ventos que faziam subir as saias das moças; endiabrava os garotos a saírem quebrando vidraças; induzia jovens casais ao adultério; incutia nas beatas paixões alucinadas pelo vigário; aspergia os campos com pragas de gafanhotos; constrangia o prefeito a falar a verdade, desencadeando uma sucessão de crises políticas.

Ninguém jamais o viu, mas sua presença na cidade era fato consumado, inquestionável. Sabia-se inclusive quando Firimula – era este o seu nome – ausentava-se, talvez para um período de férias, cansado de suas diabruras. Tudo voltava à normalidade e, sobretudo, à decência. Até as forças da natureza se submetiam aos ciclos das estações.

O diabo era quando o Sol ardia acima da temperatura suportável e os cães babavam pelas ruas, as moscas invadiam em enxames os mais recônditos recintos e a roupa impregnava-se de suor, as águas vertiam da montanha sujas de fuligem e as frutas mais doces pontilhavam, com sua acidez, todas as bocas de aftas. Era o sinal de que Firimula regressara. Tornava-se então alvo de todos os impropérios, maternos e paternos.

Um dia a cidade amanheceu tão calma que as folhas das árvores pareciam agradecer o roçar do vento, os cães dividiam sua ração com os gatos e as esposas se derretiam de paixão por seus maridos, que, por sua vez, rompiam com suas amantes. Logo correu a notícia de que Firimula entrara de férias antecipadas. Talvez padecesse de alguma doença ou simplesmente fora tomado pelo cansaço que acomete todos aqueles que, na vida, exercem atividades que requerem muita energia.

Três meses depois, a cidade prosseguia tão calma, como se ali jamais tivessem sido lançadas as sementes do mal. Nenhum relógio se atrasava, o cárcere da delegacia permanecia vazio, os credores perdoavam a dívida dos mais pobres. Até o clima, de hábito instável e molesto, andava tão ameno como se as quatro estações fossem diferentes acordes de uma mesma melodia.

A cidade tornou-se tão sossegada e feliz, que em pouco tempo Firimula havia sido esquecido. Só os mais velhos narravam às crianças as incríveis histórias de um demônio que, tempos atrás, perturbara a vida de pacatos cidadãos, apagando as letras dos livros, multiplicando as somas das contas públicas e misturando notas falsas nos caixas de bancos. E a meninada divertia-se excitada com tais lembranças.

Certa noite de inverno, sob intenso frio, me veio aquela insônia que parece perseguir os homens celibatários cuja imaginação entorpece ao longo dos anos. Virei-me para um lado, para o outro, e a cara continuava acordada.

Decidi me aquecer no bar do velho Rubião, um ex-marujo que trocara o mar pelas montanhas. Bebia-se ali a melhor cachaça da região, curtida em tonel de macieira. Não havia ninguém lá dentro, nem o proprietário, embora a hora não fosse muito avançada. Isso não me causou estranheza, pois quem conhece a nossa cidade sabe que, em noites como aquela, todos os habitantes preferem o aconchego de suas lareiras, enfiados sob grossos cobertores de couro forrados de lã. Só um ébrio solitário como eu era capaz de enfrentar rajadas de vento frio e densa neblina para ir em busca de um copo e, de quebra, um bom papo com o velho Rubião, que se gabava de ter pescado a baleia que engolira o profeta Jonas.

Apanhei a garrafa, retirei o cálice emborcado numa treliça de madeira sobre o balcão, enchi-o até a metade, acomodei-o na palma direita, abracei-o com os dedos para que se aquecesse antes de me aquecer. Num caderno preso ao caixa por um barbante marquei o valor de minha dívida e busquei assento junto à mesa colada à janela sob a maquete de um velho galeão.

A luz mortiça colada ao teto recebia lampejos do crepitar de gravetos no ventre em brasa do fogão de lenha. Numa panela de ferro fumegava a sopa de azeitonas e verduras que a mulher de Rubião dizia ter aprendido com marinheiros gregos.

Súbito, escutei o ruído de líquido despejado num copo. Para quem é do ramo, certos sons são inconfundíveis: um ferreiro saberá distinguir o martelo numa bigorna; o mecânico, a potência de um motor; o pastor, o balido de um cordeiro.

Acerquei-me, supondo encontrar atrás do balcão, vindo lá dos fundos, o velho Rubião com seu boné de marujo e o avental encardido a cobrir-lhe as pernas. Só vislumbrei-lhe o rosto quando tomei assento à sua frente. Não, não era quem eu esperava. Nem se tratava de um dos habitantes de nossa pequena cidade. Nem mesmo um daqueles forasteiros que, carregados de produtos e conversas, apareciam com frequência para tentar nos convencer a comprar como necessárias mercadorias supérfluas.

Tratava-se de um velho de rosto muito fino, com uma boina puxada por cima de uma das orelhas, os cabelos oxidados derramados sobre os ombros, olheiras fundas, os globos dos olhos tingidos de vermelho, a ponta do nariz ligeiramente enviesada, e a boca murcha de dentes. Sob a jaqueta xadrez de mangas muito curtas, vestia uma camisa de malha com listras horizontais; a calça, apertada, prendia-se à cintura contornada por uma corda, e os sapatos tinham cor indefinida, desbotada. Apresentei-me e ergui meu cálice, num brinde à nossa boa fortuna.

Houve longo silêncio. Isso não me molestou, pois sei que nos bares fala-se um dialeto de poucas palavras e muitas pausas que só os frequentadores assíduos dominam. A bebida tem, entre outras, a propriedade de aproximar desconhecidos, sem quebrar a distância que os separa, pois sela uma cumplicidade inexorável que suspende juízos e omite perguntas.

Lá pelas tantas, creio que pela quinta ou sexta dose, o velho retribuiu-me a apresentação:

– Sou o Firimula. Estou aposentado e retornei à cidade para matar as saudades. Como vão as coisas por aqui?

Quem faz do bar a extensão do seu lar sabe que uma revelação como esta não causa o menor espanto. Deus criou o lar; o diabo, o bar. E tudo que é sólido se desmancha no bar, garantem os filósofos de balcão.

– Vão na mesmice de sempre – retruquei. – Depois que você partiu, a rotina aqui tornou-se insuportável. Nem sequer falamos mal um do outro.

– Acredito, pois tentei tornar a vida desta cidade um pouco mais excitante. Durante trinta anos, tive-a sob o meu controle. Mas, sabe como é, até nós, demônios, somos vencidos pelo cansaço.

– E por que Lúcifer não nos enviou um substituto? – arrisquei.

– As coisas também não andam bem no reino de Hades. Há falta de bons demônios e nossas piores diabruras já não causam furor. Nos últimos tempos, vocês humanos foram capazes de inventar coisas piores, como a degradação do meio ambiente, a energia nuclear, a competitividade como condição de prosperidade. Não somos tão inventivos quanto vocês.

– Bem, compreendo. Deve ser triste, após tanto trabalho, ver que a desordem abandonou a cidade e agora reina a harmonia e a paz. Até o verbo avir, que andava em desuso, voltou a vigorar.

– Sim, mas não falemos mais disso. Agora eu também mereço um pouco de tranquilidade. Aceita mais uma garrafa? É por minha conta.

Quando um camarada de mesa faz esta pergunta é inútil responder. Bebemos juntos até o amanhecer. Deixei-o na esquina, em frente ao bar, enquanto meus passos vacilantes conduziram-me à casa, largando a insônia para trás.

Acordei por volta do meio-dia, sobressaltado por um grande alvoroço na cidade. Os sinos das igrejas repicavam incessantes. Todos gritavam "água, mais água!". Pela janela, vi a correria nas ruas. Muitos carregavam baldes e tinas. Pouco depois, os carros de bombeiros da capital adentraram pela rua do centro.

Desci e corri até a esquina para ver o que ocorria. O bar do velho Rubião ardia em chamas.

**Frei Betto**, mineiro de Belo Horizonte, é autor de mais de 59 livros, editados no Brasil e exterior. Seu livro de memórias *Batismo de Sangue* recebeu o prêmio Jabuti em 1982. Atualmente, colabora com vários jornais, revistas, *sites* e blogs, no Brasil e no exterior.

# A – D – E – T – U

Jean Pierre Chauvin

*Qualquer de nós teria organizado*
*este mundo melhor do que saiu.*
(Machado de Assis. *A Semana*,
6 de setembro de 1896)

## A

Tadeu conquistou a maioria de seus amigos nos locais em que trabalhou. Esse meu colega iniciou a carreira em nossa loja como auxiliar de escritório. Em poucos meses, ele passou para auxiliar de contabilidade – aproximadamente na mesma época em que concluía um curso técnico – e, mais recentemente, chegou ao sonhado posto de gerente comercial.

Ao que me consta, a ascensão profissional fez-lhe muito bem. Tão logo ele assumiu o novo cargo (éramos companheiros de ofício no Armazém do Zeca), logo demonstrou excelência, adquirindo em breve espaço de tempo a habilidade necessária para a nova função. Era elogiado por sua eficácia, eficiência e bom comportamento; vestia-se com a maior discrição; andava milimetricamente barbeado e usava cabelos no melhor estilo *garçon*. Para completar, nunca se atrasava para o expediente. Finalmente, participava com gosto de todas as reuniões de que tenho notícia.

Em pouco tempo, recordo-me perfeitamente, integrou-se como poucos a nossa turma: Ana, Carlos, Flávia, David, Beto e eu, Silas. Os laços se fortaleceram. Até pouco tempo atrás, costumávamos nos reunir ao menos uma vez por semana, a fim de trocar confidências, falar bem ou bem mal dos outros, além de assuntar coisas de maior ou menor monta.

Sisudo, malgrado apouca idade, dispunha de notável elenco de qualidades que fariam de qualquer um que dele se aproximasse amigo (daqueles íntimos) em pouquíssimo tempo. Seja feita a ressalva de que Tadeu jamais se referiu a outrem de forma depreciativa, embora tivéssemos conhecimento de mínimas rixas em relação a determinados invejosos, de notória e menor competência, que trabalham em outros departamentos da loja.

Diz-se que as pessoas, de maneira geral, costumam tomar liberdades ou agir de modo informal, à medida que seus relacionamentos com amores, amigos e demais conhecidos se estreitam. Não era esse o caso de Tadeu, que a cada dia conquistava e agregava maior número de pessoas, em razão de sua já mencionada discrição.

Todavia, cumpre-me relatar a totalidade dos fatos. Sim, eu, modesto narrador desta missiva, lamento dizer que notei nele, logo de início, certa disfunção... Demorei a precisar o que porventura fosse. Entretanto, dadas as características incomuns de Tadeu, passei a observá-lo mais atentamente.

**D**

Num de nossos encontros, ele se mostrava perceptivelmente atento em ser o último da turma a dar entrada no bar. Ninguém estranhou a atitude. Afinal, como ele se comportava habitualmente dessa maneira, atribuímos o gesto à sua boa educação: predicado que completava o seu modo de ser.

Assim que lá entrou, sua fisionomia mudou radicalmente. Esboçou um meio sorriso, acompanhado de um conjunto de expressões incongruentes: primeiro, fez-se aliviado, para, logo em seguida, crispar-se todo, enrugando a testa, enquanto os outros – que não o notaram – posicionavam-se em seus lugares.

Eu mesmo, que na certa era o seu amigo mais próximo, não dei maior importância aos trejeitos de Tadeu, mas fiquei alerta. Talvez nosso colega padecesse de problemas, quem sabe graves... Entretanto, reparei que ao comentar o assunto com os demais, havia um consenso em favor da hipótese de que eu é que estivesse dando muito crédito a fatos isolados, de nula relevância.

A Flávia, por exemplo, sugeriu que eu investigasse se o comportamento dele se relacionava às características do signo, principalmente em razão de Tadeu ter o ascendente em Peixes. Beto, sujeito pragmático, especulou: Tadeu se cansara do próprio rigor com que executava suas tarefas na loja. Carlos atribuiu as caretas, que apenas eu julgava ter visto, a mudanças súbitas de humor no colega. David, sumário, aventou que eu estivesse redondamente enganado. Ana, a mais verborrágica, desfilou meia dúzia de hipóteses distantes, que arranhavam a psicanálise freudiana e a dramaturgia de Bertolt Brecht.

À proporção que os dias passavam, convencia-me de que os colegas deveriam estar com a razão, era claro. Não havia motivos para pânico. Na certa, o bar mal iluminado havia me levado a enxergar coisas que só existiam em minha cabeça. Acresce que, naquele dia, tivéramos um expediente tumultuado na loja, o que poderia ter cansado minha visão à noite. Era uma hipótese que anulava o meu juízo, porque feito às pressas...

Mas, verdade seja dita, o fato é que eu não conseguia me convencer de que as estranhas feições de meu amigo fossem ilusórias. Afinal, e para minha infelicidade, eu estava certo. Gradativamente, as caretas de Tadeu se manifestavam com maior frequência, moldando-lhe umas novas e duras feições.

Certo dia, resolvemos assistir a um filme que estreava no cinema. Foi naquele momento que me impressionei pela segunda vez. Flagrei a mesma repetição de caretas que ele fazia. A diferença é que eu notara algum método, uma sequência naquilo tudo. Poder-se-ia dizer que Tadeu manifestava um involuntário cumprimento a três estágios, como no outro episódio. Em sua face lia-se – nesta ordem – espasmo, alívio e tensão. Falta-me habilidade para descrever o lamentável estado que fiquei.

Lembro-me bem de que éramos cinco pagantes – Beto e David ficaram até mais tarde na loja. Descíamos a Rua Augusta. Tadeu fez questão de ser o último a entrar, tanto no saguão, quanto na sala de cinema. Nesta última, permaneceu longo tempo como que disfarçando algo, parecendo escolher criteriosamente em que cadeira sentar. Ele tomou o seu lugar somente depois de nós outros termos nos acomodado.

Uma terceira ocasião envolveu sua namorada. Como eu também estivesse presente, passei da suspeita à triste conclusão de que nosso amigo padecia de algum distúrbio mental, mania ou doença que o valesse. Naquele dia, Tadeu, Úrsula e eu resolvemos prosear um instante, num café próximo à estação República.

A ideia partiu de sua futura noiva e foi prontamente acatada por mim. Era curioso: pelo visto, ele titubeava. Boca, nariz e olhos pareciam formar um todo retorcido; alteravam-se as duras expressões em sua face. Era a mesma e terrificante sequência já mencionada: espasmo, alívio e, por fim, as rugas cada vez mais marcadas...

Superados os achaques, aquele gentilíssimo colega, que sempre entrava ou se sentava depois de todos os outros, puxou a cadeira instalando-se antes de qualquer um de nós: abruptamente. Aquilo era uma triste surpresa, num homem reconhecido por sua educação e galanteria. Muito impressionado com o seu gesto, julguei que ele estivesse brincando, a princípio. Mas, não. No momento seguinte, tive a sensação de que ele se aprontava para sentar antes de que Úrsula também o fizesse.

Naquela noite, relembrei-me dos encontros anteriores. O que eram especulações ganharam contornos mais definidos e passaram a me perturbar, interferindo em minha rotina no trabalho, inclusive.

Tomei uma resolução: conversaria sem demora com o Zeca, dono da loja. Na manhã seguinte, fiz-lhe várias perguntas, principalmente em relação ao desempenho de Tadeu, nas atribuições de seu cargo. Preocupava-me duplamente: Tadeu, meu amigo de infância, passou a trabalhar naquele estabelecimento graças ao meu convite. Sentia-me responsável por qualquer inconveniente que ele viesse a provocar.

Para minha surpresa, Zeca assegurou-me que o atual gerente comercial cumpria exemplarmente suas atribuições. Acrescentou, aliás, que Tadeu continuava a ser rigorosamente pontual, além de se mostrar muito organizado e eficiente. Nada percebera de estranho ou inusitado, na sua rotina de trabalho, afora um recente hábito que meu amigo adotara de empilhar, sobre sua mesa, volumosos documentos de diversa natureza.

## E

Custa-me declarar que vasculhei a vida de Tadeu. Há que me desculparem: eu precisava reencontrar alguma tranquilidade em relação ao meu amigo. Decidido a tocar a empreitada adiante, nada pareceu mais acertado do que começar pelo ambiente de trabalho, em atenção ao qual ele mostrava tamanha dedicação. Sabendo de seus horários de saída para almoçar, forjei uma desculpa qualquer ("estou assoberbado de serviço"), para investigar não sabia o quê, durante sessenta minutos. Precisamente.

Passava um pouco do meio-dia quando adentrei a sala da gerência. Tudo confirmava os predicados de meu amigo: limpeza e organização. Experimentei abrir algumas gavetas... Todas estavam trancadas. Examinei as cadeiras, as prateleiras, os arquivos... Nada havia que chamasse a atenção. Nada denotava qualquer anormalidade.

Então, passei às pilhas de livros – lembradas por Zeca. Notei que ocupavam área rigorosamente retangular sobre a mesa. Considerando que ele sempre deixava os dicionários e manuais abertos, era de fato a única mudança perceptível nos hábitos de Tadeu. Alguns dias após essa inspeção, a que dei cabo sem nada encontrar, o próprio investigado convidou-me para uma visita à residência que dividia com seus pais.

Era um sábado de manhã.

Cheguei por volta das onze horas. Assim que entrei, reparei que Tadeu cerrara as cortinas da sala com estrépito. Perguntei-lhe se estava se protegendo da luz do sol ("Dia quente mesmo, não?"). Respondeu-me que, em verdade, incomodava-lhe profundamente deparar-se com a assimétrica disposição dos vasos da varanda em sua casa. Da esquerda para a direita, viam-se tulipas, cravos, rosas e girassóis – estranho arranjo de cores que, confluídas, afetavam o espírito do rapaz, pensei.

Conversamos durante algum tempo sobre nossas tarefas e amizades no escritório e, finalmente, tomei a coragem de lhe perguntar se havia algo que o estivesse importunando.

– Tadeu, não sei como lhe perguntar... você... você está se sentindo bem?

– Como assim?

– Parece-me um pouco preocupado... quase transtornado. Houve ocasiões em que...

– Transtornado? Por que pergunta? – interrompeu.

– Sei lá. Algo na empresa o está aborrecendo?

– Não. De forma alguma!

– Bem, sejamos francos. Agora que a sua namorada deixou a sala, diga-me: o relacionamento de vocês... que tal?

– Hum... Agora que me falou... bem que a Úrsula se queixou na semana passada. Observou que sirvo a todos os meus convidados de vinho, ou seja lá do que for, de forma que ela invariavelmente acabe por ser a última.

– E... Ela tinha razão? Existia motivo para a queixa?

– De fato, a reclamação procede.

– Mas, então... por que você continua a agir desse jeito?

– Tenho cá as minhas razões.

Não imagina, leitor, como fiquei a um só tempo triste e empolgado! Finalmente, eu saberia o que estava acontecendo com meu amigo. Quem sabe, eu poderia ajudá-lo? Uma viagem para a Baixada Santista; uma água de coco naquele quiosque do bairro, mesmo.

Mas ele prosseguia tranquilo, com absoluto rigor e método:

– Como deve saber, Silas, sou muito organizado. Sempre fui. Tenho o hábito de tudo classificar, arquivar...

– Sim, eu sei. Mas... tudo? Como assim?

– Sim. Tudo. Para você ter uma ideia, uma das gavetas daquele meu arquivo – fez sinal com indicador, apontando onde ficava – contém todos os bilhetes de meus conhecidos, parentes e namoradas em ordem alfabética.

Minhas suspeitas confirmavam-se. Ele sofria de alguma mania de classificação... E eu, impotente, não tinha mais o que dizer. De súbito, lembrei-me da violência com que fechara as cortinas, quando eu lá chegara.

– Tadeu, desculpe-me pela pergunta besta. Agora há pouco, você me disse que a disposição das flores aí na varanda o incomodava. Acho que não entendi direito.

– Elas não me afetaram... Elas me afetam – repetiu, enfático: Afetam!

– Hum... talvez seja... digamos, a mistura das cores?

– Não exatamente. Notou que elas estão fora da ordem?

– Como é que é?

– Ora, você concorda que as flores estão enfileiradas de maneira incorreta: tulipas, cravos, rosas e girassóis... Quero dizer, não estão organizadas em ordem alfabética. Se assim fosse, deveríamos lá encontrar: cravos, girassóis, rosas e tulipas. Aliás, bem lembrado: preciso conversar com minha mãe sobre isso!

Tadeu concluiu a explicação com ar triunfal e cenho franzido; repousou os olhos na direção dos quadros suspensos à nossa frente. Fiquei estupefato: a moléstia não se limitava às pessoas, mas a... ao universo. O mundo, para Tadeu, era um grande material a ser arquivado mediante critérios os mais rigorosos.

No dia seguinte àquela cena, aproveitando que fosse um domingo e não seria interrompido pela burocracia ou pelos sequiosos clientes, fui à loja levando a minha cópia da chave. Eu precisava encontrar alguma outra informação, qualquer pista que aplacasse minha crescente preocupação com Tadeu.

Lá chegando, resolvi mexer em algumas pastas que constituíam nova e volumosa pilha sobre sua mesa. Aparentemente, todas relacionavam-se a atividades extra-profissionais. Uma delas, identificada por etiqueta em que se lia "CONTAS", continha uma folha com anotações nos seguintes moldes:

"**B**ALANCETES – **AB**RIL, **AG**OSTO, **D**EZEMBRO, **F**EVEREIRO, **JU**LHO, **JUN**HO, **MAI**O, **MAR**ÇO, **N**OVEMBRO, **O**UTUBRO, **S**ETEMBRO.

**C**ONTAS – **Á**GUA, **G**ÁS, **J**ORNAL, **L**UZ, **SA**ÚDE, **SE**GURO.

**D**ÍVIDAS – **BAN**COS, **BAR**, **P**ADARIA"

Havia, é claro, outras infindáveis ordenações, em métodos bastante similares. Algo de similar acontecia com relação aos livros: todos vinham enfileirados respeitando-se a ordem alfabética de seus títulos – independentemente do assunto de que tratassem.

Entrei em desespero! Logo considerei as consequências que essa reorganização (louca, embora coerente) traria, se aplicada aos demais setores da loja... Urgia tomar alguma providência. Entretanto, antes de passar a ações mais radicais, arquitetei uma espécie de plano para averiguar se minhas suspeitas não seriam infundadas.

**T**

Dei um segundo passo. Na semana seguinte, retribuí o convite de Tadeu, dizendo-lhe para jantar conosco na casa de meus pais. Assim que o rapaz chegou, cumprimentou-nos animado e conversou polidamente. Riu algumas vezes; chegou a contar piadas e... felizmente, não fez qualquer careta. Otimista, comecei a justificar a esquisitice de meu amigo, creditando-a ao fato de que todos nós temos as nossas neuroses.

Aproximava-se a hora da refeição. Porém, no instante em que nos dirigíamos à mesa, meu pai e eu testemunhamos os fenômenos já conhecidos: enrijecidas as faces, e enrugada a testa. Tadeu esperou calmamente que eu me sentasse. De súbito, e antes que meu pai (chamava-se Zenir) também o fizesse, meu amigo tomou o seu lugar de forma tão repentina que acabou por derrubar parte dos pratos, talheres e copos dispostos sobre a toalha.

Não é preciso contar que meu pai e eu não tínhamos o mesmo ânimo para dar prosseguimento à refeição. Chateado e diante de um impasse inusitado, imediatamente inventei uma desculpa que me pareceu a mais verossímil. Fui firme e objetivo:

– Pessoal, não estou me sentindo muito bem... Acho que foi a maionese do almoço. Vou ter que me retirar. Desculpem-me.

Enquanto eu simulava uma labirintite de última hora, Tadeu sequer ouvira o que eu dissera à mesa. Olhava fixamente para a disposição das cadeiras. Como eu me levantara – provavelmente de acordo com a sua lógica classificatória –, ergueu-se abruptamente, antes que meu pai também se retirasse, terminando por derrubar não somente os vasos de porcelana, mas os demais utensílios colocados sobre a mesa.

Ato contínuo, visivelmente envergonhado, ele pediu desculpas numerosas vezes, encarando cada um de nós conforme a ordem de nossos nomes:

Maria, Silas, Zenir. Deu boas noites três vezes e se foi. Mal tive tempo de abrir a porta. Ele mesmo virou a chave e ganhou a calçada.

Fiquei sem reação. Mal tinha voz para chamá-lo de volta à casa, de volta à razão. Passaram-se longos minutos. Transtornado, liguei para os outros colegas, sugerindo uma reunião no dia seguinte: o assunto era, de fato, extraordinário.

## U

Durante o encontro, realizado uma hora antes do horário usual de entrada dos funcionários na loja, concordamos que nossa turma tentaria encontrar uma solução para a esquisitice de Tadeu. Vários foram os protestos de ajuda. Uns, mais exaltados, como o David, sugeriram que deveríamos interná-lo numa clínica, de imediato. Ana, a secretária, propôs que buscássemos a orientação de um médico homeopata... Carlos e Beto continuavam a acreditar que eu estivesse exagerando no diagnóstico.

Silenciamos: Tadeu se aproximava. Assim que ele entrou, David e Flávia foram até a sua sala, a fim de convidá-lo para uma peça teatral, dali a alguns dias. Tudo certo: combinado o programa, concordamos em irmos ao teatro numa sexta-feira, depois do expediente. Mal sabíamos – todos agora de sobreaviso – que assistiríamos a uma genuína tragédia, antes mesmo de o primeiro ato ter início.

Minutos antes de o espetáculo começar, resolvemos beber alguma coisa. Nós sete pedimos sucos, incluindo Tadeu: o último a tomar o seu, sabor... tangerina. Acresce, a propósito, que os demais haviam pedido, pela ordem, sucos de abacaxi, acerola, laranja e maçã.

Mas, o pior estava por vir. Ao adentrarmos a sala de espetáculo, havia uma grande quantidade de cadeiras vagas. Tadeu, que já esticara suas rugas em várias direções (como se o seu rosto fosse uma bússola epitelial) contorcia-se assustadoramente! Com uma tenacidade diretamente proporcional à múltipla expressão facial, ele tentava dizer algo que me pareceu ser:

– Atenção às numer... numerad...

Era o fim. Ele tombou sobre o carpete, desfalecido. Pareceu-me que tomara cuidado de se desviar de algumas poltronas, ao cair. Fora seu achaque derradeiro. Não entro em detalhes sobre o adiamento da peça, nem sobre a chegada dos médicos, sob o protesto do público. Isso seria sensacionalismo; e não estou aqui a fazer espetáculo com a morte alheia.

No velório de Tadeu, respeitaram-se as tendências taxonômicas do nosso amigo, recém-falecido: adentramos o recinto de acordo com a ordem alfabética de nossos nomes. Na lápide, escrevemos: "Aqui jaz Adetu". Em seguida, enquanto descia o esquife à cova, atiramos cravos, crisântemos, girassóis e algumas rosas. Afetávamos portar o mesmo distúrbio ordenador que levara nosso amigo à morte, estágio necessariamente último.

Quanto às suas últimas palavras, proferidas aquela noite no teatro, deduzi que ele tentava nos alertar com a máxima sinceridade e veemência:

– As numeradas! Atenção às cadeiras numeradas!

**Jean Pierre Chauvin**, professor, trabalha com ênfase em literatura, produção textual e língua portuguesa. Seus principais temas de estudo dizem respeito à literatura brasileira (Manuel Antônio de Almeida, Machado de Assis e Lima Barreto), teoria literária e literatura comparada e literatura portuguesa (José Saramago). É mestre e doutor em Teoria Literária e Literatura Comparada – USP; graduado em Letras (Português) pela mesma Universidade, onde também cursou a Licenciatura Plena. Autor de *O Alienista: a Teoria dos Contrastes em Machado de Assis* (2005) e de *Pensamentos Crônicos* (2011).

# Do livro de receitas de vovó*

Jeanette Rozsas

Na noite enluarada, revi Ricardo em pensamento e foi então que nasceu a vontade de comê-lo.

Nos dias que se seguiram, pus-me a afiar o gume enferrujado de meu desejo, relembrando com intensidade o magnífico espécime: íris marejando entre ondas de azul e cinza, nariz um pouco carnudo, lábios sensuais que mastigavam palavras.

As papilas gustativas excitadas, lambi, com os olhos da imaginação, os músculos poderosos do pescoço e os que lhes vinham logo abaixo, num harmonioso movimento de contração e distensão, sob a camiseta colada.

Era bem definido, o Ricardo.

Refiz na lembrança a dança sinuosa de deltoides, mastoides e bíceps, deixando à fantasia de como seriam o reto femoral, o vasto lateral, o tibial anterior, para não falar dos meus prediletos, os grandes glúteos, cujo traçado se podia divisar pelo contorno da calça jeans. Músculos maravilhosos num homem superlativo, como há muito tempo eu não via.

A hiena que dormitava acordou de vez: alerta, disposta e, sobretudo, esfomeada. Era preciso tê-lo só para mim, nem que fosse por algumas horas. Planejei, então, um almoço no campo e, antes mesmo de ser apresentada à minha presa, fui buscar no livro de receitas herdado de minha avó as sugestões de cardápio.

*Tira-gosto:*
*PICADINHO AO DIABLE*
*3 colheres de sopa de óleo*
*750 g de carne moída (coxão mole ou alcatra)*
*1 cebola ralada*
*pimenta, muita pimenta*

* O presente conto foi publicado no livro *Qual é mesmo o caminho de Swann?*, Rio de Janeiro: 7Letras, 2005.

Modus Faciendi

*Desosse a parte traseira do pobre animal e corte-lhe a carne em tiras finas. Se ele berrar, acerte-lhe a cabeça com um objeto pesado (que deve estar sempre à mão). Doure a carne na cebola, mesmo que ela já seja naturalmente dourada pelo sol. Junte os ingredientes restantes e cozinhe lentamente. Nada de pressa. Frua seu prazer. Ótimo para servir com purê de batatas, arroz ou macarrão.*

*

Através de bons amigos, consegui que fôssemos apresentados. Daquela ocasião ficou-me, na palma da mão, a quentura da carne tenra; na retina, o bronzeado saudável, e por todo lado, um discreto cheiro de suor que me atraía. Tirando uma pequena falha nos dentes e as unhas roídas até o sabugo, ele era de todo aproveitável, candidato certo para um banquete de emoções. Trocamos telefones e fui para casa saborear meu sonho.

Liguei-lhe no mesmo dia. Do outro lado da linha, a voz cálida aceitou meu convite para o dia no campo. Seria perfeito. Quem? Só nós dois. No sábado, então! No sábado.

*Entrada:*
*TORTA DE CARNE E CEBOLA*
*750 g de carne moída*
*2 colheres (de chá) de molho inglês*
*½ colher de chá de sal*
*2 xícaras de cebolas cortadas*
*Da carne que sobrou – e vai sobrar muita – retire 1 kg. (não é necessário o rigor de um Shylock – esqueça Shakespeare). Voltando à nossa carne, comece a triturá-la. Você pode usar máquina de moer ou seus próprios dentes. Acredite-me: este último processo, ainda que mais trabalhoso, garante prazer redobrado. Depois, coloque a carne numa vasilha grande, junte os ingredientes e misture bem. Asse em fogo brando, sem pressa. A espera tem lá suas recompensas. Quando estiver no ponto, corte em fatias como se fosse um bolo e sirva-se.*

*

Muito trabalho pela frente. Em primeiro lugar, ir até a casa de campo, perdida no meio do matagal. Não fosse distar só 150 km de São

Paulo, eu diria que fica quase no fim do mundo. Mas gosto da minha velha casa, apesar de dizerem que está em ruínas. Não para mim. Acho que tem o apelo das casas velhas, a hera subindo pelas paredes, dizendo de um tempo que já se foi, de gente que um dia viveu. Escadas que rangem, barulhos no meio da noite, gritos; alguns dizem que ouvem gritos. Juram que são almas penadas, mas eu não acredito em nenhuma dessas bobagens. Mortos não voltam. Não voltam nunca mais, nem mesmo para contar como foi que morreram. Ainda bem.

*Hors-d'oeuvre:*
*SERPENTINAS DE FÍGADO*
*750 g de fígado de vaca, vitela, ou qualquer outro animal*
*½ xícara de farinha de rosca*
*½ xícara de cebola bem picada*
*½ colher de chá de sal*
*uma colherada de banha*
*Esqueça um pouco a carne. Vamos a uma operação bem mais delicada: escolha uma faca cujo fio esteja tinindo de afiado e faça uma grande incisão no abdômen do animal. Mergulhe a mão no talho e retire o fígado (melhor trabalhar com ele ainda quente). Corte em tiras, frite na banha e divirta-se observando como as tirinhas se contraem, estalam e ficam douradas. Ninguém diria que já foi um fígado, não é verdade? Junte aos demais ingredientes e ponha-se a degustá-las, uma a uma, como se fossem serpentinas num gostoso carnaval de prazeres.*

*

Como dá trabalho receber um hóspede! Compras: manjericão, orégano, cebola, farinha, ovos, alho, azeite, noz-moscada, estragão, alho-poró, cebolinha, salsinha, pimenta do reino, isso para a carne. Acompanhamentos (opcionais): arroz, batata, farofa para churrasco, alface, tomate e cenoura. Sobremesa (se restar lugar): frutas. Bebida: água e vinho tinto, o mais vermelho que encontrar. Lembrete: comprar bastante lenha para fazer a carne no meu velho fogão de ferro, que de tão grande dizem que dá para assar um boi. Que exagero! Ah, sim: material para embalar e congelar, porque vai sobrar muita coisa.

*Primeiro prato:*
*MIOLO EMPANADO*
*½ kg de miolo*
*Sal, água, vinagre*
*1 cebola média bem picada*
*farinha de rosca – 2 ovos*
*Agora chegou a vez dos miolos. Imagino que haja bastante. Serre o tampo superior da cabeça e retire os miolos ainda fumegantes. Corte aos pedaços, passe no ovo e na farinha e depois frite juntamente com a cebola. Se tiver miolo demais, reserve uma parte para fazer bolinhos, que são saborosos e de preparo rápido.*

*

Limpo a casa de cima a baixo. Muita poeira acumulada. Afasto as cortinas e deixo que o sol lamba tudo. Faço a cama, ponho lençóis limpos e cheirosos pensando em como estarão amarfanhados, manchados e usados no próximo sábado. Tenho vontade de soltar um uivo de alegria, mas me contenho. Devo guardar todos os sentimentos e sensações para a hora fatal. Arrumo a mesa com a melhor porcelana. Guardo os mantimentos na cozinha e disponho os utensílios com cuidados de mestre: a machadinha, o facão, as tesouras, as facas menores para desossar, destrinçar, separar as articulações, descarnar. Experimento o serrote na eletricidade. Grande invenção, esta. Nos velhos tempos, havia que se usar os músculos mesmo. Agora tudo ficou mais fácil, mesmo para mim, que sou meio canhestra. Admiro os açougueiros e os cirurgiões que destrinçam com arte, numa cirurgia higiênica. Não é o meu caso, infelizmente. Arranco os pedaços, e ao final há gordura, sangue e cabelo misturados com carne tenra e boa. Imagino o quanto devo perder durante o processo por pura falta de habilidade. Ou afoiteza...

*Prato principal:*
*CORAÇÃO (RECEITA CASEIRA)*

Você já deve estar cansada, mas não desanime. Estamos quase acabando! Pegue o facão e abra o tórax, expondo o coração que ainda palpita, pulsa, lateja. Arranque-o sem dó. Olhe como é lindo. Segure-o bem alto, acima de sua linha de visão, e perca-se em admiração. Rubro como o vinho, quase marrom. Ele que bomba a vida, entra dia, sai dia. É magnífico. Você tem em suas mãos o relógio do tempo, a máquina da vida, e seu sentimento de euforia chega a paroxismos de loucura. Epifania. Joyce. Quisera poder segurar o próprio coração assim e devotar-lhe o culto e o respeito. É o órgão do amor, tão cantado pelos poetas – qual poeta ou prosador não lhe dedicou versos e linhas? Por causa dele, homens e mulheres se amam, se matam, se traem, se aniquilam. É ele quem faz a vida e quem a tira. Começo e fim, pelos seus batimentos adivinha-se o que vai na alma. Coração apaixonado, acelerado, odiento, triste, feliz, apaixonado, parado. Mãos à obra. Nada de temperos, nada de frituras, nada de assadeiras. Assim como está, ainda quente em suas mãos, aproxime-o da boca e sorva, olhos fechados, a vida à qual ele deu ritmo, tique-taque de cuco, de relógio, de tempo, de eternidade. Sorva-o lentamente e agora crave seus dentes e sinta como a carne se despedaça dentro de sua boca, como num beijo de amor.

*

Tudo pronto. Volto para São Paulo na sexta à noite, exausta e ainda assim, insone. O dia seguinte vai custar a chegar. Cheiro a tempero e produtos de limpeza. Entro num banho quente, espuma até o queixo para aliviar o corpo dolorido. Esfrego-me toda e excito-me com imagens da bela carnadura de Ricardo sendo massageada pelas minhas mãos, estimulada pela minha língua, saboreada pelo meu desejo. Vejo os vergões que minhas unhas vão traçar no torso poderoso. As unhas! Devo tratá-las. Saio do banho e cuido das mãos e dos pés. Esmalte vermelho-sangue que cintila sob a luz dicroica do meu olhar, o corpo nu refletido no espelho embaciado do banheiro. Pego o batom, pastoso, cremoso, e com ele esfrego meus lábios, que vão se tingindo de vermelho, primeiro dentro de seus próprios contornos, depois, propositadamente deixando os bordos e se espalhando desde as narinas que inflam, buscando no ar o cheiro da presa, escorrendo bem devagar pelos dentes, pela língua, pelo queixo, como um delicioso molho de pomo d'oro, fruto dos deuses, cor da ira, carne viva que vibra e que queima, que provoca e que endoidece.

E a hiena rediviva, molhada de espuma, suor e lascívia, depois de tanto tempo de espera, vai até a janela, olha a lua e solta uma gargalhada que ecoa na noite de promessas. Amanhã, finalmente, matará sua fome.

CONSELHOS ÚTEIS (em *post scriptum*): O QUE FAZER COM OS RESTOS

* Guardar a carne, desprezando pele, gordura, cabelos e eventuais vísceras (depende do gosto de cada um).

* Aferventar os ossos: o caldo serve de base para uma deliciosa sopa.

* Tíbias, perônios e fêmures podem ser atirados aos cães.

* Imaginação e criatividade sempre trazem surpresas prazerosas.

* Lembrete: só porque você está saciada, não vá esquecer de dar sumiço na carcaça. O melhor é enterrá-la bem fundo, em local ermo, ou queimar no forno até que vire cinzas. Uma boa solução, também, é mergulhá-la num tanque contendo ácido sulfúrico.

**Jeanette Rozsas** é contista e romancista, autora dos livros *Autobiografia de um Crápula, Qual é Mesmo o Caminho de Swann?* e do audiolivro *As Sete Sombras do Gato.* Tem trabalhos publicados em revistas, jornais e nos principais *sites* de literatura nacionais e internacionais. Detentora de inúmeros prêmios, no Brasil e no exterior, participa de antologias, entre as quais destaca *O Zodíaco* e *Antologia de Contos da UBE,* da qual é uma das organizadoras. Em 2008 publicou os romances *As Sete Sombras do Gato* e *Morrer em Praga,* selecionados pelo Projeto de Apoio Cultural da Secretaria de Estado da Cultura – PAC 7 (2007). Seu romance biográfico *Kafka e a Marca do Corvo* foi premiado pela Fundação Nacional do Livro Infantil e Juvenil e fez parte do catálogo da Feira Internacional de Bolonha por dois anos consecutivos. Foi diretora da União Brasileira de Escritores (UBE) por várias gestões.

# Mensagem de Moscou*

João Batista de Andrade

* As graves e inesperadas mudanças na União Soviética após a queda do muro de Berlim deixavam velhos militantes em crise. Como acreditar em tudo aquilo?

Nicola Bruno apressou o passo, atravessando a Avenida São João. Teria ainda uma boa caminhada até seu apartamento, perto da Estação da Luz. Não que fosse muito longe, mas tinha que caminhar com extrema cautela. A região estava sempre apinhada de policiais, por causa dos órgãos de segurança instalados próximos de seu prédio.

Pode parecer um contrassenso, mas justamente pela proximidade com os órgãos de segurança é que Nicola Bruno havia escolhido aquela região.

Ali sentia-se seguro.

E naquele dia, mais do que em qualquer outro dia, sua segurança era fundamental. Se o reconhecessem, seria um desastre.

Pois aquele seria o dia da mensagem da Rádio Moscou!

Vários companheiros seus dali a instantes estariam em sua casa, os ouvidos colados ao rádio, esperando com ansiedade o sinal do levante. O destino do país estaria sendo determinado por essa mensagem.

Se tudo estivesse certo, o apoio internacional garantido, eles se levantariam em armas!

A Revolução, finalmente. E triunfante, implantando o socialismo em seu país.

Ilhado no meio da rua, cercado por velozes carros de um lado e outro de seu corpo, Nicola Bruno imaginava o trabalho que daria impor àquela gente as regras de justiça do novo regime.

Eles haveriam de compreender. Numa boa ou na marra.

Quem teria o direito de se opor aos avanços inexoráveis da História?

Atravessou a rua, cauteloso, como todo bom revolucionário e, disfarçadamente, vasculhou todos os cantos da rua com olhadelas rápidas e eficientes.

Tinha que agir com precisão.

O futuro do país dependia tanto dele!

Muitos amigos, nos últimos tempos, seguidamente o advertiam de que as coisas tinham mudado muito em toda a parte, inclusive na velha Rússia. Que o fervor revolucionário por lá já não era o mesmo dos tempos heroicos, etc., etc.

"Muita traição e também muita atração pelo velho e insinuante capitalismo", diziam.

"Conversa", reagia ele.

Conhecia o comunismo desde criança. Costumava dizer mesmo que nascera com o comunismo nas veias, herança paterna. E quantas vezes ouvira esse papo entreguista de que o socialismo estava superado, que não dava mais pé, que o marxismo já era.

Tudo campanha contra, guerra fria, coisas do imperialismo norte-americano, pensava.

"O socialismo triunfaria, sim!"

Esse pensamento sempre emocionava Nicola Bruno.

Comovido, sentia-se navegante da História. Mais do que como passageiro, um condutor.

Verdade que não simpatizava muito com esse Gorbachev, mas se o Partido o apoiava, então tudo estaria nos trinques. Por trás daquele desbunde aparente, o velho Partidão bolchevique estaria preparando alguma boa, uma surpresa...

E era preciso estar sempre preparado para a hora dessa surpresa. Para desenvolver seu projeto revolucionário, Nicola Bruno mantinha, dentro de sua célula do Partido, um grupo selecionado de militantes fervorosos. Cada um desses ativistas representava um setor importante da sociedade, para que o levante final fosse amplo e geral, sem qualquer chance para os inimigos.

Não era lá um grupo como desejaria Nicola Bruno. Bem que gostaria de contar com gente de mais liderança, participantes ativos dos movimentos sociais. Ah, mas era um grupo seleto, gente de confiança e prontos para a luta, isso é o que contava. Tinha certeza de que na hora "H" suas vozes seriam ouvidas, o povo os apoiaria.

Os estudantes seriam mobilizados pelo Carvalhinho.

Sobre o Carvalhinho pesava a desconcertante acusação de ser homossexual. Mas, apesar de sua rigidez moralista, até isso Nicola Bruno tolerava, em nome da Revolução.

Os estudantes eram tão importantes!

Luís, o Velho, lideraria o funcionalismo público, como eterno presidente de uma contestada – mas tão boa, pensava Nicola Bruno – Associação dos Ex-Funcionários Públicos da América do Sul, a AEXFUNPUAS, criada pelo próprio camarada Luís quase trinta anos atrás.

As mulheres teriam em Lurdes de Sá, doméstica, ex-diretora do Sindicato, sua líder.

Das classes mais baixas, Osvino, líder dos lixeiros. Aliás, ex-líder, já que havia sido fragorosamente derrotado nas últimas eleições do Sindicato.

"Eleições fraudulentas", sempre justificava ele, com aprovação de Nicola Bruno.

Com Adriano Malta, ex-deputado, cassado em 68, eterno candidato, estaria representada a classe política.

Da classe operária, Polaco, ex-líder dos metalúrgicos de Guaratinguetá, onde, diziam as más línguas, não havia uma só indústria metalúrgica. Pura maledicência.

Dos intelectuais, Osnam, artista plástico, Era o responsável pelas coloridas bandeiras do movimento. Sem dúvida, mobilizaria os intelectuais, tão afeitos a bandeiras.

Um militar, não poderia faltar um militar. O velho Silva, oficial da reserva da Força Pública da Paraíba.

E Leone...

Teria Leone conseguido chegar a Moscou?

À noite saberiam. E saberiam também se conseguira o tão esperado apoio.

O certo é que às oito e meia da noite estariam todos no apartamento de Nicola Bruno, atentos, aguardando o sinal, na voz melosa do camarada Leone. Se a mensagem fosse positiva, sairiam dali para espalhar a boa nova entre todos os revolucionários do país: a Revolução tinha que começar, e já, com o apoio da Pátria-Mãe do Socialismo.

Nicola Bruno não conseguia deter o sorriso de felicidade, mesmo sabendo que uma pessoa como ele, rindo sozinho na rua, poderia atrair a atenção dos policiais disfarçados de cidadãos, inimigos, caçadores de comunistas.

Ah, mas tudo haveria de mudar!

O mundo seria outro, com seu país socialista.

Os velhos pelegos do Partidão, que sempre desdenharam tanto da vocação revolucionária de Nicola Bruno, agora teriam que se reintegrar à revolução, submeterem-se às suas diretrizes e abandonar aquela eterna política de corpo mole e conciliação de classes.

Ou abandonar de vez a luta.

O povo já não podia esperar!

Há quanto tempo ele mesmo, Nicola Bruno, esperava por esse momento, vendo o tempo passar, perambulando por corredores pobres de repartições públicas, funcionário sem futuro exercitando as tarefas inúteis de sempre. Certo de que o Grande Dia estava próximo, Nicola Bruno abdicara de qualquer progresso pessoal: abandonara a Universidade para viver como um simples trabalhador e assim, junto às massas, poder lutar por um futuro radiante e justo para o povo de seu país. Zelador, contínuo, boy, a vida humilhante que ocultava a grandeza de seus sonhos e seu fervor. Quem poderia imaginar que ali, travestido de um quase-miserável, estaria um dos líderes da revolução que transformaria definitivamente o país, instaurando o sonho de justiça, de paz, de liberdade, sonho que povoou, pode-se dizer, todos os seus cinquenta e dois anos de existência?

Lembrando dos que o desprezaram ou humilharam, Nicola Bruno sentia o gosto amargo de fel, um persistente sentimento de vingança.

"Eles verão."

Com esse sentimento entrou no velho prédio da Rua dos Gusmões, a poucos metros da Estação da Luz. Gostava dali. Talvez atraído pela ferrovia, ou pela sordidez do lugar. Talvez por pura economia. Para si mesmo, e muitas vezes respondendo a insinuações maldosas, explicava que ali, em meio a bicheiros, vagabundos, drogados, prostitutas, policiais, estaria mais seguro, menos visível.

E perto da cruel realidade social do país.

Um pouco sem jeito, deu ao porteiro, ao entrar, uma nota de dez, enroladinha.

"Vão chegar aí uns amigos meus..."

"Claro, doutor."

O tratamento de "doutor" caiu como uma cunha, desdobrando sua personalidade. Era assim que gostaria de ter sido tratado a vida inteira, com esse respeito. Não por vaidade, de forma alguma, mas por reconhecimento de seu valor, como revolucionário, como lutador pelas causas populares, pelo socialismo.

Por outro lado, essa subserviência do porteiro incomodou seu lado crítico.

Alienação, coisa do capitalismo...

Ah, mas isso também haveria de mudar, e mais cedo do que os velhos burocratas imaginavam...

O velho elevador do prédio não funcionava e Nicola Bruno subiu, pelas escadas, os quatro andares até seu apartamento. Em passo acelerado, como sempre fazia para manter-se em forma. Um revolucionário não pode perder um instante de sua vida, tudo deve ser aproveitado em prol de seus ideais, do futuro da humanidade.

Nicola Bruno sentia no peito o fervor dessa dedicação plena, essa doação de sua vida a uma causa libertária, nobre. Os velhos burocratas do Partido e os traidores do socialismo nunca o entenderiam.

Ele vivia "para" a Revolução, enquanto que os vendilhões viviam "da" Revolução.

Entrou em seu apartamento lembrando-se das dez pratas dadas ao porteiro.

Dez mil: duas entradas de cinema, três pratos feitos no barzinho popular que frequentava.

Quem sabe teria exagerado, o porteiro teria agradecido da mesma forma com a metade e até mesmo com uma boa nota de mil.

Dera tudo o que tinha.

Como passaria agora até o novo salário?

Sufocou esse sentimento menor. Era um revolucionário, não podia se deixar levar por questões tão particulares, pequenas.

E se tudo desse certo, para que dinheiro?

Se tudo caminhasse como sonhara, o dinheiro perderia seu lugar na sociedade, as pessoas não mais se relacionariam por esse espírito de troca, de dinheiro, mas pelo prazer e pela dedicação à construção do futuro.

Mal pendurou o velho paletó no cabide de parede, estrategicamente colocado logo abaixo do retrato de Lenine, e a campainha soou.

Trêmulo de emoção, Nicola Bruno abriu a porta.

Era Osnam, o intelectual. Sentiu-se incomodado, teria agora que ficar ali a sós com esse companheiro, até que os outros chegassem.

"Por favor, entre, camarada".

O camarada Osnam entrou, suspirando. Quem sabe de cansaço, quem sabe de tédio.

"Que dia, hoje, Nico..."

Nicola Bruno sentia-se desconcertado diante do companheiro, intelectual, homem de cultura, profundo conhecedor das artes e o único teórico de marxismo no grupo.

O que conversar com um homem de tal sabedoria?

Nicola Bruno suspirou aliviado com a pronta chegada do operário Polaco, acompanhado do circunspecto Luis, o Velho, e do estudante Carvalhinho.

Polaco era o oposto de Osnam, com seu jeito carregado de operário, sisudo, corpulento, o vasto bigode que lhe dava uma aparência ainda mais rústica. Não era homem de discussões e, desde o dia em que se integrou ao grupo, deixou bem claro que não entendia nada daquelas teorias que, no fundo, considerava uma grande frescura.

"Chegou o proletariado", brincou Osnam.

"Proletariado é a mãe."

Luis, o Velho, não alterou seu eterno sorriso que servia para tudo. Muito à vontade, esparramou-se pela única poltrona da sala.

E o estudante Carvalhinho entrou com uma hilariante capa de clandestino, cobrindo parte do rosto.

Claro, fazia isso de propósito, galhofeiro.

"Seguramos essa, moçada?"

Não conseguia disfarçar o jeito levemente gay.

Nicola Bruno se perguntava por que, Deus do céu, justamente o representante jovem do grupo tinha esses trejeitos. Tinha até medo de levar adiante essa pergunta. A resposta poderia ser um abismo.

O importante agora é que Carvalhinho era um revolucionário e estava com ele, solidário, pronto a ajudar a conduzir o processo que esperava abrir-se naquele dia, com a palavra manhosa do companheiro Leone, lá de Moscou.

Osvino, o lixeiro, parecia ter saído do banho. O cabelo bem penteado com a ajuda de fixador. E o perfume barato que, por oposição, fazia sempre lembrar do cheiro do lixo... Talvez por isso, ao entrar, trazia aquele olhar interrogativo, intimidado, como se perguntasse: "o cheiro está incomodando?"

"Vai casar hoje?", perguntou Polaco, provocativo.

O lixeiro não respondeu. Sorriu amarelo e buscou um canto da sala para se proteger dos olhares e, eventualmente, dos narizes mais refinados.

Juntos, chegaram, por último, o tenente Silva, o ex-deputado Adriano Malta e a falante Lurdes de Sá, ex-diretora do Sindicato das Domésticas.

"Por que é que não arranjam essa mmmer..."

"Merda", ajudou Osnam.

"Eu ia falar do elevador..."

"Mulher desbocada", brincou o Polaco.

"Maravilhosa", saudou Carvalhinho.

"Vocês ainda não sabem, mas eu a levei para falar numa assembleia de estudantes. Foi o maior sucesso."

"É, o bofe ainda não tá de jogar fora...", ironizou o Polaco.

"Que é isso?", reagiu Lurdes. "Macaco agora tá falando?"

"Olha a baixaria, gente, o Nicola tem vizinhos...", interveio o velho Luis, com seu sorriso que agora servia para amainar a bronca.

Osnam assistia a tudo com o ar distante.

E Nicola Bruno com preocupação.

Além de tudo o grupo tinha chegado cedo demais, quase trinta minutos antes da hora combinada. Não era um bom sinal... Revolucionários deveriam cultivar a pontualidade. Já dizia Stalin: quem chega tarde é liberal, quem chega cedo é puxa-saco.

No meio da polêmica chula, Nicola Bruno custou a perceber o velho Tenente Silva, da reserva, parado no corredor, à espera do convite para entrar.

Sem convite não entraria, nunca.

"Por favor, tenente... Que alegria..."

"Posso entrar?"

"Gente, que homem custoso! Entra logo, homem", gritou Lurdes.

"Com licença..."

"O capitão não deve ligar... é só uma mulher..."

Era o Polaco, provocando Lurdes, de novo.

"Melhor ser mulher do que ter aí no meio das pernas um troço que não funciona..."

O Polaco riu às gargalhadas. E para mostrar que estava numa boa, dava tapas fortíssimos nas costas de Lurdes de Sá.

O ex-tenente Silva pigarreou forte, impondo silêncio e respeito.

"Camaradas", começou ele. "Olha a moral. Nós somos revolucionários, devemos ser um exemplo para a humanidade e não a escória..."

Já acostumados a esse tipo de bronca, os camaradas atenderam ao chamado à razão e à ordem.

Por precaução, Nicola Bruno fechou a única janela da apertada sala. E examinou, pelas frestas quebradas da veneziana, o movimento da avenida.

Tudo aparentemente normal.

Nicola Bruno suspirou, satisfeito.

Os companheiros já haviam se distribuído em volta da mesa, ocupando oito das nove cadeiras, deixando a maior, de espaldar altaneiro e braços esculpidos na madeira, para Nicola Bruno, o chefe.

A cadeira tinha sido comprada, com anuência dos outros companheiros, pelo estudante Carvalhinho, numa loja de móveis usados. E presenteara Nicola Bruno no dia de seu aniversário, quando completara meio século de vida e dedicação à causa revolucionária.

Era uma cadeira imponente, apesar de marcada pelo tempo, a almofada poída, mas com o espaldar mais alto, para impor respeito e confiança.

Também o grande rádio, modelo antigo, que Nicola Bruno colocou sobre a mesa, tinha sido comprado pelo Carvalhinho, na mesma ocasião. Um rádio de muitas faixas, para que pudessem ouvir as emissões revolucionárias de Pequim, Albânia, Cuba e Moscou dirigidas para a América Latina ou mesmo só para o Brasil.

Eram momentos de muita emoção, ouvirem juntos, entre chiados e interferências, aquelas vozes distantes, de companheiros de todo o mundo.

Uma confraternização pela fé revolucionária...

O ex-deputado Adriano Malta, entre tiques, provocados talvez pelo colarinho extremamente apertado, pediu a palavra como um nobre deputado.

Seria preciso se inscrever?

Nicola Bruno dispensou a burocracia.

"Se os prezados companheiros me permitem, queria fazer uma pequena digressão sobre a situação internacional e suas repercussões sobre nosso panorama nacional."

O homem falava empostado, desgostando muitos dos ouvintes.

O operário Polaco não o tolerava, ainda mais trajado como estava o ex-parlamentar, o terno brilhante, impecável, e o incompreensível lenço vermelho no bolsinho do paletó. E nem deputado era mais, há tanto tempo...

"A situação internacional mostra que o socialismo avança", interveio Osnam.

O grupo todo pareceu reagir, endireitar o corpo. Pois era bem assim que as análises internacionais do Partido costumavam começar, como uma injeção de ânimo nos mais descrentes.

O socialismo avança!

Não interessavam as derrotas momentâneas, as perdas, os golpes militares, as terríveis perseguições aos comunistas de todo o mundo.

O socialismo avança!

Nicola Bruno, como de hábito, não participava dessas discussões. Apenas quando via que as divergências ameaçavam a unidade do grupo, fazia um apelo à razão revolucionária, à união.

"Camaradas, a palavra está com o camarada deputado", disse, buscando um tom próprio para o momento, impondo sua autoridade.

"Eu acho que não é hora para conversa fiada."

O Polaco. E desta vez atropelando o próprio chefe.

"Eu não admito!" gritou Nicola Bruno.

Fez-se um silêncio pesado.

A ira do chefe sempre funcionava. Mas não naquele dia.

O Polaco estava incontrolável.

E só o ex-deputado sabia o porquê. E por saber, via com preocupação a implicância irada do operário. Uma questão delicada, envolvendo dinheiro... e mulher. Polaco descobrira, muitos anos depois do acontecido, que sua mulher havia desviado dinheiro de sua campanha para presidente da Federação dos Metalúrgicos, mais uma campanha derrotada do ex-deputado. E o pior: que a mulher havia repassado o dinheiro para o então deputado Adriano Malta, com quem mantinha um caso amoroso.

A questão fora aparentemente superada com a intervenção de vários companheiros, inclusive Nicola Bruno. Mas, como era previsível, ficaram as cicatrizes.

Percebendo isso, Nicola Bruno agiu prontamente, antes mesmo que se concretizasse alguma desastrosa intervenção do Polaco. Intervenção que bem poderia evoluir para alguma coisa bem mais violenta do que simples palavras.

"Querido camarada deputado", iniciou Nicola Bruno. "Nós temos um problema: a hora da mensagem se aproxima. As análises do camarada são sempre muito importantes para nós, vindas de um político experimentado como o camarada. Mas..."

"Eu precisava pelo menos falar sobre a situação na União Soviética. As notícias são alarmantes" – insistiu o ex-parlamentar.

O intelectual Osnam se mexeu na cadeira, ansioso.

"Eu acho oportuna essa digressão. O marxismo é uma ciência dinâmica e os camaradas sabem que a História é a base de nosso pensamento. A dialética..."

A digressão escapava pelo éter, dispersando as atenções e até mesmo a fé revolucionária.

"Camaradas...", tentou Nicola Bruno.

"O chefe está falando, porra!" – gritou Lurdes.

"Isso aqui está uma zorra!"

O ex-deputado, no entanto, não parecia disposto a ceder.

"O que eu estou dizendo é importante, se os camaradas me permitissem concluir meu pensamento. Dentro de alguns minutos estaremos aqui ouvindo a mensagem que pode mudar nossas vidas e a vida de nosso país. Estamos torcendo para que a mensagem seja positiva, mas é preciso que estejamos lúcidos para analisar seu conteúdo... Lá, na distante União Soviética, nossa querida pátria do socialismo, também a sorte está sendo lançada e também ali se ensaia o futuro da humanidade. Ainda hoje..."

Polaco não podia mais suportar aquela eloquência.

"Ou ele para ou eu saio!"

Não dava mais.

Usando de toda sua autoridade, de pé sobre sua já alta cadeira, Nicola Bruno gritou, exigindo silêncio e respeito.

"Camaradas, nós somos revolucionários, devemos ser exemplares e unidos. Basta de discórdias!"

O ex-deputado insistiu, buscando impressionar com uma frase rápida, mortal.

"O próprio Gorbachev disse que a União Soviética pode acabar!"

O tumulto se instaurou no precário apartamento de Nicola Bruno.

Polaco saltou sobre a mesa, agarrando o ex-deputado pela gravata e puxando-o como se ele não pesasse mais que uma pluma. Cada um dizia, descontroladamente, seu discurso. Alguns protestando contra a heresia ousada do ex-deputado. Outros, como o do ex-tenente Silva, de perplexidade.

A União Soviética pode acabar?

Nicola Bruno, ajudado pelo estudante Carvalhinho, segurava o apoplético Polaco que por pouco não esmagava o pescoço do ex-deputado.

O som de batidas na porta caiu como uma ducha de água fria. Afinal, eram revolucionários. E, supostamente, clandestinos. Que fragilidade demonstravam a si mesmos!

O grupo rapidamente silenciou e se recompôs.

Polaco, o mais renitente, foi afrouxando lentamente a mão que esticava a gravata do ex-deputado e que já o sufocava perigosamente.

Tenso, Nicola Bruno foi abrir a porta, pensando no pior.

Era o porteiro.

Ia passando pelo corredor e ouvira a gritaria.

"Pensei que o amigo precisasse de alguma coisa. O doutor sabe, hoje em dia a gente tem que estar atento, com essa onda de violências, assaltos."

Nicola Bruno nem percebeu o "doutor".

Estava lívido, esforçando-se para aparentar uma calma inexistente.

"Tudo bem, então, doutor?"

"Tudo bem. Sabe, é aniversário de um dos meus amigos e acho que a turma exagerou nos abraços."

O porteiro olhava desconfiado para o "doutor". Tentando ver o que se passava, de fato, lá dentro, espichou o pescoço para dentro do apartamento. Mas foi impedido por gesto rápido de Nicola Bruno, fechando a porta atrás de si.

Precisava tirar o porteiro dali, urgentemente.

"Quando eu entrei no prédio pensei em te dar um agrado, agora estou em dúvida se cheguei a te entregar."

O porteiro entendeu.

"Que é isso, doutor, o senhor entregou sim. Os dez mangos ainda estão quentinhos aqui no bolso. Fica tranquilo, eu sei como é que são essas farras. Fica tranquilo!"

E se foi, deixando o infeliz Nicola Bruno no corredor, o corpo encostado à porta, como único apoio que encontrou para enfrentar essa situação lamentável.

Além de tudo a porta tinha se trancado e ele precisou bater de novo.

Dentro do apartamento, os atarantados companheiros não sabiam o que fazer, se abrir ou manterem-se quietos em silêncio, preservando a clandestinidade da reunião. E assim perderam instantes preciosos, à beira da hora da esperada mensagem vinda de Moscou.

Irritado, já sem controle sobre o que fazia, Nicola Bruno socou a porta repetidamente, atraindo até mesmo a curiosidade de um vizinho.

"A porta bateu, eu fiquei de fora", explicou.

Solícito, o vizinho se dispôs a ajudar.

Mas no mesmo instante, num gesto intempestivo, a doméstica Lurdes de Sá saltou sobre a porta abrindo-a.

O vizinho olhou Nicola Bruno com um sorriso de cumplicidade, correspondido oportunistamente por Nicola Bruno.

A reunião recomeçou carregada pelo constrangimento. Era melhor para todos nem se olharem, nem muito menos encarar Nicola Bruno.

Seria desconcertante.

"A mensagem", balbuciou Nicola Bruno.

Precisava buscar forças, reagir, retomar o pulso revolucionário.

"Camaradas, o que se passou entre nós não é nada mais do que o beiço de uma pulga diante de nossa tarefa e da disposição que temos de levar adiante nossa luta!"

Os companheiros aplaudiram demoradamente, novamente entusiasmados.

Beiço de uma pulga...

Nicola Bruno demonstrava que ainda tinha forças, que era chefe, que sabia conduzir o grupo. E que certamente saberia conduzir o povo revolução afora.

"Eu preciso contar para vocês, nesses momentos que antecedem a mensagem, uma pequena história. Vocês se lembram do camarada Leone..."

"Leone?"

O espanto foi unânime.

Era um dissidente do partido, expulso em consequência de dezenas de acusações: corrupção, agente do imperialismo, mulherengo e irresponsável etc. etc. etc.

"Ele é um revolucionário como nós, companheiros, apesar de certas fragilidades pessoais e acusações infundadas."

Os camaradas engoliram, de má vontade, a defesa de Leone feita pelo chefe. Cada um ali teria, no mínimo, uma história altamente comprometedora do companheiro Leone. Mas... que seja tudo pelo amor da Revolução...

"O importante, companheiros, é que o camarada Leone está conosco e eu o incumbi da mais importante tarefa para nosso movimento: ir a Moscou, em busca de apoio."

"Então era ele", balbuciou emocionado o estudante Carvalhinho.

Ah, suspeita!

Falava-se abertamente de um possível caso dos dois. Carvalhinho chegou a protestar, um dia, em plena reunião do Partido. Eles eram amigos, e não tolerariam mais a maledicência que corroía essa amizade e depunha contra a solidariedade interna entre os companheiros. A defesa fez incendiar ainda mais a boataria, que só se abrandou com o tempo.

Era ele, o camarada Leone, o irresponsável, o terrível papa esposas, namoradas e, como se vê, de seus próprios companheiros. Era ele o bico-doce do Partido.

E por que justamente ele fora escolhido para tão importante missão, com passagens e diárias pagas pelo coletivo?

O grupo chegava a desconfiar de Nicola Bruno.

Será que também ele...?

Nicola Bruno, até parece que adivinhando tais pensamentos, reagiu, impondo de novo sua autoridade.

"Ele era a pessoa certa, camaradas. O único de nós que é capaz de usar as próprias armas do sistema para ajudar a derrubá-lo."

Ah, isso lá era verdade...

"Vocês vão ver, camaradas. Confiem em mim. Formemos uma corrente de ideias positivas, para ouvir com lucidez e energia a mensagem que ele nos enviará de Moscou."

O rádio roncou, permeado de palavras estranhas, como um português falado de trás para frente.

*"Broshhhhhhniavvvvvichhhhniiivoood..."*

A emoção tomou o seleto grupo.

O rosto de Luis brilhou, com a incontrolável lágrima.

Era sempre assim, os companheiros já estavam acostumados.

O som da Internacional explodiu, envolvente, tornando desprezíveis os intensos ruídos de interferência certamente devido a "emissoras contrarrevolucionárias sustentadas pelo imperialismo ianque".

Em silêncio, o grupo viveu o êxtase dessa confraternização universal através da música revolucionária.

Verdade que mais se imaginava do que se ouvia a música. O ruído dominava o éter, mas era vencido pela emoção do grupo.

"De pé, ó vitimas da fome", cantarolou Luis, o Velho.

"De pé, famélicos da terra", continuou o estudante Carvalhinho.

A imaginação do grupo ilustrava o som com cenas patéticas de pedintes, retirantes, desesperados, miseráveis de todo o planeta com suas esquálidas mãos apontadas para as consciências de toda a humanidade.

Quanto havia ainda por fazer nesse injusto mundo!

E para isso ali estavam todos, para isso existiam os militantes dessa fé cheia de teorias e certezas. Para consertar o mundo, impor seu senso de justiça, dizer o que é bom e o que é mau para a humanidade, enfrentando os perigos da repressão e a incompreensão dos alienados, dos vendidos e dos inimigos.

Uma missão espinhosa, sublime, que colocava os militantes não no poder do momento, usurpado pela burguesia, mas no poder da História, do futuro. Poder que lhes dava tanta força, certeza que os tornava imbatíveis e temidos.

Ai de quem se levantasse contra a corrente da História!

Ai de quem obstaculizasse o avanço do proletariado e de seu Partido! Montados a cavalo de demonstrações científicas, conduziriam a humanidade para o inexorável: o socialismo, o comunismo.

Ainda não tinham se refeito dessa emoção e uma voz, agora em sonoro português, se anunciou:

"Alô, Brasil!"

Era ele!

Nicola Bruno ocultava a envergonhada lágrima.

O louco Leone, revolucionário de primeira, havia conseguido!

Que importava agora se os métodos usados para isso seriam questionáveis?

O deputado Herculano, de quem Leone fora assistente, era rico apesar de ser comunista. E sua mulher, uma burguesa. Mereciam a chantagem, o dinheiro pelas fotos sacanas que viabilizaram a viagem de Leone...

Só ele, Nicola Bruno – e naturalmente o camarada Leone – sabiam dessa origem, digamos assim, suja do dinheiro gasto na viagem de Leone a Moscou.

"Os fins justificam os meios", dizia para si mesmo Nicola Bruno.

Velho e bom Lenine.

Leone pigarreou e retomou sua mensagem ao Brasil.

"Queridos companheiros. Aqui quem fala é o camarada Leone, de Moscou. Quero dizer, antes de tudo, que não se preocupem com o que estou falando, quando me refiro ao que se passa aqui nesse velho mundo. Ninguém aqui entende nossa língua, posso falar o que quiser, sem risco de ser entendido..."

Nicola Bruno forçou um sorriso amarelo, complacente. No íntimo incriminava Leone.

Que conversa, aquela...

E falar o quê dos russos, que eles não pudessem entender?

"Pois bem, companheiros. Mal cheguei e já fui bater de porta em porta, com nosso projeto, em busca de apoio. Vocês aí não devem imaginar a dificuldade de resolver qualquer coisa por aqui. Um verdadeiro saco..."

O grupo se entreolhou, a perplexidade crescente. A coisa começava mal...

"Os caras são uns merdas de uns burocratas. Piores que os borra-botas daí."

Osnam estourou de rir.

Foi repreendido pelo velho Luis, que de repente perdera o sorriso.

"Olha o respeito, companheiro!"

"Respeito? Você não ouviu o 'borra-botas' que ele soltou pra todo mundo ouvir?"

"Não foi isso o que o camarada Leone falou, companheiro. E olha os trejeitos, por favor... O que o camarada Leone falou foi 'os guarda-costas'. Só isso."

Osnam sorriu amarelo.

Teria ouvido mal?

O olhar maroto de Lurdes veio em seu socorro.

O velho Luis fulminou a doméstica com o olhar mais severo e irado que conseguiu.

Mas contestar, ninguém mais ousou.

"Camaradas", apelou Nicola Bruno. "O companheiro Leone tem sua própria linguagem, sua maneira peculiar de falar..."

*E de agir*, pensavam todos.

O ruído abafava a voz de Leone. Por alguns segundos, o grupo perdeu o que ele falava.

"Finalmente", era a voz, retomando. "Finalmente, depois de muito suor, algumas gorjetas..."

Os camaradas evitavam até o olhar uns dos outros, tamanho o constrangimento.

Gorjetas?

"Até mulher eu tive que arranjar para um assessor do Comitê Central", prosseguia o camarada Leone. "E assim eu consegui conversar com alguns figurões aqui do Partidão. Até chegar sabe a quem? Adivinhem."

O grupo boquiaberto.

Claro, seria alguém super importante.

Seria o Gorba?

Ou o camarada chefe da KGB?

"O Yeltsin, camaradas. Eu abri caminho para falar com o próprio Yeltsin."

O grupo exultava.

"Eu não disse?", celebrou Nicola Bruno.

A coisa tinha começado mal, mas agora tudo parecia indicar para um final feliz.

Grande camarada Leone!

O sinal positivo viria, o apoio esperado para disparar a Revolução no Brasil.

Revolucionários de todos os rincões de nosso sofrido país, uni-vos! É chegada a hora!

"E ainda mais, companheiros do Brasil, camarada Nicola Bruno..."

Ainda mais?

"Com um pouquinho mais de força, eu consegui entrar para uma sala do Comitê Central onde estavam reunidos nada mais nada menos do que..."

Era demais. O enviado do grupo junto à cúpula do poder socialista!

"...Nada menos do que Mikhail Gorbachev, Boris Yeltsin e com eles o camarada chefe da KGB e o comandante em chefe das forças do Pacto de Varsóvia. Camaradas!"

Um grito de alegria explodiu, em uníssono, de todos os companheiros do grupo de Nicola Bruno. O próprio Nicola Bruno, sempre tão tenso, pulava pela sala, explodindo de alegria, compartilhando do frenesi que tomara seu grupo.

Gorba, Yeltsin, KGB, Pacto de Varsóvia!

Quem poderia deter agora o avanço revolucionário, com um apoio desses?

"Eu preciso dizer a vocês, para ser sincero, que me custou muito caro esse encontro. Custou todo o pacote de coca que eu havia trazido para meu consumo próprio. Mas eu me viro por aqui, camaradas. Nada há de me faltar, do jeito que as coisas mudam nesse mundo velho!"

O grupo já não se espantava com nada da loucura do camarada Leone.

Coca!

Apenas Nicola Bruno se inquietou, como que farejando alguma surpresa desagradável.

A maneira de Leone falar, corrupção, mulheres, drogas...

Mas qual...

Sabia que o socialismo soviético tinha lá seus problemas. No Brasil, trataria de impedir que essas coisas acontecessem, sendo mais fiéis aos princípios marxistas-leninistas, à moral proletária... Mesmo na Rússia, os problemas não deveriam ser tão grandes como falavam e como insinuava agora o ensandecido Leone. Leone exagerava, certamente para se valorizar, aparecer. Era preciso acreditar no socialismo e em seus líderes. A humanidade precisava tanto deles!

As mãos nervosas do estudante Carvalhinho tentavam melhorar o som difícil do rádio. Muita interferência. No futuro tratariam de melhorar a recepção dessa Rádio tão importante. Quem sabe, no Brasil socialista, não construíssem uma grande torre, para que todos, todos mesmo, do Oiapoque ao Chuí, pudessem ouvir suas transmissões?

"Então eu falei a eles de você, camarada Nicola Bruno. Pintei o seu retrato de revolucionário convicto, leninista, líder inconteste, confiável até o limite do ser humano e da confiabilidade da espécie..."

"Vamos logo!" – pediu o Polaco.

"Calma, companheiros!" – pareceu retrucar a voz.

Leone teria ouvido o pedido afoito do Polaco?

"Os nossos camaradas da reunião resolveram então, liderados pelo camarada Yeltsin, enviar a vocês uma mensagem..."

A mensagem, finalmente!

Antes que o grupo caísse de novo no carnaval, Nicola Bruno fez o gesto enérgico, pedindo silêncio.

Era preciso retomar a seriedade, preparar-se para esse grande momento. A Revolução está longe de ser uma brincadeira e cada um, a partir daquele momento, teria que arcar com a responsabilidade e os compromissos que a História fazia pousar sobre o grupo.

"Silêncio, camaradas!" – exigiu Nicola Bruno.

"Pois bem, companheiros, eu sei que vocês estão todos aí, ansiosos, em silêncio..."

"Credo em Cruz", comentou a assustada Lurdes. "Ele parece que está nos ouvindo..."

Osnam caiu de novo na gargalhada que ele mesmo conteve, autocrítico.

E Leone retomou sua cantilena.

"Eu, cumprindo fielmente meu mandato de representante de nosso Partido, tenho a obrigação de transmitir a vocês a mensagem que nossos camaradas soviéticos me pediram para transmitir."

"Anda logo!" gritou o ex-deputado.

"Não me apressem", pareceu responder Leone.

O grupo já nem se espantava com tamanha coincidência ou ato adivinhatório do camarada Leone.

"Vamos lá", pediu Nicola Bruno.

"Pois a mensagem está diretamente direcionada a você, camarada Nicola Bruno."

"Passe a mensagem, camarada. Eu estou pronto para ouvir."

"Então lá vai. Mil perdões por qualquer deslize. Fiz tudo o que podia..."

"Puta que pariu", explodiu Osnam.

"...Mas não posso garantir que consegui o que vocês esperavam..."

"Pelo amor de Deus, fala logo" rogou Lurdes de Sá.

Nicola Bruno nem tempo teve de estranhar o "Deus" no pedido nervoso de Lurdes. O rádio pipocava, os ruídos pareciam a cada instante mais altos, dificultando a compreensão da fala de Leone.

"Silêncio", pediu Nicola Bruno, o coração saltando do peito de tanta emoção e expectativa.

Leone parecia esperar a fala de Nicola Bruno para retomar sua cantilena difícil.

"Então lá vai. Mil perdões, camarada Nicola Bruno. A revolução haverá de ser vitoriosa. O camarada Yeltsin, em acordo absoluto com os demais companheiros presentes à reunião, ou seja, o camarada Gorbachev, o camarada chefe da KGB, o camarada comandante em chefe das forças do Pacto de Varsóvia... Como eu dizia, em seu próprio nome e em nome desses outros referidos, o camarada Yeltsin mandou você, camarada Nicola Bruno, e vocês, camaradas Oliveira, Silva, Lurdes, Osvino, Adriano Malta, Osnam, camarada Polaco, mandou vocês... Posso dizer?"

"Fala!" gritaram todos, já não suportando a emoção.

"Eu gravei a mensagem... escutem... é a voz do próprio camarada Boris Yeltsin..."

Em meio ao vendaval de ruídos intercontinentais, a voz pastosa e mastigada do líder soviético enviava sua mensagem incompreensível:

"Strabonieievestrovinia das!"

"O que é isso?" gritou Osnan. "Traduza!"

"Calma, camaradas. Vou traduzir", retomou Leone. "Mais uma vez peço perdão..."

"Traduza logo, puta que o pariu!", gritou Lurdes de Sá.

"Então lá vai", recomeçou o camarada Leone. "O camarada Boris Yeltsin, diante da proposta de uma revolução socialista no Brasil, mandou... mandou vocês... mandou vocês... solenemente tomarem no c..."

O braço pesado de Polaco baixou sobre o velho rádio, silenciando-o para sempre. Evitou o olhar dos outros companheiros, mas não pôde evitar a imagem destruída, quem sabe também para sempre, de Nicola Bruno. O chefe, o corpo rendido na senhorial cadeira, parecia mais um boneco sem ar, murcho, o olhar sem rumo e sem vida.

"Nicola", balbuciou Polaco, comovido.

Era o único a falar.

"O rádio... acho que destruí o rádio." – insistiu ele. "A gente compra outro..."

Pouco a pouco o grupo foi se desfazendo. O ex-tenente Silva foi o primeiro a se levantar. Com um leve aceno de mão saudou os companheiros e saiu, deixando significativamente a porta aberta.

Um a um, constrangidos, saíam os militantes, incomodados com o pesado silêncio coletivo.

"Eu não entendo...", balbuciou Nicola Bruno.

"Quem sabe tudo não passa de uma brincadeira..."

Era o estudante Carvalhinho, tentando ainda uma saída.

Nicola Bruno o desencorajou com um singelo gesto indicando o caminho da porta. Seria o último a sair.

Sozinho, Nicola Bruno se recusava a pensar, a rememorar, a refletir. Preferia o estado de torpor em que se encontrava. Oxalá esse estado de insensibilidade durasse para sempre.

E antes de se jogar como um feto sobre o batido sofá, seu olhar se fixou, pesadamente, sobre o velho paletó ensebado, pendurado no cabide de madeira, tão perto do retrato de Lenine.

**João Batista de Andrade** nasceu em Ituiutaba, MG. É escritor, roteirista e cineasta, ex-Secretário da Cultura do estado de São Paulo e doutor em Comunicações pela Universidade de São Paulo. Recebeu diversos prêmios por suas produções. Como escritor, publicou os livros *A Terra do Deus Dará, Perdido no Meio da Rua, Um Olé em Deus, O Povo Fala* (tese de doutoramento), *O Portal dos Sonhos, Confinados* e *Sozitos.*

# A MORDIDA DO DESTINO (UM CONTO CAIPIRA DE FADAS)

Joaquim Maria Botelho

A égua mambembe ia tropeçando nas pernas. E ele se irritando com a lerdeza do animal. Vamo, estrupício! Anda, mardita! Era um xingo entre dentes e uma lambada na anca magra da égua. O caminho começava a ficar difícil naquela hora em que o dia já agonizava e a noite não tinha, bem direito, entrado.

Tinha prazo. Era chegar, antes que o caminhão de leite arrancasse pro Sertão da Onça, dar o recado, apanhar o dinheiro e voltar no mesmo pé. Se perdesse o caminhão, ia ter enguiço. O dinheiro do Eleutério era a última chance de pagar a vaca mocha, seu único bem, já ameaçado. Malemá tinha a roupa do corpo, mais um parelho de roupa pros fins de semana, e a eguinha entrevada e relada. Só. A vaca mocha o patrão estava querendo ficar com ela, por conta, ele disse, de uns atrasados de ameia. Também, o desgranhento do patrão, um sovina filho de uma porca, arrancava o couro dele de tanto trabalhar e ainda arrumava jeito de ir tirando dele os possuídos. Ora, com os seiscentos! Pois ele num levantava às quatro horas pra ficar de retireiro? E num ia depois roçar campo, puxar tarefa, limpar mangueiro, castrar bezerro, campear gado perdido? Sem contar corridas que tinha que fazer se aparecia notícia de alguma vaca parida nas grotas, animal fujão na serra, recado pro Carlos Porto, da fazenda Jardim. Chegava em casa moído, tão arrebentado que era comer uma coisa e cair no catre, com tanto sono que nem terminava o cigarrinho de depois da janta.

Tem gente que é ruim mesmo. Não enxerga o desespero de outras pessoas. O Eleutério já falava que ele tinha era que sair dessa vida, fazer outra coisa em outro lugar. Ué, mas sair pra onde? Fazer o quê? É fácil falar quando se tem um emprego de motorista de caminhão de leite. Empregão! Só ficar sentado na boleia, nem não precisa ficar batendo lata, porque os caipiras que vão de carona fazem isso. É, o Eleutério estava bem. Morava na Lagoa Seca, perto da cidade, tinha dinheiro até pra ir ver a Santa na Aparecida uma vez por mês. E ele, podia fazer isso? Qual! Só tinha ido na Aparecida três vezes. Uma, menino ainda, que o pai levou, outra, pro batizado da Cândida do Lopes e, a terceira, de a pé, com um pessoal do Varjão, em romaria.

Até esqueceu da estrada, pensando na Aparecida. Gentarada andando pra lá e pra cá, todo mundo de roupa bonita, sapato novo, música de parque tocando na cidade inteira. Não gostava da Basílica nova, construída das esmolas que o povo ia deixando com os padres. Nem não presta mudar santo de lugar... Boa mesmo era a Basílica velha. Em redor tinha mais de dez lojas de disco, cada uma tocando moda melhor que a outra. Um montão de lojas entulhadas de santinho, correntinha, cruz, tudo alumiando que dava gosto. Um dos dois únicos retratos que tinha tirado foi na praça dos lambe-lambes. Dava pra ver o rustido da botina, de tão nítida. O outro foi retrato de documento que o Eusébio retratista tirou. Esse um ele levava na guaiaca, mas o outro guardava em casa, não ia estragar não. Passou a mão na guaiaca, pra ter certeza de que a foto ainda estava ali, e o gesto o arrancou do sonho. A realidade o pegou de novo como um golpe de vento nas fuças. A égua ia com a rédea solta, bufando, sem comando. Deu um suspiro resignado e segurou a rédea.

Deu uma olhada em volta, apertando os olhos pra enxergar na meia escuridão, querendo saber onde estava. Era a curva do Antonio Garapeiro, ainda. Ah! meu Deus, que eu não chego... Deu uma parada, na beira do barranco, para quebrar um talo de qualquer planta que lhe servisse de chicote. Esticou-se um pouco por cima do santo-antônio e agarrou um pauzinho espetado. Não teve tempo de puxar. A cobra abocanhou-lhe a mão, pouco abaixo do polegar. O susto quase o derrubou da sela. Cascavel! Puta merda! O arranco fez a égua disparar, e ele se equilibrando para acompanhar o trote desigual, sem cair.

Instintivamente levou o ferimento à boca. Chupou bem o sangue, cuspindo fora. Daí foi que lembrou do que dizia o pai, que a primeira coisa que tinha que fazer era pegar a mesma cascavel que tinha picado, cortar a cabeça fora e esfregar o toco em cima da ferida. A mão já começava a ficar amortecida. Sentiu dor quando agarrou a rédea com força para fazer a égua voltar, mas o que tinha que ser feito tinha que ser feito. Outro ensinamento do pai. Foi bom ter lembrado em tempo. A égua negava fogo, mas ele foi forçando, até chegar perto do lugar onde a cobra estivera. Empacou. Dali, com certeza, o animal não daria nem mais um passo em direção à lembrança da cobra. Não tinha jeito. Desceu e foi procurar a peçonhenta. Cutucou o mato, gritou, piou e nada. Começou a sentir uma tontura, o coração palpitando. Nisso escutou o guizo, baixinho, longe. Acertou a posição das orelhas, porque dependendo do jeito que o vento vinha, fazia um barulhão e ele não escutava nada sem ser o vento. No relance surpreendeu a cascavel atravessando a estrada. Correu. Deu tempo de prender a malvada debaixo da botina. O facão desceu com raiva. Minha Nossa Senhora Aparecida! Meu

Deus do céu! Puta que pariu! Esfregou o coto na mordedura, do jeito que o pai ensinara. A dor, agora, era muito grande, e ele não enxergava mais nada. Saiu atrás da égua. Tateando, montou de um lado e caiu do outro. Na poeira da estrada, do lado da mão esquerda, rolou a cabeça da cascavel.

* * *

Acordou na Santa Casa. Do lado da cama, o padre Juca e a irmã Angélica. Olhou depressa para a mão, procurando entender o acontecido. Estava, até o cotovelo, envolto em bandagens.

– Quem trouxe eu aqui, seu padre? Quem foi a alma santa que me salvou?

– O nome do moço é Toninho Hummel, Jeová. Tem uma fazendinha na Usina, e estava voltando da cidade quando viu você no chão. Deu com a cascavel e logo entendeu logo o que tinha acontecido. Correu com o jipe pra cá. Foi a conta.

* * *

A chuva da noite anterior tinha deixado a estrada virada num barro mole. Levou meia hora bem medida para vencer as duas léguas até a figueira grande. Era domingo, manhã lavada de chuva, passarinhada fazia festa no céu.

Viu o Toninho sentado num banco de pau, recostado no tronco da figueira, os cabelos brancos aparecendo sob a aba do chapéu sovado. Jeová cumprimentou, pediu as licenças devidas e se achegou. Toninho o reconheceu rapidamente e o abraçou. Conversaram, animados, até a hora do almoço. Jeová, acanhado, tentou escapar do convite, mas Toninho fez questão de tê-lo à mesa. Pela primeira vez, sentia-se recebido numa casa de gente de bem. Erro de referencial, porque os Hummel não eram, nem de longe, ricos. Levavam vida simples e trabalhosa, mas tinham de tudo em casa, graças ao esforço de toda a família. Pomar sortido, muito milho, mandiocal, umas trinta vacas e um chiqueiro modesto. Para Jeová, no entanto, aquilo sim era riqueza. Era mil vezes o que ele, em toda a sua vida, tinha sido capaz de amealhar. Ai, a vaca mocha! Sua cara de tristeza ao lembrar a perda que acabara de ter não passou despercebida de Dona Mindinha, que estava a lhe servir um café fraco e doce, moda da roça. Depois Toninho o levou para um passeio, pitando o cigarrinho de palha.

Conheceu o mangueiro, o pomar e a várzea, visitou a bomba que supria a casa da água limpinha do ribeirão. Toninho ia explicando as coisas com a maior calma. Saindo do porão, o fazendeiro encaminhou Jeová para uma casinha recém-pintada com um jardinzinho na frente, e uma unha-de-vaca florida, que punha toda a fachada da casinha numa sombra fresca.

– Esta é a casa do meu capataz. Vamos ver por dentro.

Um mimo de lugar para se morar, pensava Jeová. Cada coisa no seu lugar, na mais perfeita ordem. Sentiu um nó na garganta, ao lembrar sua casinha de agregado, com o barro das paredes desmoronando e a madeira apodrecendo. Ele bem que consertava o que podia, mas quem que podia ter animação para trabalhar numa casa que não é sua, sabendo que tem que descansar para poder aguentar o dia seguinte, que começava antes da luz do sol? Ô vida! É bicho que vive assim. Entra no cercado só pra dormir. E não tem com quem contar e nem pra quem contar. Bichos e Jeovás se recolhem aos cercados, lambendo as feridas do dia e de cada dia.

Jeová começou a sentir uma ponta de raiva do fazendeiro. Por que era que ficava mostrando tudo aquilo? Parecia que tava querendo humilhar um pobre que vivia explorado e não tinha jeito de sair daquela vida animal...

Quando passou do batente para fora, o coração lhe veio à boca. Pastando calmamente no quarador da casinha, estava a sua vaca mocha. Correu pra ela, abobalhado, sem saber o que estava acontecendo. Virou-se para o fazendeiro Toninho Hummel. O velho lhe estendia a mão direita. Nela, um guizo de cascavel.

– O destino quis que essa cobra lhe aparecesse, Jeová. Agora pendure esse guizo onde quiser e fique com a gente. Você é o meu capataz.

**Joaquim Maria Botelho** é paulista, jornalista, tradutor e professor. Foi chefe de reportagem da revista *Manchete*, no Rio de Janeiro, chefe de redação da TV Globo (atual TV Vanguarda) em São José dos Campos e diretor de jornalismo regional da TV Bandeirantes no Vale do Paraíba. Coordenou a área de Comunicação da Secretaria Estadual de Educação de São Paulo. Lecionou na Universidade de Taubaté e na Universidade Bandeirantes.

# A GUERRA DO BRASIL, DETALHES*

Levi Bucalem Ferrari

Rosa, a cabocla, em suas pétalas mais íntimas, ora úmidas e intumescidas, as sentia penetradas, dura e calorosamente, pelo excitado, desajeitado, apressado estrangeiro cujas costas rosadas de tão claras eram, ao mesmo tempo, hábil e friamente, perfuradas por um facão que, neste exato momento, jaz no chão ao lado do cadáver a compor a cena do crime.

Ao mesmo tempo não, corrige-se o legista, mas dois ou três minutos depois, para um delegado que estranha o linguajar heterodoxo do médico e, mais ainda, um nunca visto sorriso de quem parece alegrar-se com os detalhes do ocorrido. Se esse idiota imaginasse a gravidade do caso não deveria estar assim contente como parece; ou é um tarado que se excita com assassinatos pós-coito ou daqueles profissionais tão acostumados a casos assim que mais se interessam pela pesquisa, pela precisão das conclusões e menos pelas vítimas e circunstâncias associadas ao caso, pensa o delegado ao mesmo tempo em que imagina os dissabores que o esperam nos próximos dias.

E como pode ele saber que a cabocla estava assim tão úmida se ela nem estava ali quando chegaram, ninguém mais a vira. Só me faltava agora um imaginador de detalhes... O pênis do gringo, interrompe o legista, não apresenta qualquer sinal de fricção que indique esforço no ato de penetrar; ao contrário, há no órgão e até nos pelos pubianos um excesso de líquidos vaginais.

Sim, o delegado concorda, sabe muito bem das decantadas habilidades das prostitutas de seu distrito nessa Santa Maria de Belém do Grão Pará. Sabe-o por demais ouvir falar do que através de sua pouca experiência, usuário eventual que tem sido, e só ultimamente, dos favores sexuais que essas caboclas oferecem. Sabem ser sempre úmidas, superúmidas, por isso até há quem atribua tais qualidades ao clima da região. Ele acha que não; é vício e treino, cultura.

E onde estaria Rosa? O exército de ocupação já cercara todas as saídas rodoviárias da cidade, que não são muitas, o aeroporto, portos e atracadouros fluviais. Incontáveis estes. Acreditavam que, encontrada a cabocla, se localizaria o assassino e, não só se desvendaria o caso e se puniriam os

* Conto publicado em *O inimigo*. São Paulo: Limiar, 2008.

culpados, como – e isso é o mais importante – teriam os invasores alguma pista sobre a rede de resistência que um punhado de brasileiros teimava em manter azucrinando a vida do exército, provocando aqui e ali algumas baixas, dificultando enfim a organização do território ocupado. O desafio era desmantelá-la o mais rápido possível para que não crescesse, já não bastassem, oras, os focos de guerrilhas na selva, as pequenas localidades controladas de fato pelo inimigo, as baixas que assustadoramente aumentavam comprometendo a moral das tropas. Seria mais uma dessas guerras sem fim?

Apesar das inúmeras circulares e ordens de serviço emitidas pelo comando proibindo contatos íntimos com os nativos, frequência a festas populares e lugares suspeitos, além do consumo de comidas e bebidas típicas, responsáveis umas e outras pela inacreditável, permanente e crescente estatística de diarreia, era difícil controlar o comportamento de tantos e tão heterogêneos soldados e principalmente mantê-los longe das tentações que o calor e a umidade acentuam.

O delegado e a cena do crime, o minúsculo quarto onde a procurada cabocla vivia e trabalhava, a cama de casal, o colchão e o lençol branco ensanguentados, dois travesseiros fora de lugar, cadê o fotógrafo, uma cômoda feita toucadora improvisada e, sobre ela, um espelho, ao lado a foto de menina num uniforme escolar presa entre o espelho e a moldura; pente, escova e objetos de maquiagem poucos e baratos, um livro de orações a São Expedito, sobre este um terço de plástico colorido e, ao seu lado, um exemplar antigo de *Os Sertões*, outro sobre a Guerra dos Cabanos.

Antes que ele se desse conta de tudo, conseguisse alguma pista, formulasse alguma hipótese para as buscas, eis que já vem chegando um destacamento da polícia do exército de ocupação com seus peritos próprios. Olham-no como a um objeto imprestável e tomam conta dos trabalhos, o delegado permanece por dever de ofício a um canto, seus olhos por instinto procurando pistas, às vezes se fixam num dos livros, naquele que lhe parece familiar, mas estranhável por que ali; deslocado. E essa menina, a blusa do uniforme escolar...

A cabocla Rosa já vai longe num pequeno barco com dois homens enfiando-se desde a noite anterior pelos inúmeros igarapés que levam a inimagináveis lugarejos e esconderijos naturais. Apesar do cansaço, pode-se notar seu sorriso de menina marota que acabou de cometer alguma travessura e disso se orgulha. Na popa, ao lado do pequeno motor, leme à mão, o barqueiro está atento às manobras e caminhos que bem conhece. Na proa, o outro homem, de frente para Rosa, traz alguma tensão nos olhos que ora descortinam o horizonte ou se fixam em quaisquer objetos moventes.

O delegado em sua casa, na solidão de viúvo precoce amenizada apenas pela filha adolescente, um pouquinho só menos índia que a maioria das belezas cor de cobre que por ali predominam; desabrocha ela em bela e promissora cabocla, alegre e ruidosa, experimentando raramente, e sempre com parcimônia, algum batom ou perfume que a mãe deixara. É o que faz no instante em que o pai adentra o quarto e, sem pretender, a assusta. Mas não a repreende, apenas pergunta por um velho exemplar de *Os Sertões* que não encontrara entre seus demais livros.

Refeita da surpresa, a menina lhe diz que o emprestara a uma antiga colega de escola, uma que era mais velha, atrasada nos estudos, pobrezinha, nem tinha pai, faltava muito e logo desistiu de estudar. Desde então não a vi até que me procurou – isso já faz algum tempo – e disse que voltara aos estudos numa escola noturna e que precisava fazer um trabalho; seria sobre aquele capítulo que começa dizendo que o caboclo é antes de tudo um forte.

O delegado quer corrigi-la, mas hesita... O caboclo é um forte, minha filha, sem dúvida; como o sertanejo, acrescenta sorrindo.

**Levi Bucalem Ferrari** é ficcionista, poeta, ensaísta e professor de ciências políticas. Presidente do IPSO e do Conselho Deliberativo e Fiscal da União Brasileira de Escritores. Presidiu a UBE e a Associação dos Sociólogos de São Paulo. Recebeu da APCA o prêmio Melhores do Ano – Autor revelação de 1998, pelo romance *O sequestro do senhor empresário*. Publicou ainda *Burocratas e Burocracias* (ensaio), *Ônibus 307 – Jardim Paraíso* e *A Portovelhaca e as outras* (poesia). Participou de antologias e recebeu prêmios no Brasil e no exterior.

# Biruta

Lygia Fagundes Telles

Alonso foi para o quintal carregando uma bacia cheia de louça suja. Andava com dificuldade tentando equilibrar a bacia que era demasiado pesada para seus braços finos.

– Biruta, eh, Biruta! – chamou sem se voltar.

O cachorro saiu de dentro da garagem. Era pequenino e branco, uma orelha em pé e a outra completamente caída.

– Sente-se aí, Biruta, que vamos ter uma conversinha – disse Alonso pousando a bacia ao lado do tanque. Ajoelhou-se, arregaçou as mangas da camisa e começou a lavar os pratos.

Biruta sentou-se inclinando interrogativamente a cabeça ora para a direita, ora para a esquerda, como se quisesse apreender melhor as palavras do seu dono. A orelha caída ergueu-se um pouco, enquanto a outra empinou aguda e reta. Entre elas formaram-se dois vincos próprios de uma testa franzida no esforço da meditação.

– Leduína disse que você entrou no quarto dela – começou o menino num tom brando. – E subiu em cima da cama e focinhou as cobertas e mordeu uma carteirinha de couro que ela deixou lá. A carteira era velha, ela não ligou muito, mas e se fosse uma carteira nova, Biruta! Se fosse uma carteira nova! Leduína te dava uma surra e eu não podia fazer nada, como daquela outra vez que você arrebentou a franja da cortina, lembra? Você se lembra muito bem sim senhor, não precisa fazer essa cara de inocente!...

Biruta deitou-se, enfiou o focinho entre as patas e baixou a orelha. Agora as orelhas estavam no mesmo nível, murchas, as pontas quase tocando o chão. Seu olhar interrogativo parecia perguntar: "Mas que foi que eu fiz, Alonso? Não me lembro de nada..."

– Lembra sim senhor! E não adianta ficar aí com essa cara de doente que não acredito, ouviu? Ouviu, Biruta?! – repetiu Alonso lavando furiosamente os pratos. Com um gesto irritado arregaçou as mangas que já escorregavam sobre os pulsos finos. Sacudiu as mãos cheias de espuma. Tinha mãos de velho.

– Alonso, anda ligeiro com essa louça! – gritou Leduína aparecendo na janela da cozinha. – Já está escurecendo, tenho que sair!

– Já vou indo – respondeu o menino enquanto removia a água da bacia. Voltou-se para o cachorro. E seu rostinho pálido se confrangeu de tristeza. Por que Biruta não se emendava, por quê? Por que não se esforçava um pouco para ser melhorzinho? Dona Zulu já andava impaciente, Leduína também, Biruta fez isso, Biruta fez aquilo... Lembrou-se do dia em que o cachorro entrou na geladeira e tirou de lá a carne. Leduína ficou desesperada, vinham visitas para o jantar, precisava encher os pastéis. "Alonso, você não viu onde deixei a carne?" Ele estremeceu. Biruta! Disfarçadamente foi à garagem no fundo do quintal onde dormia com o cachorro num velho colchão metido num ângulo da parede. Biruta estava lá, deitado bem em cima do travesseiro, com a posta de carne entre as patas, comendo tranquilamente. Alonso arrancou-lhe a carne, escondeu-a dentro da camisa e voltou à cozinha. Deteve-se na porta ao ouvir Leduína queixar-se à dona Zulu que a carne desaparecera, aproximava-se a hora do jantar e o açougue já estava fechado, "O que é que eu faço, Dona Zulu?!".

Ambas estavam na sala. Podia entrever a patroa a escovar freneticamente os cabelos. Ele então tirou a carne de dentro da camisa, ajeitou o papel todo roto que a envolvia e entrou com a posta na mão.

– Está aqui, Leduína.

– Mas falta um pedaço!

– Esse pedaço eu tirei pra mim, eu estava com vontade de comer um bife e aproveitei quando você foi na quitanda.

– Mas por que você escondeu o resto? – perguntou a patroa, aproximando-se.

– Porque fiquei com medo.

Tinha bem viva na memória a dor que sentira nas mãos abertas para os golpes da escova. Lágrimas saltaram-lhe dos olhos. Os dedos foram ficando roxos mas ela continuava batendo com aquele mesmo vigor com que escovava os cabelos, batendo, batendo, como se não pudesse parar nunca mais.

– Atrevido! Ainda te devolvo pro orfanato, seu ladrãozinho.

Quando ele voltou à garagem Biruta já estava lá, as duas orelhas caídas, o focinho entre as patas, piscando os olhinhos ternos. "Biruta, Biruta, apanhei por sua causa, mas não faz mal. Não faz mal."

Isso tinha acontecido há duas semanas. E agora Biruta mordera a carteirinha de Leduína. E se fosse a carteira de Dona Zulu?

– Hein, Biruta?! E se fosse a carteira de Dona Zulu? Por que você não arrebenta minhas coisas? – prosseguiu o menino elevando a voz. – Você sabe que tem todas as minhas coisas para morder, não sabe? Pois agora não te dou presente de Natal, está acabado, você vai ver se vai ganhar alguma coisa!...

Girou sobre os calcanhares dando as costas ao cachorro. Resmungou ainda enquanto empilhava a louça na bacia. Em seguida calou-se esperando qualquer reação por parte do cachorro. Como a reação tardasse, lançou-lhe um olhar furtivo. Biruta dormia profundamente. Alonso então sorriu. Biruta era como uma criança, por que não entendiam isso? Não fazia nada por mal, queria só brincar... Por que dona Zulu tinha tanta raiva dele? Ele só queria brincar, como as crianças. Por que dona Zulu tinha tanta raiva de crianças? Uma expressão desolada amarfanhou o rostinho do menino. "Por que Dona Zulu tem que ser assim? O doutor é bom, quer dizer, nunca se importou nem comigo nem com você, é como se a gente não existisse. Leduína tem aquele jeitão dela, mas duas vezes já me protegeu. Só Dona Zulu não entende que você é que nem uma criancinha. Ah, Biruta, Biruta, cresça logo, pelo amor de Deus! Cresça logo e fique um cachorro sossegado, com bastante pelo e as duas orelhas de pé! Você vai ficar lindo quando crescer, Biruta, eu sei que vai!"

– Alonso! – Era a voz de Leduína. – Deixe de falar sozinho e traga logo essa bacia. Já está quase noite, menino!

– Chega de dormir, seu vagabundo! – disse Alonso espargindo água no focinho do cachorro.

Biruta abriu os olhos, bocejou com um ganido e levantou-se estirando as patas dianteiras num longo espreguiçamento.

O menino equilibrou penosamente a bacia na cabeça. Biruta seguiu-o aos pulos, mordendo-lhe os tornozelos, dependurando-se na barra do seu avental.

– Aproveita, seu bandidinho! – riu Alonso. Aproveita que eu estou com a mão ocupada, aproveita!

Assim que colocou a bacia na mesa ele inclinou-se para agarrar o cachorro. Mas Biruta esquivou-se latindo. O menino vergou o corpo sacudido pelo riso.

– Ai, Leduína, que o Biruta judiou de mim!...

A empregada pôs-se a guardar rapidamente a louça. Estendeu-lhe uma caçarola com batatas:

– Olha aí, é o seu jantar. Tem ainda arroz e carne no forno.

– Mas só eu vou jantar? – surpreendeu-se Alonso ajeitando a caçarola no colo.

– Hoje é dia de Natal, menino. Eles vão jantar fora, eu também tenho a minha festa, você vai jantar sozinho.

Alonso inclinou-se. E espiou apreensivo debaixo do fogão. Dois olhinhos brilharam no escuro. Biruta ainda estava lá e Alonso suspirou. Era tão bom quando Biruta resolvia se sentar! Melhor ainda quando dormia. Tinha então a certeza de que não estava acontecendo nada, era a trégua. Voltou-se para Leduína.

– O que seu filho vai ganhar?

– Um cavalinho – disse a mulher. A voz suavizou. – Quando ele acordar amanhã vai encontrar o cavalinho dentro do sapato dele. Vivia me atormentando que queria um cavalinho, que queria um cavalinho...

Alonso pegou uma batata cozida, morna ainda. Fechou-a nas mãos arroxeadas.

– Lá no orfanato, no Natal, apareciam umas moças com uns saquinhos de balas e roupas. Tinha uma moça que já me conhecia, me dava sempre dois pacotinhos em lugar de um. Era a madrinha. Um dia ela me deu sapatos, um casaquinho de malha e uma camisa...

– Por que ela não adotou você?

– Ela disse uma vez que ia me levar, ela disse. Depois não sei por que ela não apareceu mais, sumiu...

Deixou cair na caçarola a batata já fria. E ficou em silêncio, as mãos abertas em torno da vasilha. Apertou os olhos. Deles irradiou-se para todo o rosto uma expressão dura. Dois anos seguidos esperou por ela, pois não prometera levá-lo? Não prometera? Nem sabia o seu nome, não sabia nada a seu respeito, era apenas a Madrinha. Inutilmente a procurava entre as moças que apareciam no fim do ano com os pacotes de presentes. Inutilmente cantava mais alto do que todos no fim da festa na capela. Ah, se ela pudesse ouvi-lo!

*Noite feliz!*
*Silêncio e paz...*
*O bom Jesus é quem nos traz*
*A mensagem de amor e alegria...*

– Mas é muita responsabilidade tirar crianças para criar! – disse Leduína desamarrando o avental. – Já chega os que a gente tem!

Alonso baixou o olhar. E de repente sua fisionomia iluminou-se. Puxou o cachorro pelo rabo.

– Eh, Biruta! Está com fome, Biruta? Seu vagabundo! Sabe, Leduína, Biruta também vai ganhar um presente que está escondido lá debaixo do meu travesseiro. Com aquele dinheirinho que você me deu, lembra? Comprei uma bolinha de borracha, uma beleza de bola! Agora ele não vai precisar mais morder suas coisas, tem a bolinha só pra isso, ele não vai mais mexer em nada, sabe, Leduína?

– Hoje cedo ele não esteve no quarto de Dona Zulu?

O menino empalideceu.

– Só se foi na hora que fui lavar o automóvel... Por que, Leduína? Por quê? Que foi que aconteceu?

Ela hesitou. E encolheu os ombros.

– Nada. Perguntei à toa.

A porta abriu-se bruscamente e a patroa apareceu. Alonso encolheu-se um pouco. Sondou a fisionomia da mulher. Mas ela estava sorridente.

– Ainda não foi pra sua festa, Leduína? – perguntou a moça num tom afável. Abotoava os punhos do vestido. – Pensei que você já tivesse saído...

E antes que a empregada respondesse, ela voltou-se para Alonso: – Então? Preparando seu jantarzinho?

O menino baixou a cabeça. Quando ela falava assim mansamente ele não sabia o que dizer.

– O Biruta está limpo, não está? – prosseguiu a mulher inclinando-se para fazer uma carícia na cabeça do cachorro. Biruta baixou as orelhas, ganiu dolorido e escondeu-se debaixo do fogão.

Alonso tentou encobrir-lhe a fuga:

– Biruta, Biruta! Cachorro mais bobo, deu agora de se esconder... – Voltou-se para a patroa. E sorriu desculpando-se: – Até de mim ele se esconde.

A mulher pousou a mão no ombro do menino.

– Vou numa festa onde tem um menininho assim do seu tamanho e que adora cachorros! Então me lembrei de levar o Biruta emprestado só por esta noite. O pequeno está doente, vai ficar radiante, o pobrezinho. Você empresta seu Biruta só por hoje, não empresta? O automóvel já está na porta. Ponha ele lá que já estamos de saída.

O rosto do menino resplandeceu. Mas então era isso?!... Dona Zulu pedindo o Biruta emprestado, precisando do Biruta! Abriu a boca para dizer-lhe que sim, que o Biruta estava limpinho e que ficaria contente de emprestá-lo ao menino doente. Mas sem dar-lhe tempo de responder, a mulher saiu apressadamente da cozinha.

– Viu, Biruta? Você vai numa festa! – exclamou. – Numa festa de crianças, com doces, com tudo! Numa festa, seu sem-vergonha! Repetiu beijando o focinho do cachorro. – Mas, pelo amor de Deus, tenha juízo, nada de desordens! Se você se comportar, amanhã cedinho te dou uma coisa, vou te esperar acordado, hein? Tem um presente no seu sapato... – acrescentou num sussurro, com a boca encostada na orelha do cachorro. Apertou-lhe a pata.

– Te espero acordado, Biru... Mas não demore muito!

O patrão já estava na direção do carro. Alonso aproximou-se.

– O Biruta, doutor.

O homem voltou-se ligeiramente. Baixou os olhos.

– Está bem, está bem. Deixe ele aí atrás.

Alonso ainda beijou o focinho do cachorro. Em seguida, fez-lhe uma última carícia, colocou-o no assento do automóvel e afastou-se correndo.

– Biruta vai adorar a festa! – exclamou assim que entrou na cozinha. – Lá tem doces, tem crianças, ele não quer outra coisa! – Fez uma pausa. Sentou-se. – Hoje tem festa em toda parte, não, Leduína?

A mulher já se preparava para sair.

– Decerto.

Alonso pôs-se a mastigar pensativamente.

– Foi hoje que Nossa Senhora fugiu no burrinho?

– Não, menino. Foi hoje que Jesus nasceu. Depois então é que aquele rei manda prender os três.

Alonso concentrou-se:

– Sabe Leduína, se algum rei malvado quisesse prender o Biruta, eu me escondia com ele no meio do mato e ficava morando lá a vida inteira, só nós dois! – disse metendo uma batata na boca. E de repente ficou sério, ouvindo o ruído do carro que já saía. – Dona Zulu estava linda, não?

– Estava.

– E tão boazinha. Você não achou que hoje ela estava boazinha?

– Estava, estava muito boazinha...

– Por que você está rindo?

– Nada – respondeu ela pegando a sacola. Dirigiu-se à porta. Mas antes parecia querer dizer qualquer coisa de desagradável e por isso hesitava, contraindo a boca.

Alonso observou-a. E julgou adivinhar o que a preocupava.

– Sabe Leduína, você não precisa dizer pra Dona Zulu que ele mordeu sua carteirinha, eu já falei com ele, já surrei ele. Não vai fazer mais isso nunca, eu prometo que não!

A mulher voltou-se para o menino. Pela primeira vez encarou-o. Vacilou ainda um instante. Decidiu-se:

– Olha aqui, se eles gostam de enganar os outros, eu não gosto, entendeu? Ela mentiu pra você, Biruta não vai mais voltar.

– Não vai o quê? – perguntou Alonso pondo a caçarola em cima da mesa. Engoliu com dificuldade o pedaço de batata que ainda tinha na boca. Levantou-se. – Não vai o quê, Leduína?

– Não vai mais voltar. Hoje cedo ele foi no quarto dela e rasgou um pé de meia que estava no chão. Ela ficou daquele jeito. Mas não disse nada e agora de tardinha, enquanto você lavava a louça, escutei a conversa dela com o doutor, que não queria mais esse vira-lata, que ele tinha que ir embora hoje mesmo e mais isso, e mais aquilo... o doutor pediu pra ela esperar que amanhã dava um jeito, você ia sentir muito, hoje era Natal... Não adiantou. Vão soltar o cachorro bem longe daqui e depois seguem pra festa. Amanhã ela vinha dizer que o cachorro fugiu da casa do tal menino. Mas eu não gosto dessa história de enganar os outros, não gosto, é melhor que você fique sabendo desde já, o Biruta não vai voltar.

Alonso fixou na mulher o olhar inexpressivo. Abriu a boca. A voz era um sopro.

– Não?...

Ela perturbou-se.

– Que gente, também! – explodiu. Bateu desajeitadamente no ombro do menino. – Não se importe, não, filho. Vai, vai jantar.

Ele deixou cair os braços ao longo do corpo. E arrastando os pés, num andar de velho, foi saindo para o quintal. Dirigiu-se à garagem. A porta de ferro estava erguida. A luz do luar chegava até a borda do colchão desmantelado. Alonso cravou os olhos brilhantes num pedaço de osso roído, meio encoberto sob um rasgão do lençol. Ajoelhou-se. Estendeu a mão tateante. Tirou debaixo do travesseiro uma bola de borracha.

– Biruta – chamou baixinho. – Biruta... – E desta vez só os lábios se moveram e não saiu som algum.

Muito tempo ele ficou ali ajoelhado, segurando a bola. Depois apertou--a fortemente contra o coração.

**Lygia Fagundes Telles** nasceu em São Paulo, em 1923. É membro da Academia Paulista de Letras, da Academia Brasileira de Letras, e da Academia das Ciências de Lisboa. Já foi publicada em diversos países: França, Estados Unidos, Alemanha, Itália, Holanda, Portugal, Suécia, República Checa, Espanha, entre outros, com obras adaptadas para TV, teatro e cinema. Dentre os seus trabalhos se destaca seu romance *As Meninas* (1973), que é reconhecido por registrar uma posição de clara recusa ao regime militar no Brasil.

# A DONA DA CASA

Menalton Braff

O silêncio é sua escuridão, por isso viver tornou-se um exercício diário, meticuloso, em que tateia com os pés o piso frio da cozinha, não vá acordar a mãe. Desde o divórcio, vem apalpando a medo os dias e os vazios na consciência da velha mãe, com quem decidiu morar, aproveitando uns restos de responsabilidade familiar. Nossas velhices são amparos mútuos, dizia às vezes, em tom de brincadeira, pois sabe-se tão jovem que nem chegou a pensar ainda em aposentadoria.

Depois de abrir a porta dos fundos, costuma entrar pela cozinha, enfia a mão no espaço escuro, acende a lâmpada e entra com silêncio de ladrão experiente. É preciso fazer um lanche para poder dormir. Lava as mãos sujas de giz na torneira da pia e, mesmo sem enxugá-las, põe a frigideira untada de óleo sobre o fogão. Um ovo mexido com pão é tudo que sua mente cansada e o estômago vazio ambicionam.

Quando o grito estremece o ar iluminado da cozinha, Isaura olha assustada para trás.

– Vagabunda!

A guedelha revolta e toda ela amarrotada pela cama, sua mãe aparece estátua na porta completamente viúva. Isaura não deixa de mexer o ovo na frigideira, fingindo não ter ouvido o insulto, mas sua cabeça baixa permite um olhar de esguelha, por cima do ombro, tendo a mãe como alvo.

– Sua porca vagabunda. Pensa que eu não sei? Meu dinheiro, sua ladra, devolva meu dinheiro. Roubou meu dinheiro pra sustentar aquele animal. Vamos, estou esperando. Você não está ouvindo? Quero meu dinheiro de volta.

Exausta, a velha interrompe os gritos esganiçados e a cozinha fica sendo quase uma cozinha comum: mãe e filha antes de dormir. O ruído do garfo mexendo o ovo na frigideira e a respiração ruidosa da mãe. Nada mais. Além disso, apenas o rumor noturno da cidade, e a amplidão, com suas estrelas distantes e silenciosas, uma aragem fria quase imóvel.

A velha desce os dois degraus para o piso da cozinha, disposta a resolver o futuro de suas vidas.

– Sua ladra! Pensa que vai me matar pra ficar sozinha na minha casa? Esta casa é muito minha, entendeu? Você se meteu aqui dentro pra depois trazer aquele sujo pra cá, pensa que eu não descobri? Mas eu sei me defender, sua vaca. Conheço muito bem suas intenções, vagabunda. E o meu dinheiro, o que você fez do meu dinheiro?

A velha fala e lentamente contorna a mesa, no centro da cozinha. Isaura, mesmo mexendo o ovo na frigideira, não perde de vista sua mãe. Sabe que entrar naquele jogo a excitará ainda mais, por isso não responde tampouco encara a velha de frente. Evita qualquer movimento que possa exacerbar aquele surto de ódio, imitando um poste sem lâmpada, desses, pouco mais que inúteis, que não se fazem notar.

Isaura desliga o fogo, sem coragem de mover os pés. A mãe aproxima-se do armário, os olhos lacrimosos num rosto pálido e enrugado.

– A casa pra botar homem aqui dentro. Sei muito bem. Acaba comigo e toma conta da minha casa. Anda por aí, a noite toda, fazendo o quê, sua vagabunda?

A pressão no peito de Isaura cresce sufocante, mas segura as lágrimas, muda, por isso esquece a fome, o sono, moída de dó da velha, que um dia foi sua mãe. Então a ouve chamar para dentro, o dia morrendo, seu rosto esbraseado, correndo entre as amigas da rua, gastando os excessos de energia. Sente na face o beijo de boa-noite, as mãos da mãe ajeitando-lhe no corpo o cobertor.

Parada na frente do fogão, a mulher aperta as têmporas com as duas mãos, a testa enrugada, sem conseguir entender o sentido de tudo aquilo. Pagava o quê, com o sofrimento?

A velha abre uma gaveta do armário, onde enfia a mão direita, que volta com a faca de ponta, sua faca de cortar carne.

– Antes sou eu que acabo com você, vagabunda!

O magro braço erguido faz um movimento rápido, de que Isaura se esquiva. Em seguida desfere uma bofetada no rosto da mãe, que se amontoa sentada no piso frio da cozinha. A faca voa para longe e a mão vazia abre e fecha os dedos, impotente. Sentada sobre sua vida e assombrada por seus temores, a velha fica chorando baixinho enquanto a noite escorre do céu.

**Menalton Braff** é um contista, romancista e novelista brasileiro. Em 1984, publica seus dois primeiros livros sob o pseudônimo Salvador dos Passos (nome de seu bisavô). Viria a abandonar o pseudônimo apenas em 1999, quando publicaria aquele com o qual viria a ganhar o Prêmio Jabuti de Literatura em 2000, na categoria "Livro do Ano – Ficção": o livro de contos *À Sombra do Cipreste*. A partir daí, sua produção se intensificou. Atualmente, Braff alterna seu tempo entre o magistério, a escrita, conclaves culturais e palestras, além de ser membro e ex-presidente da Academia Ribeirãopretana de Letras (da cidade de Ribeirão Preto, estado de São Paulo).

# O MENINO DO PORÃO

Nicodemos Sena

Depois de ter passado a noite e a manhã sem destino, às 4 da tarde eu ainda vagava sujo e cansado, e quase sem dinheiro, pelas ruas da cidade. Parei num boteco ordinário e pedi peixe frito com arroz e mandioca – o prato mais barato do "cardápio". Começava a comer e já um menino magrinho e seminu, de uns doze anos, cabelos pretos e lisos, olhos negros amendoados, aproximou-se de mim e se pôs a mirar o meu prato com a beatitude de um santo e o atrevimento de um larápio. Vendo a fome estampada no rosto do menino, perguntei se queria comer, mas ele nada me respondeu, e nem precisava, pois os seus olhinhos fixos no meu prato não me davam opção.

– Tragam-lhe um prato – pedi.

Demonstrando grande habilidade com a boca e com a língua, o menino comeu tudo vorazmente, lambendo o fundo do prato, e continuou a seguir os meus movimentos.

– Queres mais? – perguntei, esquecendo que tinha pouco dinheiro.

O menino de novo não disse palavra, mas seus olhos foram bem eloquentes. Pedi outro prato, que o menino devorou com a volúpia de um vira-lata abandonado. O seu desamparo era tão evidente que acabei pensando: "Estou ferrado, sim, mas sou maior e mais forte do que esse menino, e tenho mais chances de escapar das feras da cidade". Tal pensamento, entretanto, não foi suficiente para me tranquilizar. Eu tinha apenas 16 anos e, um dia antes, a minha pobre mãezinha havia partido, deixando-me só no mundo; então decidi deixar a pequena cidade onde eu nasci e partir para uma cidade grande. E justamente nesse momento de minha vida apareceu o menino! Voltando a atenção para ele, vi que havia lambido o segundo prato e continuava ao meu lado, com a cabecinha abaixada.

– Como te chamas? – perguntei-lhe.

– Pachico – respondeu, com um fiapo de voz.

– Cadê teus pais? – tornei a perguntar.

– Já morreram – explicou o pequeno, começando a chorar.

– Com quem vives agora?

– Com ninguém, ando sozinho – disse o menino, as lágrimas se misturando com o muco das narinas. A sua carinha suja lembrou-me a dos ratos que um pouco antes vi atravessando o estabelecimento e enfiando-se em buracos, onde esperam a noite chegar. "Como são inteligentes esses ratos!", pensei.

Enquanto pagava as refeições, pensei em pedir ao menino que me contasse a sua história; afinal, entre nós pelo menos uma coisa já havia em comum: éramos órfãos de pai e mãe. Quando, porém, voltei-me para o menino, ele havia desaparecido. Depois ainda vi Pachico lá adiante, na rua, dobrando a esquina, levando na barriga os meus três preciosos cruzeiros que talvez me faltassem na longa e desconhecida viagem que iria fazer até a cidade grande. Mas não me arrependi de ter ajudado o menino; queria mesmo ter outra oportunidade para fazê-lo.

Depois disso, dirigi-me ao porto, onde os barcos já estavam cheios de gente. Sabia que ninguém viria despedir-se de mim, mas, quando transpus a ponte que liga o trapiche ao barco, fiquei decepcionado quando olhei para a terra e certifiquei-me de que ninguém viera me dar adeus. Senti-me um João-Ninguém, um lagalhé, uma alma penada, um desgraçado, que sai e ninguém sente falta, chega e ninguém vê.

Com a sacola numa das mãos e a outra no parapeito do barco, via as pessoas lá em terra gritando e gesticulando para seus entes queridos; todos pareciam já estar cheios de saudade e também de esperança, menos eu, pois me sentia o ser mais desvalido do mundo. Após três tristes apitos, o barco foi se afastando, afastando... A terra que sempre amei, ao ver o seu filho partir, parecia fria, estranha, até mesmo hostil. "Sou como uma folha ao vento, um rastro na areia; nasci, mas ninguém se deu conta disso", veio-me este pensamento.

O barco ia meio penso, pois os passageiros, no afã de verem a cidade pela última vez, amontoavam-se em apenas um dos lados. Uma garça-branca voava à meia altura, mas ninguém parecia notar a sua presença, já que todos se esforçavam em não perder de vista a pequena clareira entre água e selva em que se converteu a cidade. Num céu sem nuvens, o sol, a quatro palmos da linha do horizonte, ainda trespassava as águas límpidas do rio Tapajós; tomando outro rumo, a garça-branca desapareceu no infinito, assim como ficou para trás o velho castelo, o último ponto da cidade, em cuja cúpula eu havia subido horas antes, com a intenção de lançar-me no penhasco e assim morrer.

"Melhor seria se tivesses morrido", escutei uma voz me dizer. Apesar do ronco do motor, a voz era nítida e a reconheci. Intrigado, olhei para os lados, mas só vi gente estranha.

"Sou eu mesmo", a voz tornou a dizer, mas o que eu enxerguei foi o pequeno Pachico, ao meu lado.

– Tu, aqui? – exclamei.

Mais intrigado fiquei quando, num abrir e fechar de olhos, Pachico sumiu. Em vão o procurei entre os passageiros. Já duvidando da minha sanidade mental, desci à casa de máquinas, onde o encontrei sentado sobre um fardo de juta. Além dos maquinistas e dos ratos que moram no porão do barco, ninguém é louco de permanecer por muito tempo naquele ambiente abafado. Vendo o pequeno Pachico, perguntei o que ele fazia ali.

– Vou escondido, não tenho dinheiro para pagar a passagem – disse o menino.

– Vais pra onde? – perguntei.

– Até onde o barco for – respondeu.

– Vai até Belém – expliquei.

– O dragão mora lá? Pois vou matar o dragão! – disse o menino, com os olhos faiscando.

– Dragão é bicho inventado, não existe – comentei.

– Existe sim! Ele matou minha mãe e meu pai! Mato ele! – disse o menino, enfurecido.

– Está bem, dragão existe. Vem comigo! – disse-lhe.

Como um bichinho assustado, Pachico correu para o fundo do porão e meteu-se entre os sacos de mercadoria.

– Pachico, não precisas te esconder; pago a tua passagem! – disse gritando, pois o barulho das máquinas era ensurdecedor, mas Pachico não reapareceu. Desisti de esperá-lo e subi ao convés, onde, a muito custo, deitei em minha rede, que era apertada por todos os lados por outras redes. O ruído das máquinas e mil pensamentos impediam-me de dormir.

Envolvido pela noite, o barco descia o rio. Nós, do barco, não víamos as margens, mas os ribeirinhos, lá de suas choupanas, enxergavam o ponto de luz no qual o barco se convertera. "O que eles pensam neste instante?", eu me perguntava. Sozinhos, nas margens daqueles rios solitários, fora dos registros, esquecidos, aquela gente podia ter sentimentos felizes? O barco devia ser para eles apenas um ponto inalcançável, que passava no meio da noite, enquanto que, para os passageiros, o barco era esperança de melhores dias. "Meu filho! Não quero que tenhas o destino besta que eu e teu pai tivemos. Quero que tenhas um futuro". Mamãe disse-me essas palavras tantas vezes, que elas ficaram gravadas na minha alma; com os olhos fechados, ouvia-as misturadas com o ruído da máquina, e, em pensamento, dizia para mim mesmo: "Por ti, mamãe; por ti, papai; por vocês, irmãozinhos que não puderam partir, vou em busca do futuro, e, quando o tiver alcançado, voltarei para contar o que vi e ouvi, e distribuirei com vocês tudo o que tiver amealhado".

Não conseguindo dormir, desci da rede e fui até a proa do barco, e ali, por longo tempo, respirei com dificuldade o vento que batia em meu rosto. Furando a escuridão, o barco seguia o seu destino. Eu também, apenas com um endereço no bolso, ia em frente, confiante, rumo ao "futuro". Desejei que aquela noite nunca terminasse, pois, de verdade, eu não queria ir, sentia-me mais seguro no sombrio e obscuro mundo onde nasci e cresci, no oco da selva, cercado de cobras e outros seres noturnos, e isso me fez lembrar de Pachico, enfiado àquela hora no fétido porão, entre insetos e ratazanas. Era capaz de saber o que ele sentia, pois a vida para mim sempre foi como um grande porão, de onde via o mundo de baixo para cima. Aos seres de precária condição, como os vermes e os insetos, que brotam do chão e se alojam entre as palhas, devo esta capacidade de sobreviver nas condições mais adversas e de manter-me sereno nas mais humilhantes situações. Compreendo, por exemplo, o desespero da barata, ameaçada eternamente de ser esmagada, ou o pavor do passarinho diante do gavião.

Tais pensamentos levaram-me ao porão do barco, onde, cuidando para não ser visto por ninguém, enveredei entre fardos de juta e sacos de feijão.

– Pachico! Pachico! – gritei, mas o ruído da máquina apagava a minha voz. "Besteira gritar; com certeza ele me vê de algum lugar", pensei. O pó denso e o cheiro nauseabundo dos sacos asfixiavam-me, parecendo incrível que Pachico conseguisse ficar ali por tanto tempo. Subi tossindo ao convés, e até nos fétidos banheiros procurei o menino. Pensei que talvez Pachico, num ato de desespero, tivesse se jogado no rio. Resolvi procurá-lo mais uma vez. Com um prato de comida que consegui na cozinha do barco, desci ao porão.

Nem foi preciso chamar. Sentei sobre um fardo de juta e, sobre outro fardo, pus o prato sob uma réstia de luz, e aguardei. Menos de um minuto depois, vi uma manchinha mais clara se destacando sobre o fundo negro do porão. A manchinha foi se aproximando, aproximando, bem devagar, até que, já bem perto, como um rato diante da ratoeira, hesitou, mas logo, como um raio, passou mão do prato e tornou a recolher-se na obscuridade do porão. Eu observava a manchinha movimentar-se quase imperceptivelmente. Não a incomodei, pois sabia que Pachico sairia ao meu encontro tão logo terminasse a refeição, o que de fato aconteceu; antes, porém, ficou imóvel lá no seu canto, certamente me olhando, até que deu um passinho à frente, e outro, e mais outro, mostrando enfim o rostinho sujo, pois, na pressa de saciar a fome, enfiara a cara no prato, à maneira dos cães.

Sabendo que o mínimo movimento poderia pôr tudo a perder, aguardei que viesse. Enfim, quando Pachico já estava bem perto, disse-lhe:

– Não tenhas medo; sou teu amigo.

O menino devolveu-me o prato vazio e ameaçou retornar ao porão, mas, vendo que eu nada fazia para impedi-lo, permaneceu ali, à minha frente, sob a réstia de luz. Pele e osso, magrinho, vestia uma camisa e um short encardidos, furados em muitos lugares. Os pés, metidos numa reles sandália havaiana, pareciam dois ancinhos, de tanto que os dedos se abriam. Em sua desconchavada figura tudo parecia desprezível, menos os olhos, que, em contraste com os gestos tímidos, arrostavam o mundo de um modo estranhamente sereno.

Denso era o olhar do menino, águas de um rio profundo. "Um dia ele já foi velho", pensei, estremecendo, pois era como se aqueles olhos de repente me olhassem das entranhas da selva, fazendo-me lembrar, num relance, de um episódio já remoto da minha infância, que me marcaria para sempre.

Com a permissão de mamãe, eu acompanhara os homens numa caçada, as sombras da noite já caindo sobre a mata; indivíduos, coisas e bichos se fundindo uns nos outros, eis que, diante de mim, surgindo como que do nada, no galho de uma árvore, um pássaro estranho, muito estranho, meio gavião, meio sabiá, meio coruja, bico adunco de papagaio e cocuruto de centurião romano, olhava-me. Nunca esqueci esses olhos que me espreitavam de um modo tão singular e mexiam-me lá no fundo, arrepiando-me todo, parecendo enxergar os meus pensamentos. Seu corpo era de pássaro, mas o olhar meigo e severo, distante e amigo, parecia humano! Não sei quanto tempo ficamos assim nos observando, os espectros da noite já se movendo pela mata. Situação absurda, espécie de queda, vertigem, torvelinho, pois era como se aquele pássaro me olhasse de dentro de mim mesmo com duas pupilas que até hoje me perseguem por entre as árvores do quintal ou através das frestas da parede de palha da cabana da minha infância; flagro-as num lampejo, noto-as de soslaio, pressinto-as e não as vejo, chegando a duvidar de que existam. De onde veio aquele pássaro? Para onde foi? Esteve mesmo ali, com aqueles olhos que me traspassavam a alma, ou jamais existira?

Pachico também surgiu como que do nada e possuía os olhos selvagens e meigos do estranho pássaro. Por longo tempo nos olhamos, sem nenhuma palavra. Antes do tal "dragão" chegar, aquele triste menino deve ter sido muito feliz; no terreiro da aldeia, com outros meninos, troçando de tudo, rindo da chuva, catando pitangas, jogando pedrinhas no rio e lançando-se atrás; pisando no céu, tocava alegres canções em sua flauta de bambu.

– Vem comigo para o convés? – disse-lhe, mas Pachico enfiou-se de novo no porão.

Voltei desapontado para o convés e deitei em minha rede. Apesar do matraquear desagradável que vinha da casa de máquinas, não resisti ao cansaço e dormi. O balanço do barco deu-me a sensação de que bracejava num tenebroso oceano, entre vagas desencontradas e incompreensíveis, das quais só me libertei quando algo como um grito estridente, ferindo a noite, acordou-me. Na semiescuridão, nada enxerguei. Sobressalto dentro de um pesadelo, foi o que imaginei. Um instante depois, porém, o mesmo grito – sim, já não tinha dúvida, era um grito! – ainda mais terrível e angustiado, atroou. Quem àquela hora da noite se atrevia a desferir um estrídulo tão agudo e desesperado, capaz de se sobrepor à barulheira infernal das máquinas e acordar a todos? Levantei-me de um pulo.

– O que houve? – perguntei ao sujeito que viajava ao meu lado.

– Parece que pegaram um ladrão a bordo – disse o homem, levantando-se de sua rede e seguindo para a popa do barco, de onde pareciam vir os gritos.

Um membro da tripulação apareceu e, erguendo a voz, pediu calma a todos, porque "tudo" já fora resolvido. "Tudo o quê?", pensei.

Filho das solidões da selva, desagradam-me barulhos e ajuntamentos, mas, naquela hora, um pressentimento levou-me a seguir os companheiros de viagem, que, movidos unicamente pela curiosidade, se deslocavam de uma só vez para a popa da embarcação, pondo em risco a sua estabilidade.

– Parem todos! Fiquem em seus lugares! Já não disse que o caso foi resolvido?! – bradou o tripulante, abrindo os braços como se com isso pudesse conter os passageiros.

Ao meu lado, outro tripulante disse que o ladrão já estava preso e seria abandonado num ponto qualquer da margem, assim que o dia clareasse.

– O que ele roubou? – perguntei.

– Comida – respondeu o tripulante.

– O senhor poderia me dizer o nome *dele*?

– De quem? Do ladrão? E alguém é capaz de saber? Índio tem nome?! – pilheriou o sujeito.

– Acaso é um menino pequeno e magrinho? – perguntei ansioso.

– Sei lá! Veja o senhor mesmo, se é que consegue! – respondeu o tripulante de maus-bofes.

Então fui afastando com os braços a cerca humana que se formara em torno do autor dos gritos, que não cessaram um só instante e já se assemelhavam ao desesperado guinchar de um filhote de onça prestes a ser agarrado pelo caçador. Quando, enfim, terminei a difícil travessia, deparei-me com esta lastimável cena: parecendo mais franzino do que nunca, nu em pelo, como deve ser exposto um ladrão apanhado em flagrante, estava Pachico, preso a uma cadeira, na qual o obrigaram a sentar-se. O grito ininterrupto do pequeno transformara-se num urro lúgubre que parecia expressar, ao mesmo tempo, terror e ódio. Ao ver-me, parou de gritar e seus olhos transluziram de esperança. Estranha coisa também se produziu comigo: minhas narinas se congestionaram, um nó apertou-me a garganta, os olhos formigaram. Corri para Pachico e desamarrei as cordas que o prendiam à cadeira.

– Deixe aí o ladrão, não faça besteira! – gritou um tripulante, tentando deter-me.

– Ele é meu irmão! – disse-lhe.

– Irmão?! Então por que deixou que roubasse?

– Desculpe-me, senhor. Quanto devo pagar para livrar o menino? – perguntei.

– Primeiro pague a passagem do pirralho, que vinha clandestino! – grunhiu o homem.

Tirei o dinheiro do bolso e entreguei ao energúmeno, o qual, ainda que satisfeito, esbravejou:

– Se ele voltar a roubar, jogo-o n'água!

– Não se preocupe, senhor; ele não fará mais isto – disse-lhe segurando a mão de Pachico.

– Cuide do seu larápio! – ainda ouvi uma voz esganiçada, de velha, gritar.

Sob os olhares hostis dos companheiros de viagem, voltei para a minha rede. Durante o percurso, Pachico segurou firme a minha mão.

– Viste, Pachico?! Todos ficaram bravos contigo! Não sai de perto de mim! – disse-lhe, num tom a um tempo severo e amigo. – Dorme na minha rede até de manhã, pois nela só cabe uma pessoa; ao amanhecer comprarei outra – completei, erguendo-o pelas axilas, e assim o coloquei na rede.

Nos olhos do menino, a costumeira altivez foi substituída pelo medo. Encolhidinho no fundo da rede, parecendo ainda menor do que era, senti que ele queria me agradecer, mas não sabia como, apenas me olhava, bobo, enlevado, palpitante, num silêncio ao túmulo parecido. Como que esquecido de seu infortúnio, seus olhinhos, ao invés de tristeza, tinham a profundidade marinha e o espaço azul das almas ainda não conspurcadas. Mas essa paz durou apenas um brevíssimo instante, pois, quando, movido por um sentimento de grande compaixão pelo pequeno, abaixei-me sobre a rede e o abracei, lágrimas rolavam-lhe pela face suja e soluços estrangulados escapavam-lhe do peito.

– Desgraçado! – ouvi Pachico dizer, quando já me erguia.

– Quem é *desgraçado*? – perguntei, surpreso.

– O dragão – explicou Pachico.

– Ah, sei... O dragão que matou teus pais...

– Um dia eu mato ele! – disse Pachico, rilhando os dentes.

Dos olhinhos chorosos do menino partiam setas envenenadas de ódio – um ódio negro, denso e ressentido, que escorria como um rio espremido entre rochas.

Pedi a um companheiro de viagem que me deixasse sentar sobre uma caixa que fazia parte de sua bagagem, onde resolvi passar o resto daquela noite. Antes de me ajeitar sobre a caixa, retirei o meu cobertor da sacola e arrumei-o sobre Pachico, pois um vento frio entrava pelas escotilhas e varria as redes, fazendo os passageiros se encolherem. O menino já devia estar muito doente, pois se entregou aos meus cuidados sem qualquer resistência.

– Dorme, amiguinho; estou ao teu lado – disse-lhe, sentando-me na caixa.

– A rede dá pra nós dois! – balbuciou o menino.

– Não, Pachico! A rede é pequena e precisas dormir; ajeito-me sobre a caixa! – tentei em vão convencê-lo, pois o pequeno segurava a minha mão de modo tão firme, que não houve jeito de retirá-la. Apesar do desconforto da posição, sentei ao seu lado, resolvido a esperar que mergulhasse no sono, mas a sua mãozinha, dentro da minha, suava, e, como se quisesse dizer algo, olhava-me fixamente, com um brilho ensandecido nos olhos. Em dado momento, pediu-me:

– Papai, pega um passarinho pra mim?

Para fazer o gosto do menino era só comprar um dos pássaros que um contrabandista levava para a capital, mas, quando lhe perguntei se queria o pássaro, parece que não me ouviu. Ouvi em seguida uma estranha canção que falava de despedida, e de dentro dessa canção uma voz parecia pedir: "Papai, me leva de volta ao jardim?". Eu não conhecia ainda o sentido profundo da palavra "jardim", e talvez por isso cheguei a pensar que nem Pachico, nem música, nem nada existiam e talvez tudo resultasse da minha imaginação doentia, o que me fez lembrar de um mito sul-americano, no qual um menino pede ao pai que lhe traga um passarinho, e, quando o pai, sem querer, mata o passarinho, morre também o menino. Tive então um pensamento que me pareceu lógico, mas hoje vejo que era estapafúrdio. Pensei: "Vou comprar o passarinho do contrabandista; se Pachico se alegrar, é que ele existe; do contrário, ficará indiferente". Mas não consegui me afastar do menino, cuja mão segurava a minha como uma pequena tenaz.

– O dragão quer me pegar, não me deixa sozinho! – disse o pequeno.

– Acalma-te, amiguinho; o dragão anda muito longe – tranquilizei-o.

– Não mente pra mim. Ele está bem aqui! Não escutas ele rosnando? – insistiu Pachico, com os olhinhos febris.

"É o ronco do motor, Pachico. Dragão não existe", eu disse isso e me desesperei. Na verdade, falei isso para mim mesmo, pois Pachico dormia placidamente. Olhando-o assim, perguntei-me: "De onde ele veio e para onde ele vai? Quem é mesmo esse menino que se parece tanto comigo?"

**Nicodemos Sena** nasceu em Santarém, Amazônia brasileira, passando a infância entre índios e caboclos do rio Maró, na fronteira do Pará com o Amazonas. Veio para São Paulo em 1977 e se formou em Jornalismo e em Direito. Sua estreia literária se deu com o romance *A Espera do Nunca Mais – uma Saga Amazônica* (1999, Prêmio Lima Barreto/Brasil 500 Anos). É verbete na *Enciclopédia de Literatura Brasileira*, direção de Afrânio Coutinho e J. Galante de Sousa. Carlos Nejar incluiu Nicodemos Sena em sua *História da Literatura Brasileira – da Carta de Caminha aos Contemporâneos.*

# AINDA VIVO

Paulo Veiga

Era quase meia-noite de 31 de dezembro para 1º de janeiro de 2001, e encontrei no restaurante um grande amigo que pensava como eu; gostava de cães e sei que tinha uma cadela branquinha. Havia tempo que não o via, talvez dois meses. Puxei a cadeira e sentei-me à sua frente. Bebemos, jantamos. Parecia muito aborrecido pela empresa prestes a falir, e pelos sérios problemas de família. Não deu outra: passou a se lastimar como se estivesse declamando, mais ou menos nos seguintes termos, pois só anotei no guardanapo algumas palavras da lamentação:

– Sobre a terra adusta sombreada por sol brasileiro, num carrascal do nada mesmo, cultivei prósperas lavouras durante décadas! Todos se alimentaram. No final se esqueceram de quem confeccionou o pão com que se deliciam e ignoraram o meu árduo trabalho! Divertem-se em festivais nos navios ancorados no mar de vinho que, se não fosse a lavoura por mim lavrada, estariam nivelados àqueles excluídos da sorte, e implorando por proteção divina!

Tentaram me capitular e me expor ao fracasso, palavra maldita e supersticiosa. Mas me conformo com a pouca sorte, pois na vida vi e vejo outros menos amparados. Tentaram, mas as positivas vibrações energéticas do universo me mantêm de pé nesta data enganosa, gregoriana: agora 2005 e não 2001.

Que façam bom proveito do trigal que lhes dá o pão, e do parreiral que lhes dá o vinho.

Quando olho no espelho retrovisor da vida orgulho-me, pois lá no início era um pusilânime; ganhei forças graças ao sopro cósmico que me veste de alba aura e me revigora com novos ânimos na idade, já grisalho e à míngua de escassa sorte. Conforta-me a previsão de longa estrada ainda a percorrer, mesmo que não volte a ter uma mesa farta, matizada com frutas tropicais; se voltar, que nela todos se regalem!

Se abracei alguém na passagem do milênio? Claro, abracei agora você, e antes, com a mesma emoção de outrora, a minha amiga e guardiã que estava assustada com o foguetório, emoção que esperava não mais sentir.

Ainda vivo, não conseguiram me destruir, portanto existo sem aderir a dogmas religiosos, que encasulam as comemorações festivas de fim de ano.

O meu amigo era um infeliz, pois a vida é de paradoxo. Para ele não ser ridicularizado não vou dizer o seu nome a ninguém. Morava no Jardim Aeroporto, como eu, era agnóstico e muito revoltado. Soube que arranjou uma mulher e se mandou. Nunca mais o vi.

**Paulo Veiga** é advogado, escritor, tem mestrado em Ciências Políticas, ex-diretor da União Brasileira de Escritores, autor de *Muralhas da Mantiqueira, Poesias de uma Vida, Caçada Humana, Panteão, Aplauso a Campesinos e Citadinos, Amores Recíprocos, O Crocodilo Timorense, Uma Esperança* (parceria com Caio Porfírio e Maria José Viana), *Ideias Fragmentadas* e *Crônicas e Contos Incontáveis*, do qual faz parte o presente conto.

# OUTSIDERS

Regina Baptista

Não fora um gato o causador do barulho daquela madrugada, com o qual Luciana chegou a despertar por uns segundos, antes de voltar ao sono profundo. A causa do barulho no seu quintal era um homem, um estranho. Isso a jovem dona de casa só descobriu ao amanhecer o dia, quando saiu ao quintal para recolher o lixo.

Na vidraça que ligava a área de serviço a um pequeno escritório havia um homem entalado. Ele tinha a metade do corpo para fora da casa e a outra metade para dentro. Parecia jovem; usava bermuda e um par de tênis velho. E era magro; tão magro que esperava caber na passagem da vidraça. Tinha feito um cálculo errado: não cabia totalmente naquela passagem. Por isso estava ali, preso pela barriga, com peito, braços e cabeça para dentro da casa e tendo do lado de fora a cintura, com quadris e pernas. Respirava exausto, como se tivesse passado horas tentando concluir a travessia.

Luciana examinava, assustada e em silêncio, o vão da vidraça, tentando ver se havia chance de sucesso do outro. Não havia. O corpo estava num estado tão lamentável que Luciana cogitou correr até o lado de dentro da casa e encarar com raiva aquele bandido. Quase ao mesmo tempo, porém, refletiu que as mãos do homem, ocultas do lado de dentro, poderiam portar uma arma, o que tornaria arriscada a ideia de afrontá-lo.

Segura no seu silêncio e oculta ao infeliz, Luciana se aproximou da lata de lixo que estava a uns dois metros do desconhecido entalado. Tirou o saco com lixo de dentro do latão, fez um nó na boca – sempre espiando o corpo entalado: era preciso se prevenir contra a remota possibilidade de ele se livrar – e depois colocou um novo saco no latão. Carregou o saco de lixo para fora da casa, enquanto ia pensando: "Quando o Armando acordar, ele vai chamar a polícia. Uma viatura vem até aqui. Os caras retiram o infeliz da janela e tudo bem".

Armando demorou a acordar mais do que o costume. Luciana foi chamá-lo. Ele se levantou, foi correndo ao banheiro, com um olho no relógio e o outro na pasta de documentos que ainda precisava organizar para apresentar ao chefe. Enquanto o marido tomava banho, Luciana correu com o café, desviando o olhar da porta de vidro que dava acesso à área de serviço. Agora que o marido estava acordado, precisava esperar que ele percebesse o intruso entalado na vidraça do escritório e tomasse as providências cabíveis. Por alguma razão Luciana entendeu que isso deveria acontecer sem que Armando fosse alertado por ela. O marido deveria descobrir sozinho a presença do criminoso na casa. Nesse caso, Armando certamente ficaria surpreso de ver que a mulher não o percebera, já que ela havia acordado primeiro e estava às voltas com as coisas domésticas há mais tempo que ele. Diante desse pensamento, Luciana agiu rapidamente: voltou ao portão e recuperou o saco de lixo que ainda não tinha sido coletado pelo caminhão. Correu para a área de serviço, colocou o saco como estava na lata, desfez o nó, abriu as abas como se nunca tivesse mexido ali. Depois correu ao jardim, em busca de um vasinho qualquer para enfeitar a mesa do café da manhã. Escolheu um pequeno kalanchoe.

Quando Armando chegou à cozinha, encontrou a mesa pronta para o café da manhã, como vinha acontecendo naqueles três meses de vida recém-casada. A surpresa é que Luciana acrescentava à mesa um vasinho de kalanchoe.

– Café da manhã com flor! – observou ele.

Como estava preocupado com a hora, Armando tratou de terminar o café e sair depressa. Enquanto o marido tirava o carro da garagem, Luciana mordia os lábios. Armando tinha saído sem se dar conta do ladrão entalado... Caberia a ela chamar a polícia?

Luciana fechou o portão e, enquanto se fechava em casa, também se culpava por não ter promovido algum incidente que obrigasse Armando a ir até a área de serviço ou ao escritório e flagrar o ladrão malsucedido. Culpando-se por essa falha, a mulher entrou em casa mas não teve coragem de ir à área de serviço... e muito menos ao escritório, onde encontraria a parte superior do corpo invasor e assim veria o rosto do ladrão. Trancou-se no quarto do casal e começou a arrumar a cama. Quando terminava as arrumações, ouviu o caminhão da coleta de lixo passando na rua. "Perfeito", pensou ela. Os fatos caminhavam no sentido de fazer valer seu álibi. Oficialmente Luciana não tinha pisado na área de serviço, não havia recolhido o lixo do latão como era seu hábito. Enfim, caso alguém, num futuro próximo, questionasse o fato de a dona de casa não perceber a presença de um homem preso numa vidraça da sua casa, Luciana saberia responder com convicção: "Naquele dia eu não entrei na área de serviço, onde estava uma parte do homem, e nem no escritório, onde estava a outra parte dele".

E foi raciocinando sobre essa defesa que Luciana decidiu ir ao escritório, não para encarar o inimigo, mas para trancar a porta que ligava o escritório ao resto da casa. Chegou ao corredor e viu que a porta, aliás, estava aberta. Em seguida ouviu um suspiro, um sussurro: "aaah, socorro..."

Foi o suficiente para Luciana se aproximar do escritório, estender o braço na direção da maçaneta e fechar a porta com força, embora evitando o barulho. Trancou e saiu pelo caminho de volta. Depois pensou: como explicaria essa porta trancada? Voltou imediatamente à porta do escritório, destrancou-a, abriu-a como estava antes. Pelo jeito o infeliz continuava tentando se desentalar e já estava muito fraco depois de passar a madrugada toda na peleja.

"Se tivesse que sair, já tinha saído", pensou Luciana, e decidiu encarar o ladrão. Entrou no escritório, olhou para a cena na vidraça. Viu que a cortina de renda estava manchada de sangue. O invasor, de tanto se esforçar para atravessar o resto do corpo, havia machucado a barriga na barra de ferro da vidraça e no desespero tinha usado a cortina para limpar o sangue.

O rapaz, ao ver que alguém entrava no cômodo, ergueu o pescoço apoiando as mãos na parede:

– Moça, chama o bombeiro!... Rápido, moça, chama o bombeiro. Eu tô morrendo aqui. Vai, rápido!

Pela visão da situação do outro, a partir do novo ângulo, Luciana confirmou que não havia a menor chance de ele se livrar daquela enrascada sozinho.

– Eu vou chamar a polícia – ela disse. – E eles resolvem o que fazer.

– Não, moça, não chama a polícia, chama o bombeiro.

– Polícia, bombeiro... É tudo a mesma coisa.

– Se você chamar a polícia, quando eu sair da cadeia, volto aqui e te mato. Chama o resgate. Chama uma ambulância.

Luciana saiu tomada por um ódio que se misturava com medo. Teve vontade de chorar, teve vontade de voltar com uma faca ao escritório e cortar o pescoço do ladrão. Conteve-se, riu dos próprios pensamentos, foi ao banheiro, fez xixi, olhou no espelho. Disse para si mesma: "Pensa, Luciana, pensa". O que fazer? Olhos vagando entre a pia do banheiro e o espelho implacável. Os braços rígidos apoiados no gabinete da pia, suportando os ombros indecisos.

Decidiu que passaria boas horas fora de casa. Tinha que ir ao banco fazer alguns pagamentos. Ela busca um relógio. Oito e quinze. Faltava muito tempo para o banco abrir. "O que eu faço?... Calma, é só pensar numa coisa que me faça ficar fora de casa... Bom, hoje é sexta-feira, é dia de feira. Preciso de frutas."

Luciana tirou a camisola, vestiu-se. Antes de sair foi de novo ao escritório.

– Moça, socorro, chama alguém pra me tirar daqui, pelo amor de deus.

E o rapaz deixou a cabeça cair num lamento desesperado. Sem erguer a cabeça, e com os braços largados em total impotência, a voz sem força sussurrou:

– Me tira daqui, moça, me tira daqui!

A imagem da entrega daquela cabeça ao próprio peso e ao próprio infortúnio fez Luciana repensar sua decisão. Enquanto iniciava uma reflexão sobre salvar ou não o corpo do inimigo, ouviu o telefone tocar:

– Oi, mãe, tudo bem e a senhora? A dor na perna melhorou?... Esse fim de semana?... Não sei, preciso ver com o Armando. Ele anda tão ocupado. É... Mudanças na empresa... Não, não, ele acha até que são mudanças boas pra ele. Ele falou que tem muita gente da diretoria que vai se aposentar este ano... É... Ele tá esperançoso... De repente, quem sabe? O Armando tem esperança de uma promoção... Claro que ele tem chance. É pra isso que ele se dedica tanto... Tá bom, eu vou ver com o Armando se ele tem algum programa pra domingo. Se não tiver nada, a gente vai almoçar aí...

Luciana já estava a caminho da saída da casa com destino à feira, sua primeira ideia para se manter fora de casa, quando teve uma outra ideia. Voltou para dentro. Ligou de volta para a mãe:

– Manhê, eu tava esquecendo... Tem uma calça do Armando que eu queria que a senhora consertasse pra gente. O Armando usa pra trabalhar. Posso deixar aí com a senhora?... Hoje, pode ser?... Então tô indo aí. Beijo.

Desligou o telefone e com os punhos fechados comemorou: "Yes!" Enfim havia conseguido mais um motivo para ficar fora de casa. Pegou a bolsa, uma calça de Armando cujo zíper estava com defeito e saiu com seu carro.

O tempo que estaria na casa da mãe e depois no banco deveria ser suficiente para que o homem preso na vidraça morresse. Mais tarde, quando a polícia pedisse seu depoimento, ela contaria que naquela sexta-feira acordara cedo, preparara o café para o marido e logo depois de ele sair para o trabalho ela também saíra para ir à casa da mãe e ao banco. Só descobrira o cadáver preso na sua janela ao voltar para casa. Pronto. Álibi perfeito.

A caminho da casa da mãe, enquanto dirigia pelo centro da cidade, Luciana irritou muitos motoristas apressados. Dirigia com tanta lentidão que chegou até mesmo a receber um xingamento. Não se abalou com isso.

Diante da casa da mãe, Luciana estacionou, olhou no relógio... quase nove horas. Até chegar a hora de o banco abrir, terá um bom período. Terá que passar um bom tempo ouvindo as queixas da mãe. Mas valerá a pena. O que interessa é se manter longe de casa.

Georgina recebeu a filha com o abraço frouxo de sempre, como se a filha fosse de vidro.

– Que tem que ser feito na roupa do seu marido?

Luciana mostrou o zíper estragado. Pediu que a mãe só o arrumasse quando de fato tivesse tempo livre.

– Não quero atrapalhar a senhora.

Georgina aproveitou o sorriso da filha para anunciar:

– Seus irmãos estão sempre indo ao hospital visitar seu pai. Você não foi nenhuma vez.

– Eu já falei que não suporto hospital, mãe. Não insiste.

– Nem pelo seu pai você enfrenta essa fobia de hospital...

– Mãe, eu já sofri demais por não ter o papai no meu casamento. Não vou aguentar ver ele numa cama, sem consciência de nada... Não aguento...

Luciana teve que relembrar o universo todo que cobria seu recente passado: o casamento com Armando, três meses antes, deveria ser perfeito. Tudo agendado e acertado. Então o pai de Luciana sofreu um grave acidente de carro duas semanas antes do dia de levar a filha ao altar. O casamento não podia ser adiado. Armando já tinha pago tudo. O casamento aconteceu mesmo estando o pai da noiva em estado de coma.

– Seu pai queria tanto te levar ao altar, Luciana!... Vai lá ver ele, filha. Conversa com ele!

– Mas ele tá em coma...

– Ele vai sentir sua presença...

– Tá bom, dona Georgina, eu vou visitar o papai hoje. – disse Luciana, aliviada por ter conseguido mais um compromisso que a mantivesse fora de casa.

Na fila do banco Luciana contava os minutos. O relógio de pulso marcava o tempo de tortura fatal do desconhecido acidentado em sua casa.

Pagamentos feitos, Luciana saiu do banco demorando-se o máximo que conseguia. No trânsito, nova lentidão na condução do carro. Decidiu que antes de entrar em casa e verificar a situação do ladrão, iria à feira. Achou necessário ligar para o celular do marido, coisa que normalmente evitava fazer para não correr o risco de atrapalhá-lo no trabalho, e contar as decisões que havia tomado. Mesmo que Armando, mais tarde, percebesse a grande coincidência de a mulher alterar a rotina justo no dia em que a casa recebia a visita de um bandido, Luciana tinha que apostar na sorte e fazer tudo parecer realmente uma grande coincidência.

– Alô, amor... Eu tô ligando pra contar que fui agora cedo ver minha mãe... Ela insiste que eu tenho que visitar meu pai... Daqui a pouco vou ao hospital... Almoçar?... Ah, eu almoço num restaurante ou talvez eu almoce no hospital mesmo... Sei lá. Mas não se preocupa!

Mal desligou o celular, Luciana fechou os olhos e quis desaparecer. Como não pensou nisso? É claro que a principal alteração de rotina a ser percebida por Armando diria respeito ao almoço. Ele, que almoçava todo dia no refeitório da empresa, sabia que a esposa almoçava todo dia sozinha em casa. Quando ela anunciou que estava às voltas com os assuntos de família, logo ocorreu a ele que ela poderia ficar sem comer por conta dessas ocupações. A saída encontrada por Luciana parecia agora ser a única possível. Não poderia dizer que faria a visita ao pai hospitalizado depois do almoço, porque isso representaria uma chance de permanecer mais tempo em casa.

Certa de que estava fazendo o necessário para justificar sua ausência na casa por maior tempo possível, Luciana chegou em casa sem nem mesmo guardar o carro na garagem. Cada passo estava determinado: examinaria o intruso e, independentemente do resultado, sairia em seguida.

Luciana entrou depressa em casa. Percorreu o longo corredor ao fim do qual havia o escritório. Estava esperançosa de ver um corpo entregue à morte. Encontrou o ladrão gemendo ainda. Mordeu os lábios, deu uma batidinha leve com o pé direto no chão e voltou para o corredor. Desiludida, andou de um lado para o outro, pedindo a si mesma "pensa, Luciana, pensa". Voltou ao escritório.

– Falta muito pra você morrer? – ela diz, com a voz embargada.

E ele:

– Me tira daqui, moça, não quero morrer assim.

– Eu preciso sair – ela respondeu. – Preciso ver meu pai, que também tá enlatado.

Enquanto tomava banho Luciana se via inconformada com o inusitado. Quanto tempo mais duraria? Quanto tempo ainda o intruso sofreria?

Sai, fecha a casa e entra no carro... O carro. Luciana sente mais um mal-estar por outro descuido: afinal, ao chegar da feira ela deixara o carro na rua ao invés de guardá-lo na garagem. Algum vizinho poderia ter visto o carro estacionado na rua e portanto saberia que a dona da casa estivera ali durante aquele período. Ou talvez não. Talvez nenhum vizinho tivesse notado algo tão sem importância.

Agora no hospital, Luciana passa pela recepção, recebe a permissão para ir ao quarto onde está o pai. No seu estado de coma, o homem apenas sobrevive. Luciana se aproxima do leito e sente vontade de se anunciar. Talvez ele ouça. Não, ele não ouvirá.

– O que eu faço, pai? – ela sussurra, temerosa, como se perguntasse a alguém de outra dimensão.

Ela sente necessidade de rir de si mesma. Ainda assim permanece à beira do leito do pai o tempo máximo permitido pelo hospital. Então sai, sempre devagar.

Luciana entrou no carro, olhou para o relógio: duas e dez da tarde. Seguiu para casa. Guardou o carro na garagem. Correu para o escritório. O invasor continuava lá, preso, só que agora parecia inconsciente. Aliás, logo abaixo da cabeça pendente a três palmos do chão, no carpete, havia uma enorme mancha de sangue. Os braços caídos ladeavam a grande mancha. Luciana aproximou-se devagar do corpo preso. Uma brisa entrava pela vidraça e agitava levemente a cortina manchada de sangue. Luciana tinha a impressão de que a qualquer momento alguém chamaria na sua porta ou o marido telefonaria para saber notícias suas. Não poderia ficar naquele escritório presenciando aquele corpo preso pela cintura numa vidraça. Tinha que fazer parecer que havia chegado em casa e se colocado a fazer qualquer coisa, menos estar ali diante daquela imagem. Correu para a cozinha. Decidiu arrumar o armário da dispensa. Mudou enlatados de lugar, conferiu prazos de validade de alguns alimentos, separou um pacote de macarrão para o jantar...

Voltou ao escritório e um sentimento de impotência veio visitar sua alma. Poderia, se fosse mais eficiente, ter pelo menos tornado a morte do rapaz menos dolorosa. Mas não. Havia se ocupado tanto com tantas bobagens e se esquecera do principal. Agora restava somente chamar a polícia. Antes, porém, era preciso ter certeza da morte do rapaz, pois uma equipe de resgate poderia ser capaz de salvá-lo ainda. Luciana pegou uma lanterna e se agachou; ficou de joelhos diante do busto pendente. Encolheu-se à parede para conseguir focalizar o rosto do rapaz. A cabeça virada para baixo dificultava o trabalho. Enquanto uma mão empunhava a lanterna na direção dos olhos, a outra mão ia com os dedos trêmulos abrir as pálpebras. A lanterna clareando os olhos mostrou que já não havia mais vida ali. De qualquer forma, Luciana buscou uma veia do pescoço. Mediu a pulsação. Verificou que não sentia nada. "Só pode estar morto."

Levantou-se. Finalmente ligou para a polícia. Imediatamente a rua foi ocupada por viaturas. A vizinhança abriu as janelas e se concentrou na casa do jovem casal. Um ferreiro foi chamado para serrar as barras de ferro da vidraça. Uma equipe de socorro equipou o corpo com oxigênio e outras emergências, embora já se constatasse a morte do invasor.

Armando chegou pouco depois da polícia. Procurou Luciana para ampará-la, pois presumiu que ela estivesse em estado de choque. Luciana refugiou-se nos braços do marido enquanto acompanhava com ele todo o trabalho das equipes.

O corpo do rapaz foi retirado da parede, coberto com um lençol escuro e colocado numa maca. Armando, sempre abraçado à mulher, ainda olhou para os curiosos na rua e fez um aceno como quem diz: acabou.

O casal entrou. Luciana precisava manter a impressão que vinha causando no marido: a ideia de que só poucas horas antes soubera daquele corpo preso na vidraça.

– Minha nossa... – ele disse, acariciando a cabeça da mulher. – Que risco você correu, Luciana! Sozinha nessa casa, junto com um bandido... Ele podia ter conseguido sair dali...

E Luciana, tentando apagar aquele dia:

– Vou limpar o escritório.

**Regina Baptista** nasceu em São Joaquim da Barra – SP, em 1968. É associada à União Brasileira de Escritores (UBE). Graduada em Ciências Sociais pela Unesp de Araraquara – SP, publicou o romance *Cárcere Privado* em 2007; *Mundo Suspenso*, uma coletânea de pequenas narrativas, em 2009; o romance *Ato Penitencial*, em 2011 e, em 2012, a coletânea de contos *Revista Masculina: o Homem Exposto.*

# INFINITOS HORIZONTES

Reivanil Ribeiro

Basicamente eu estava bêbado e o céu vinha para mim, ficava mais perto, profundamente azul, numa tarde ensolarada de abril. Um dia perfeito para morrer, a eternidade estava ali perto e tirava fotos de si mesma, por minhas pupilas. Eu era a ficção consagrada à sobrerrealidade, uma epifania que tinha de propósito, como a vida, ser uma dissipadora de energia a permitir a esta espalhamentos mais favoráveis. Ele, o céu, não caía, era o inverso. Uma paisagem mais que inesquecível se descortinava à frente, no para-brisa. Sem dúvida, eu crescia, subia, subia... Decolava.

Bêbado e mais consciente do que nunca, eu pulava sobre o abismo. Suspenso num sem-tempo sem igual.

Parei durante algum tempo e o tempo ficou à espera de minhas conclusões, numa sincronia de matar. O céu continuava lá, descortinava-se. O apocalipse era a nossa história do ponto de vista do mundo, da natureza, da matéria inanimada? Viraria eu então só mais um personagem? Assim fosse. Contudo, ao menos me sobrasse um canto na sala de leitura, ou nesse teatro esquisito em que minha prescindibilidade ia ser contada com tanta cerimônia. Porventura até os mortos acreditassem nela.

Que será a morte, de fato? Uma outra história, a memória a invocar sua força imaginativa para me fazer sentar numa cadeira e assistir a todos os meus próprios passos, meus acertos e erros, espectador comum que vou ser, e decerto com grande poder de comoção e manifestação?

O céu continuava a vir. Como eu havia chegado ali? Não fora fácil.

Sou um personagem de romance, oi. De minha própria autoria, esclareça-se. Não é um destino tão ruim, se lermos bem os fatos. Não sou qualquer personagem também: sou o protagonista, uma preferência que devo a mim mesmo. Agradeço, é simples nos entendermos.

Estou em fuga. Chegarei lá, uma esperança com que não podiam contar meus algozes. Um apanhado dos motivos para esta fuga: ambição desmedida; pressa demasiada não fez mau papel na coautoria (nem se fosse via culpa); algumas amizades um pouco perigosas; a honestidade; a indiscrição artística; a fama. A fama – ela só quer vê-lo pelado, muitas vezes, só que na ânsia e no exagero parte à depelação.

Num dia parecido com este, eu havia resolvido, seria um marginal. É, um marginal, em face da babaquice e da modorra torturante deste país e deste mundo. Eu era romântico, me amava acima de tudo e nosso amor era um modelo para o mundo – assim mesmo ele deveria me amar. Bandido, sim – não era chegado em crimes contra a vida, entretanto. Virei escritor; uma tese importante. Muito humanismo também, sem dúvida.

Ora, escritos poderiam ser tiros, tiros no vazio – e desde que este vazio se contorcesse e mostrasse as tripas impossíveis, em reverência, surpreendidas, à mira, tudo bem, era válido. A luminosidade dos *insights*, projéteis eclodidos, a irem rápido a fim de transpassar diretamente cabeças vazias, e nada provocarem, exceto aquela certa fatuidade pela imutabilidade e, graças a ela, a sobrevivência – uma outra forma de reverência, e desta ao menos daria para rir. Noutras vezes, podia ser um efeito mais benéfico, ia-se saber? Eu sabia uma coisa, detonaria palavras legal, num país que parecia muitas vezes aplaudir, não seu próprio passado, e sim muito mais seu atraso, mediante o foco em aplainantes e anti-inovações-de-enredo folclores. Estava de saco cheio. Mundo destruído, de um lado, do outro eu reconstruiria tudo, tal como as construtoras norte-americanas e europeias no Iraque. Um projeto lindo, a distopia da salvação, um texto sem ponto final.

Passei a criar enredos, muitos. Alguns muito loucos, outros sensíveis, outros tinham razão – de ser escritos, sobretudo. Outros haviam sido escritos há milênios, conquanto por mim mesmo. Todos povoavam um espaço entre minha mente e o papel, lugar que era um mistério – mas tínhamos ambos, cada qual metade, pistas seguras de onde poderia estar. Histórias, histórias dentro de histórias e de personagens, entremostradas ou expostas por completo – decidi, elas seriam o corpo da narrativa, um estilo que, se não me engano, não errou de gênero.

Escrevi então, a sério. Segurava firme o lápis. Computadores? Não me agradavam, eram só uma pré-formatação mundial, você somente a adaptava a você, com todo o livre arbítrio; de resto, os caras invadiam e pegavam a sua senha mesmo, porque os covardes se aprimoram muito em sua arte de ser covardes, evoluem na superfície, só a têm: esperteza, portanto. Comigo, era na grafita. Depois metralhava numa máquina de escrever Remington, ano 1966, herança do avô. Aqueles ribombares da máquina tinham muito a ver, me pareciam claramente a voz do texto, a metralhar por aí pessoas, conceitos e algumas formalidades bestas. Depois, acho, escaneava-se a coisa na gráfica: as máquinas que se entendessem. Na época, eu basicamente vendia quentinhas para me manter. Aprendi a cozinhar, nessa brincadeira, e minha última namorada ficou à espera de meu prato especial para ela. As coisas progrediram logo, mais à frente – com alguns amigos meus, vislumbrei um futuro imediato bem melhor. Passaríamos a atividades de muito mais aspiração profissional, roubos, basicamente. A banco. Também invasões de supermercado, assaltos a joalherias e assaltos eventuais a almofadinhas (postura até mesmo política, se formos pensar). Eu amadurecia, apodrecia? Sei que a vida real batia na minha porta e eu a recebia com a prudência de um tiro preventivo, através dela, porta.

No começo, deu tudo certo. Eu obtinha fácil estabilidade financeira e as atividades culturais ficavam em primeiríssimo plano. E aquelas máscaras usadas nos roubos ajudavam um bocado que a fama pela coisa certa pudesse aflorar, um dia.

Meus livros vendiam e bem. Saíam brochuras baratas, jamais pobres. Eu os editava; creio tê-lo feito bem. O esquema "de pobre para pobres, e pelo menos ganhando dinheiro com isso", tal esquema, tão privilegiador da chamada "onisciência comercial", compensação pela onisciência tão rudimentar e, dizem, forte a presidir os textos sob esta linha mestra – esta tendência de mercado, disseminada, não tinha vez comigo. Acreditava no meu público, de maneira geral. Explica-se isto fácil pelo fato de eu só acreditar no que havia em minhas ficções, e ele, público, ser parte delas, na categoria de personagem que, apesar de tudo, queria acreditar em si. O primor na revisão e na impressão envaidecia-me – sentimento que dava contornos ainda mais épicos ao *background* das minhas tramas. Ãã, trabalhar? Não, obrigado. Ei!!, você está fora da realidade, amigo! As coisas mudaram. Obrigado, em todo caso, pela participação, você errou tanto quanto muitos outros, não se sinta menor. Não, trabalho formal, não. Mormente em serviços burocráticos; ou, o mais provável, arriscando minha sexta cervical e minhas costelas em motos de entregas, por aí – eu não ia ter tanto tempo para refletir sobre a morte, com ela buzinando nos meus ouvidos, a cada esquina. Minha carreira de autopatrocinador estava fadada a legalizar-se em breve, sentia eu, uma vez que o patrimônio já estava quase suficiente para me deixar contente e independente. Eu era um vencedor. Algum de meus próximos livros pudesse versar sobre a metodologia? Podia ser.

Logo eu acabasse aquele meu romance, quem sabe. Mal sabia eu. O romance chamava-se *Infinito Horizonte*. O nome já abria várias, enfim, possibilidades. O texto era sobre a vida de Ramblo Martos, um aventureiro que sonhava em ser piloto de F1 e de Stock Car. Martos entrava nas cidades correndo, a toda, fazia suas presas femininas, seus quase amigos e seus muito inimigos, programava suas corridas na cidade... e sempre acabava em fuga. Ex-moças de família, bancários, funcionários de cartório, professoras quarentonas desiludidas, traficantes figuraças locais, que sonhavam lidar direto com os grandes figurões, das artes e da política, em pessoa, na capital, sua forma de revolução. Agiotas que, a continuarem assim, logo seriam donos de instituições financeiras de prestígio. Padres e ultraconservadores frouxos, que o demonizavam, para a sua retórica convencê-los de que sua pureza falsa era uma máscara plenamente vantajosa. A mesma linha pragmática dos mercadologismos, do mundo-espetáculo atual – a arte-ilusinionismo, a ficção construída não para somar mitos às mitologias quaisquer, e sim tão somente para enganar o respeitável público, manobrá-lo rumo às prateleiras, e que lá ele decidisse o número da série do produto. Martos era um sonhador a mais de cento e trinta, nas curvas. Ele sabia, todos queriam fazer parte de sua vida e, logo, de sua história, e ele insistia em não participar de nenhuma outra história – e, depois de apreender a "narrativa" do contador ou da vítima à frente, depois de assimilá-lo à sua "identidade progressiva", em sonhos e pesadelos fortes, narrados no livro, simplesmente sumia. Pegava o "Chamuscado" (o apelido ridículo de seu carro envenenado) e sobrevoava a estrada mais próxima. As pessoas, claro, não aprovavam – iam atrás dele, xingando-o ou cantando-o, ou amando-o ou chorando. Ao tempo, Martos não as ouvia, já a sumir na estrada, em busca duma direção, de um enredo absolutamente sem par, igual a ele. Uma história de fugas rápidas, quatro costelas partidas, um olho quase vazado, três perfurações a faca no pulmão esquerdo, centenas de crises de bronquite, doença decerto agravada nas noites frias pelas estradas de São Paulo, Rio e Minas.

Um dia, porém, ao fazer mais das suas, justo quando seu enredo mais uma vez estava prestes a alcançar o *status* de inacabado, seu "fim ideal", Martos se viu cercado. Perseguido por seis carros, de forma implacável, ao longo da estrada que atravessava a cidadezinha de Cruzes Altas, norte do Paraná, num dia de domingo belíssimo, um dia temperado, ventos frios, sol quente, tiros e mais tiros de fuzil às suas costas, várias perfurações de bala no capô e vidro traseiro estilhaçado – eis que nosso herói, gárgula a rir muito, segurando uma taça de champanhe que não caía de suas mãos, de jeito nenhum, não obstante as manobras arriscadas na estrada, é obrigado a entrar numa estrada de "terra absoluta", transmudada num "lamaçal pantanoso perfeito para algum Iavé de beira de estrada". Tem sérias dificuldades em prosseguir pelo lamaçal e sua taça final é alvejada, junto com sua mão. Perdido, Martos resolve enfrentar o destino a persegui-lo, eterno descontente pelo descompasso: freia o carro, faz o veículo rodar na estrada e se põe diante dos perseguidores. Na sequência, acelera a toda e parte para cima, que trombada seria! Tinha de ter muito cuidado é com a banana de dinamite em sua mão, pavio já aceso. Os carros lhe dão passagem, Martos passa direto pelo meio do grupo, só que é alvejado, quatro vezes, no pescoço e nas costas. E, quase sem querer, lá foi a bendita dinamite, pela janela. A explosão mata boa parte dos inimigos, claro; por outro lado, acaba impulsionando Chamuscado (& Furado) para fora da estrada, direto ao precipício mais próximo, logo à frente. Ao começar a queda, Martos, insólito até na morte, tem uma crise quase impossível de lucidez, mesmo baleado e bêbado. O horizonte se aproxima, rápido, queda pouco mais que inevitável, e ele matuta sobre seu sonho quase esquecido de infância, escrever livros, escrever muitas histórias, em vez de sofrê-las. Elas começam a surgir, como por encanto – uma fertilidade provável a parecer um fator de vida suficiente para enfrentar o abismo final. Histórias de vida, versões, centenas delas, sobre como teria ele chegado àquele veredicto da Grande História, ele, Martos, diante daquele desfecho bem trágico – elas pululam de alegria, em conexões, até então ocultas, de seus neurônios, eles a contarem como haveriam também de ter-se estabelecido, que saudades da neurogênese. Ou seria um resgate? Ou aquilo seria sua alma, já adiantada em pegar a próxima identidade? Uma história maluca? Martos daí se vê cair no abismo e ao mesmo tempo se vê diante de uma máquina de escrever – a... escrever. Aquele mesmo final absurdo, para o qual as versões possíveis seriam um desafio à sua altura.

E pimba. O livro ainda não estava terminado, evidente. Eu sentia que ele serviria para me abrir portas, não imaginava quais. A vida é estranha em seus fundamentos, inclusive.

Veio a ganância, na época, a ambição em excesso, *pari passu* com o processo criativo – a realidade, ora, restava apenas saber contá-la. Eu estava numa situação financeira boa, depois de uma vida calma de negócios seguros; sem embargo, a pressão por acabar meu romance logo, e começar outros, conspirou para uma solução drástica: um roubo definitivo. A intenção era poder me manter por uns dois anos. Senso de precaução. Ademais, nesta altura eu tinha três filhos já, um com cada ex. Errar era fácil – os frutos dos erros cresceriam e por fim tentariam justificar por eles mesmos que, sim, houvera acerto, no final das contas, o que era de certo modo terceirizar a remissão. Eu tinha por conseguinte de fazer caixa.

Entramos no banco de colunatas chiques e era abril. Uma manhã bonita. O assalto era cronometrado, limpo, quase um pecado ir contra. Uma beleza de planejamento, depois dele eu ia enfim vender honestamente minhas depravações por escrito, minhas perversões, imoralidades, bizarrias, corrupções, conceitos e imagens fortes. A féria corria perfeita. Nosso companheiro Biu (este mesmo o nome dele) acompanhava o gerente até o cofre. Muleke Morto e Pombaím Ai Jesus olhavam a saída. Gerúsio Croce, Irmão Bichona, Mortadela de Rosbife, Feição de Pombo, T-Rex Au Au e Profissão-Laranja ficaram de olho vivo nos seguranças e no movimento das ruas, pelas câmeras. Eu, Cronólius e Pópónopipi (Abreviatura: Pópi), fomos atendidos sem senha pelos caixas, cuja rapidez e eficiência mereceriam até um elogio à administração, ou mesmo à Febraban. Tudo seguia calmo, como uma operação financeira a mais, e eis o mistério dos eventos a dar um coice – um dos clientes ali sentados, gerente aliás de outro banco, um sujeito de dois metros de altura, surtou, e bem às minhas costas; achando que ninguém sairia dali vivo, resolveu contra-atacar preventivamente, dando uma cotovelada potente na cara da morte. Na minha cara, no caso. Eu estava mais perto, devia parecer o seu representante mais acessível. A máscara do Darth Vader que eu levava caiu ao chão, minha cara tonta ficou exposta – e o reconhecimento veio no ato, alto, fulminante. Um indivíduo gritou lá da última fila: Saint Conde!!! Sou teu fã, porra!!!

...Hi! A foto na orelha dos livros! O cidadão quis um autógrafo; teve de ser inclusive contido pelos demais reféns. Agências bancárias, um ambiente por demais perigoso hoje em dia. Já menos tonto, eu alternava a mira entre o gerente paranoico e o fã – com o primeiro fã tão manifesto não se fazia isto, pensei; então acertei uma coronhada nos dentes do grandão e apenas acertei o pé do fã. Uma assinatura bastante real, igual ao seu grito. E eu? Eu teria de... mudar de bairro, sem dúvida, e minha carreira literária estava seriamente ameaçada.

Fiquei um pouco visado, depois do assalto ao banco. Arrá, e meus livros esgotaram nas bancas de jornal do bairro, nas livrarias (consignação) e vendidos pelas minhas três esposas. Elas exigiam, meu talento tinha de render para alguma coisa que prestasse, ou seja, para sustentá-las e aos meninos. Havia muitos novos leitores agora; dentre eles, alguns ãã muito mal-intencionados. Os amigos da malandragem e os policiais – que descobriram juntos, atônitos, que eu discorria sobre o mundo da marginalidade, para começar, sem rodeios, com percuciência dolorosa, e praticamente sem usar nem pseudônimos, muitas vezes. É, eu dava nomes aos bois. Aquilo parecia tão improvável e minha moral de santo era tão sólida, que eu nem me dava ao trabalho de, quando era o caso, disfarçar as referências reais – os amigos bandidos se sentiram lisonjeados mas meio entregues, os policiais corruptos *idem*, e também queriam me esfolar vivo. Já os graúdos, criticados acima de tudo, pagavam a ambos os grupos para a sua raiva ter ainda mais razão. E o povo me adorava. Minhas ex-mulheres também.

O azul começou a se agigantar no para-brisa quando aquele pelotão de fuzilamento ãã multidisciplinar, formado de bandidões de toda espécie, entrou no meu quarto e ouviu um carro novo acelerar na esquina da rua – lá ia eu. Acompanharam-me em minha aventura, lógico. Contei três carros atrás de mim. Entrei na BR 116 e consegui sumir do mapa, algumas vezes. Ao me encontrarem e se aproximarem o bastante, vieram aquelas balas, no vidro traseiro, no retrovisor, no meu ombro direito, no meu pescoço. Não tinha champanhe nenhum nas mãos; não significa que não estivesse a rir. O carro começou a despencar e, encarando o azul firme adiante, cruzei a linha das realidades: senti um gosto forte de álcool na boca e, estranhamente mais lúcido, perguntei e argui a Martos, no banco do carona ao meu lado, enquanto o tempo parava de vez – não me restaria ainda o impossível, tal qual a você? Sim.

O carro sumiu no abismo. Não chegou a explodir e meu corpo jamais foi encontrado. É claro, babacas, eu estou aqui, oi. Aqueles coitados nem imaginam. Tornei-me um personagem de romance, o meu romance, acho via de regra formas de me eternizar em versões acerca de como eu fui afinal de contas parar aqui, diante deste azul parado e inesquecível. Os livros de Saint Conde continuam a sair por aí, são um mistério em face dos olhos arregalados dos que não conseguem ocultá-los. O método que emprego para escrevê-los e mandá-los, editados e revisados, a esse seu mundo sem charme ou direção? O mesmo empregado por Brás Cubas, do Machado. Um antecedente clássico, e não me venham de descréditos, então. Centenas e centenas de versões continuam a ser distribuídas, pelo meu bairro, sobretudo – dizem, alguns anônimos as escrevem; dizem que minhas ex-esposas contrataram um *ghost-writer* para um fantasma escritor, mas é mentira. Diante desse azul é difícil não se inspirar, a eternidade está em toda parte. Hmm, dão licença? Já penso numa outra versão...

**Reivanil Ribeiro** é natural de Iguape, SP, e atualmente reside em Santos, SP. Com formação em Administração, escreve textos literários desde a década de 1990. Com o livro de contos *Pequenas Grandezas*, foi agraciado com o Prêmio de Literatura UBE/Scortecci – 2005/2006. Seus textos caracterizam-se pela variedade temática e estilística, pela análise de homens e sociedade, pela tensão entre racionalizações e imaginação e pelo humor, em geral irônico e sarcástico.

# O ECLIPSE

Renato Modernell

*"Deus é menino em mil sertões"*
Guimarães Rosa

Oito eclipses do sol serão vistos no Brasil durante o século XX. Mas tenho certeza de que no dia 11 de julho de 1991, quando se der o próximo, sétimo e penúltimo, o circo Cristal não vai existir mais. Não tem nem nunca teve uma política consequente de renovação de seu quadro de artistas e feras, jamais vai mudar de lona nem nunca vai pagar em dia. E o filho único do Najibe, última esperança de um sangue jovem administrando o circo, preferiu a medicina. De modo que o circo Cristal, a 11 de julho de 1991, no próximo eclipse solar visível no Brasil, não será lembrado por ninguém.

## Eu e a vida

Dei baixa da artilharia do Herval no verão de 66. Outono e inverno fui um vira-lata a mais na pecuária local, vivendo de empreitada, livrando o cigarro e uma mulher semana sim, semana não. Dando duro no galpão, serviços gerais. Madrugando e sabendo que o meu destino não era aquele, cismado. O Herval não compensava o duro que eu dava. Minha tia ameaçando cortar teto, comida e roupa lavada se eu não arrumasse trabalho fixo. Ou então voltasse aos estudos: – Vagabundo eu não quero aqui dentro.

E eu num drama.

O Herval era pequeno pra mim, pra fome de sacanagem que eu tinha quando dei baixa. Querendo mundo, e principalmente mulher. Me mandei pra Bagé e peguei num frigorífico. O madureza à noite. No primeiro mês sem matar uma aula, no segundo assistindo só a português e matemática. Em outubro largando tudo.

Pelo circo.

O Cristal vinha descendo de Livramento, ia fazer duas semanas em Bagé e depois Rio Grande, na beira do mar que eu conhecia de ouvir falar. O mar. A vida artística. Um pouco em cada cidade sem nunca criar raiz. Liberdade. Combinei com o Najibe que eu pegava no globo da morte em caráter experimental, sem compromisso de ambas as partes. Carteira assinada se eu sentisse que dava, que aquela era a minha, e o Najibe se comprometendo a levar em conta que era a primeira vez na vida que eu trepava numa motocicleta. Sem compromisso de ambas as partes.

O circo Cristal não se responsabilizava. Maior de idade, macho e reservista de primeira: – O interesse é teu. O que o circo pode fazer é te abrir as portas, mas depende de ti. Esse globo já consagrou até uruguaio e argentino. Tá em ti, no teu sangue frio.

Sangue frio nunca me faltou. Nunca tirei do pescoço o escapulário da primeira comunhão que eu beijava disfarçando antes do treino, enquanto esquentava a motocicleta. Escapulário que eu beijei soluçando pra dentro e acariciando o tanque da moto, já pegando amor por ela, a primeira vez que o povo de Bagé me consagrou herói tão jovem, parece um guri. Najibe: – O Cristal acreditou em ti. Quero que tu passes a fazer parte da nossa família, pois o Cristal é mais que um circo, é uma verdadeira família.

Desmontamos o circo sob os incentivos e sorrisos do Najibe e seguimos para Rio Grande. Novembro abafado de 66.

## A base

O circo Cristal haveria de pagar caro por ter levantado a lona na faixa de totalidade do eclipse. Faixa de totalidade: parte da América do Sul que ia ficar sombreada no dia 12. Vão chegando a Rio Grande, pelo porto, imensos carros brancos com antenas giratórias, plataformas e laboratórios desmontados, radares, telescópios, foguetes, sondas e balões estratosféricos. Os técnicos e engenheiros loiros começam a despontar nas confeitarias do centro da cidade, com suas jaquetas brancas já reconhecidas de longe por todo o mundo. Os locais, num misto de inveja e pouco caso, defendendo irmãs, noivas e namoradas da ameaça daqueles olhares azuis.

A base nasceu do nada, em alguns dias. Os gringos enfiando a noite à luz dos holofotes, levantando seus laboratórios. Nativos ilustres preenchendo ficha para conhecer por dentro, nas tardes de domingo. Professores do Yázigi levando seus alunos para praticar inglês. Muitos Simca e Aero-Willys abarrotados de primos, tias e o futuro genro, rádio na jornada esportiva da Guaíba, baixando o volume e diminuindo a marcha na frente da base. Tudo pronto. O chefe da família, ao volante, acenando para os técnicos na base. Da base, os técnicos sorrindo Colgate lá dentro de cada coração da família.

O Lions oferece um churrasco ao Coronel Duffy e assessores mais diretos. O secretário do Lions para o intérprete: – Que o Coronel Duffy e seus homens recebam o carinho da nossa comunidade e os votos de sucesso em sua empresa espacial, prova definitiva do destemor e da grandeza dos nossos coirmãos do norte. O Coronel Duffy para o intérprete: – Para fazer minhas as palavras do próprio presidente Lyndon Johnson, a conquista do espaço não é uma conquista de uma só nação, mas de todo o hemisfério. O prefeito: – Engenhos que ganham altura e alimentam a lenda de Ícaro. O deputado: – O homem pouco a pouco se liberta da gravidade terrestre. O jornal:

*The people of Rio Grande*
*feels happy and proud with the visit*
*of foreign technicians and scientists.*
*You are very welcome.*

E a manchete do dia seguinte: NASA HOMENAGEIA PODERES MUNICIPAIS.

## A base e o circo

Chegamos a Rio Grande destroçados de calor e cansaço, depois de uma viagem de dezenove horas e meia. Um circo se deslocando de uma cidade a outra, fedorento e vagaroso como uma cobra velha. Os bichos bufando, inquietos, espumando. E o elenco propriamente dito acotovelado em cabines e caçambas, lendo gibis de terror e olhando sonolento a estrada seca, o vapor que brotava de tudo.

Chegamos com o macaco doente e a lona se despregando toda, remendo em cima de remendo, lona velha que já tinha sobrevivido a três incêndios. Mas o Najibe não queria nem saber. Nos deu praia na manhã de sexta, para descansar da viagem, e à uma e meia começamos a montar o circo. Nós, quatorze artistas, tendo que montar o circo. Coisa que fizemos emputecidos.

E três vezes mais putos quando, depois de tudo pronto, a subprefeitura mandou desmontar e afastar mais trinta metros da base da Nasa. Zona de segurança: o interesse, inclusive, devia ser do próprio circo: vocês têm que recuar amigavelmente em 48 horas.

O Cleonci virou bicho. Era artista. Já tinha trabalhado no Orlando Orfei, podia estar famoso. Não tinha obrigação de fazer força, levantar lona é pra peludo e não falta vagabundo querendo pegar circo pra montar por uma média de café com leite. O Cleonci era artista. Trapezista e engolidor de fogo, se necessário domador e mágico, com gloriosa passagem pelo Orlando Orfei. O Najibe que pegasse o seu cirquinho de terceira e enfiasse no rabo. De costas pra mim, arfando: – Tu acha justo, Sarmento?

Não respondi. Mas tava com ele, porque também eu já começava a me sentir artista. Piloto do globo da morte.

## Cleonci e eu

Nossa estreia em Rio Grande foi se retardando. Depois de ver o Cristal a 150 metros da base, fora da zona de segurança, a subprefeitura resolveu invocar que o Najibe tinha que mostrar o atestado de vacina de cada bicho e o INPS, de um por um dos artistas. O circo pronto, parado, até o Najibe conseguir subornar um fiscal.

Foi nesses dias de ócio que o Cleonci e eu demos o pontapé inicial na nossa amizade. A iniciativa foi dele, me convidando pra assistir a *O satânico Dr. No* e depois desbravar a zona, que a gente tava precisando. Topei, pressentindo que ele queria também se abrir comigo fora do ambiente carregado do circo.

Nós dois passando em frente à base:

– Me abro pra esses gringo, Sarmento. Tu vê que eles levantaram isso aí em dois toque. Dois toque e tava pronto. E a gente apanhando pra levantar uma lona de circo.

Nós dois na fila do cinema:

– Já tô com o saco estourando desse circo e do Najibe (me pegando de supetão, uma tática dele). Tu é novo no circo, Sarmento. Tu tá bem lá no globo, mas não deixa o Najibe montar em cima de ti. Se ele quiser montar, tu corta de cara. Não deixa.

Nós dois comendo um bauru depois do cinema:

– Essa hora eu era pra tá na melhor lá no Orlando Orfei. Saí porque a bailarina quis se fresquear pro meu lado e levou uma bolacha. O cara que é de circo tem que se cuidar, não pode deixar o outro montar em cima. Facilitou, todo mundo monta, na maior.

Nós dois numa mesa da Renascente:

– O Najibe de trouxa só tem a cara, Sarmento. Com aquela cara de trouxa ele acaba sempre enrabando o artista, botando o artista pra levantar lona e lavar os elefante dele. Tu precisa ver como ele explora aqueles trouxa que tão lá dormindo agora. O Najibe, o negócio dele é enrabar o artista.

Nós dois voltando, passando de novo em frente à base:

– Me abro é pra esses gringo, Sarmento. Me abro praquela jaqueta branca deles, com o emblema, deve ser o emblema lá da terra deles, aquela bola azul cheia de estrelinha, com o emblema aqui assim, do lado esquerdo. Devem tá comendo tudo que é mulher aqui, só na presença. Pra esses gringo a gente tem que se abrir.

Nós dois na nossa barraca, ao lado da jaula do leão:

– E a gente aqui batalhando pra depois ir na zona e pegar aquele muquiço, e ainda morrer com seis ou sete conto.

O Cleonci pegou no sono logo, mas eu fiquei fumando e pensando nele. Por que ele teria cismado de se abrir comigo? Por que ele não me escalava logo no time dos trouxas, junto com os outros? Fiquei fumando e me perguntando isso. E me perguntei também como é que eu tinha vindo parar em Rio Grande, no circo do Najibe, no globo da morte. O mar, que eu sempre quis conhecer, e que agora tinha de sobra a duzentos metros. Me lembrei do Herval de quando eu era guri. Custei a dormir.

## O Najibe e a Nasa

À noite, o elenco do Cristal ficava mateando em torno de dois lampiões a gás, um pendurado no trailer do Najibe e outro ao lado das barracas dos artistas. Ali adiante, a base iluminada como uma cidade misteriosa. As gargalhadas e o vozerio dos gringos chegando até nós e o Najibe, compenetrado e vaidoso, nos traduzindo o pouco que conseguia pegar do que eles diziam.

– Ele tá nos engrupindo – me disse baixinho o Cleonci – que eu saiba, o Najibe nunca manjou picas de inglês.

Mas o Najibe se defendia. Tanto é que ele começou a se enfronhar com os gringos lá na base, andou de jipe com o Coronel Duffy, ganhou uma flâmula da Nasa e voltou todo sorridente para a nossa roda de mate, nos garantindo que os americanos chegariam à Lua antes dos russos. E foi portador do fraterno abraço do Coronel Duffy ao circo Cristal e a todos os seus artistas. E ainda deixou alinhavado, para depois do eclipse, antes de os gringos partirem, um churrasco de confraternização Cristal-Nasa, com a presença de todos os técnicos e artistas. Segundo o Najibe, a ideia tinha partido do próprio Coronel Duffy.

## A base

O jornal diz que Rio Grande é uma miniatura do Cabo Canaveral: SOL E MÍSSEIS NO ESPETÁCULO DO SÉCULO (manchete da véspera do eclipse). A polícia rodoviária espera 25 mil veículos e já tem um esquema especial, idealizado pelo sargento Torquato. O governador Ildo Meneghetti confirma a sua presença no dia 12. Quanto ao presidente Castello Branco, ainda não há nada de concreto. Nas próximas horas deverá chegar a confirmação oficial de Brasília. A orquestra sinfônica de Porto Alegre infelizmente terá de ser cancelada porque em Rio Grande não haveria mais lugar para hospedar os músicos – nem mesmo na Santa Casa ou no Hospital de Psicopatas, pois seus apartamentos excedentes já foram cedidos a jornalistas de todo o Brasil. Atendendo ao apelo da municipalidade, o comércio vai fechar as portas amanhã de manhã, para que também os comerciários rio-grandinos possam assistir ao eclipse.

Os Nike-Apache e os Nike-Javelin já instalados nos lançadores, apontando para o céu da véspera, cobertos com a lona da Nasa mas o povo adivinhando o seu contorno, antecipando a contagem regressiva. E o estrondo e a coluna de fumaça que nem nos filmes. Seis Convair sobrevoam o Atlântico com cientistas americanos, holandeses, uruguaios e italianos: é registrada na véspera uma forte queda de meteoritos: a imprensa recebe ordem de não publicar. Farta distribuição de óculos de papelão para você ver o eclipse sem arriscar seus olhos, brinde da sua Ótica Sulina e da Secretaria de Turismo.

Desde a semana passada, o Cristal já começara a ser cercado por barracas de campistas de todo o Estado e do Uruguai. O Najibe irritado com as reclamações de que o macaco doente não deixava ninguém dormir direito à noite. Crianças indo bater no trailer dele, se o senhor não me arranjava um pouco de querosene, sou dali daquela barraca azul, trouxe a garrafa. O Cleonci gozando o gozo de ver o Najibe nervoso, batendo a porta do trailer, dizendo que estava sendo arruinado pelo eclipse. O Cleonci sacana e maravilhado porque faltava só uma noite para o dia 11, toda hora me chamando para eu ver ele imitar um foguete arrancando do chão: – É tudo controlado por botão, meu chapa. Tu vai ver só o barulho amanhã. Trovão é fichinha perto disso aí.

## Eu e a vida

Na noite do dia 11, escrevi para a minha tia lá no Herval. Que não me faltava nada e, pelo contrário, aquela era a vida com que eu sempre sonhara.

E no circo todo mundo achava que eu tinha muito futuro no globo da morte. Que o dono era uma pessoa muito boa e tinha acreditado em mim desde o início. Que o Herval era coisa do passado. E que, embora eu não quisesse dizer dessa água não beberei, não pensava em voltar tão cedo. Talvez nunca mais. Porque um artista não é dono de si, ele pertence ao seu público. Mas que ela não ficasse preocupada comigo porque já tinha feito a parte dela ao me criar desde os cinco anos, que eu às vezes até sentia saudade dela me xingando de vagabundo, como sentia saudade do carreteiro temperado com manjerona fresca do fundo do quintal e lembrava agora do dia da minha primeira comunhão e ela chorando emocionada.

Mas que agora eu precisava correr mundo. Me firmar profissionalmente no globo da morte e no futuro talvez pensar num circo maior, de renome, como o Orlando Orfei. E falei do eclipse, dos foguetes, dos cientistas estrangeiros, da imensidão do mar e de um colega de trabalho chamado Cleonci. Meio estranho, sempre revoltado, mas que tinha me dado muito apoio e ficado muito meu amigo. E falei novamente do eclipse e de todos os preparativos, da base (que ficava defronte ao nosso circo), das autoridades que iam estar presentes, jornalistas até da Manchete e da TV Piratini, dos óculos especiais que estavam distribuindo porque faz mal olhar o sol sem nada. Que eu estava bem e que ela não ficasse preocupada.

Era a vida que eu próprio tinha escolhido. Ficando no Herval, eu não tinha futuro. Ia ser sempre um trabalhador de galpão, ferrando gado. Eu já tinha nascido para a vida artística. Pedi sua bênção prometendo que no próximo eclipse ela estaria comigo assistindo, quando então eu já seria um artista consagrado como o Cleonci.

Antes de fechar, dei para o próprio Cleonci ler.

## Dia 12

Quando o primeiro Nike-Apache subiu, o macaco do Najibe morreu na hora. Aquele ganido diabólico vindo da jaula, enquanto o estrondo e o ar deslocado pelo disparo estremeceram a praia como um trovão monstruoso. O Najibe desceu do trailer correndo, as mãos na cabeça, atravessou o picadeiro e saiu pela outra porta, parando estarrecido diante da jaula do macaco fulminado e com os olhos arregalados: – Puta que me pariu!, e lentamente o Najibe se virou para a base da Nasa, depois levantando o olhar para o céu, onde o foguete tinha deixado um ponto branco: – Puta que me pariu! – Foi voltando lentamente para o trailer maldizendo tudo. Cruzou comigo no caminho: – Sarmento, manda o Breno enterrar aquele macaco desgraçado.

Entrou no trailer e se trancou lá dentro. Botou o rádio bem alto.

Mas todas as estações estavam transmitindo dali do lado, da base da Nasa. O povo gritando, cachorros latindo em desespero, o povo olhando para o Sol, que começava a ser encoberto pela Lua. E aquele dia quente começou a esfriar, fedendo a fim do mundo, um locutor informando que o próximo será um Nike-Javelin de dois estágios.

A multidão concentrada no Sol através dos pedaços de vidro enfumaçado para não queimar os olhos, e o Sol já quase todo tapado numa noite estranha. Permanecia só o brilho dos cromados dos carros, cortando o tom chumbo da praia abarrotada de gente. Os engenheiros gritando coisas entre si em meia dúzia de línguas estrangeiras, uma estação de rádio mobilizando a massa atônita para outro detalhe: – Neste exato momento, senhores, a Gemini 12 com Aldrin e Lovell está sobrevoando Rio Grande e os dois astronautas norte-americanos fotografam o eclipse, esta festa maravilhosa que nos proporciona o astro-rei.

Meu coração batia forte na expectativa do próximo foguete. Quis dividir minha emoção com o Cleonci, mas não o encontrei no meio da multidão agitada e comovida olhando o céu. Ficou frio. Lembrei da minha tia no Herval, o que estaria ela fazendo nesse momento? Senti que eu não merecia aquele eclipse, senti um nó na garganta parecido com o nó dum remorso. Um homem berrava no megafone: – Nenhum pecador escapará, a não ser pelo caminho da renúncia!

O terceiro Nike-Javelin subiu queimando seu hidrogênio, estremecendo de novo a praia. Os elefantes do Najibe começaram a bater violentamente as trombas contra as grades da jaula. Tentei novamente localizar o Cleonci no meio da multidão, mas fui sendo arrastado pelo tumulto. A Brigada começou a descer a lenha a esmo para evacuar a faixa de segurança em torno da base. Não consegui caminhar em direção ao circo. Os engenheiros iniciavam a contagem regressiva para outro foguete, os locutores de rádio traduzindo cada número para o português, numa sequência que se convertia em berros espetaculares ao se aproximar do zero. O povo tenso. O Sol agora totalmente encoberto. No dia seguinte a imprensa deu que um engenheiro americano havia sido assassinado durante o eclipse. O Cleonci foi preso num baile no Albardão, com a jaqueta da Nasa.

NOTA: Esta narrativa reporta-se ao episódio ocorrido em novembro de 1966 na Praia do Cassino, município de Rio Grande (RS), quando a Nasa lançou 17 foguetes para estudar um eclipse do Sol, fato presenciado pelo autor aos 13 anos de idade. Foi seu primeiro texto ficcional, escrito em 1977, premiado no ano seguinte no Concurso Nacional de Contos do Paraná e publicado na antologia *Os Vencedores* (Ed. McGraw-Hill, 1978).

**Renato Modernell** nasceu em 1953 na cidade de Rio Grande, no extremo sul do Brasil. Cursou Jornalismo em São Paulo, onde radicou-se, tendo vivido também em Roma e Barcelona. Atuou em diversas revistas e jornais, dedicando-se sobretudo às reportagens de viagem. Tornou-se professor universitário e doutorou-se em Letras. Ganhou o Jabuti e outros prêmios literários dentro e fora do país. Publicou *A Notícia como Fábula* (2012), *Gird* (2012), *Em Trânsito* (2011), *Viagem ao Pavio da Vela* (2001), *Edifício Mênfis* (1996), *Os Jornalistas* (1995), *O Grande Ladrão* (1990), *Sonata da Última Cidade* (1988), *Meninos de Netuno* (1988), *O homem do Carro-motor* (1984), *Che Bandoneón* (1984) e *Meados dos Anos Setenta* (1979).

# TODO AQUELE JAZZ

Ricardo Ramos Filho

Sentada em um canto escuro do bar ao ar livre, mesinha redonda, cadeira confortável, sorveu um grande gole. O uísque desceu arranhando um pouco, trazendo imediato anestesiar dos sentidos. Gostava de bebidas fortes, embora raramente tivesse contato com elas. No fim acabara sozinha. Prestou atenção na letra da música estranhando um pouco, não tinha hábito de ouvir *jazz.*

*It's my man...*

Saudade. Sentiu-se nostálgica, acendeu um cigarro e aspirou profundamente, soltando a fumaça em rodelinhas quase brincando, aproveitando para suspirar. Um leve formigar tomou-lhe o corpo. Por onde ele andaria? Prendeu um pedaço de cutícula entre os dentes e puxou, resistindo à dor. Limpou o sangue no guardanapo de papel, apertando a unha. Com certeza iria inflamar, acontecia sempre.

*When he takes me in his arms...*

Pensar nele sempre a deixava daquele jeito. Mole. Ou seria o álcool? As narinas dilataram-se imediatamente, trazendo aquele cheiro másculo agora só memória. De repente o sutiã ficou pequeno, os bicos dos seios crescidos. Por onde andaria desde que fugira? Olhando distraída o anular direito, percebeu que a marca da aliança sumira. Apenas o amor ficara tatuado, escondido no coração.

*He'll never know...*

Ouviu as últimas desculpas declaradas entre lágrimas, antes de levantar da cama, do virar de costas. Manhã terrível de inverno. A palavra compromisso ficou ressoando, misturando-se aos acordes cantados por *Billie Holiday.* O medo de assumir declarado. E então o final do noivado. A juventude como pretexto conveniente. Desculpa. Ainda é cedo, amor. Muito cedo.

*Oh my man I love him so...*

Talagada. Lembrou-se dos olhos cinza onde viajava, mordeu um pedaço de gelo. Nunca mais foi a mesma. A imagem dele apareceu-lhe clara na penumbra. Dançou dentro do copo, refletida no cristal, evaporando muito lentamente, demais. Escondida em todos os cantos, debaixo da mesinha redonda, tirando o conforto de tudo. Jogou os cabelos para o lado como que afastando a ideia.

*It's my man...*

**Ricardo Ramos Filho** escreve textos infantis e juvenis. Destacam-se entre seus livros: *Computador sentimental*, *Sobre o telhado das* árvores, *Vovô é um cometa*, *O gato que cantava de galo*, *João Bolão* e *O livro dentro da concha*. Atualmente é mestrando em Literatura Comparada pela USP. Ministra cursos e oficinas de texto, e participou como jurado do PROAC 2010, do Grande Prêmio São Paulo de Literatura 2011 e do Concurso Internacional de Microcontos da revista italiana *Quaderni Ibero Americani* 2012.

# Biguá

Ruth Guimarães

Seu Pedro Gomes tinha um cachorro chamado Biguá. Biguá a mó'que tinha alma. Entendia as coisas. Sentia. Era até sem-vergonha, como certa gente. Se fazia alguma, vinha sem jeito, de cabeça baixa, fazendo festinhas, lambendo, adulando. Quando ia com seu Pires às caçadas – havia caçadas de arromba por aqui, antigamente; mato tudo em volta, assim de bicho de pelo: anta, capivara, veado, varas de caititus, barulhando... – quando ia com seu Pires às caçadas, seu Pedro levava só o Biguá. E chegava. O Biguá acuava; o Biguá tocaiava; o Biguá ficava na espera; sabia ir buscar a caça no meio do mato, depois de morta, e vir com ela na boca, sem estragar e sem morder. Ficava quieto, quando era preciso. Quando era preciso, fazia um alarido dos diabos. Batreava. Perseguia. Cercava. Eta, cachorro bom! Só faltava falar e atirar.

Numa das caçadas, vararam o chapadão e andaram de ponta a ponta todos os cerros que a gente vê azulando lá adiante. Seu Pires foi com a cachorrada mateira. Seu Pedro só com o Biguá. Foram. Levaram dias e dias passando cada pedaço de mato mal-assombrado! Dormindo em cada furna! Vadeando cada corredeira! Figa, rabudo! Eu não me meto nisso, nem que me paguem.

Para encurtar o caso: na volta, quando já estavam a um dia de viagem daqui, bateu uma tempestade, mas tempestade daquelas de desnortear até bicho do mato. Perderam-se um do outro, com a escuridão e com a chuva. Seu Pires chegou com a cachorrada à fazenda, no outro dia. Seu Pedro Gomes, daí a dois dias. E o Biguá? Oh! O Biguá não atinou com o caminho.

– Está morto. Impossível ele não encontrar o caminho. Impossível! Um cachorro tão esperto!

Seu Pedro não se conformava de ficar sem ele. Saiu sozinho, mato adentro, seguindo, mais ou menos, a mesma trilha. Não adiantou. Nem sombra do Biguá. Voltou triste, triste. Até parecia que tinha perdido um parente.

– Não se amofine, seu Pedro! Cachorros há muitos...

– Como aquele? Che!... Nem de encomenda.

– Arranja-se outro...

– Não quero outro. Coitado do Biguá!

– Vá ver nem lhe aconteceu nada. Qualquer hora aparece. Na certa anda atrás de alguma caça.

– Qual! É capaz que esteja machucado, coitado! Se estivesse são, vinha no meu rastro.

E veio. Não levou três dias, o Biguá apareceu, cego de espinho de ouriço e arrastando um quarto. Estava descadeirado de mordida de onça, ou de caititu, nem sei o que foi que avançou nele, lá por onde andou. Nem sei como escapou. Sei que veio de passinho, com os olhos remelando, a língua de fora. Veio vindo, veio vindo... Nos fundos do quintal do dono, uivou e se estendeu a fio comprido no chão. Seu Pedro voltou da tarefa depois das quatro, sossegado, enrolando devagar o cigarrão de palha, ida-e-volta. Chegou e entrou pelos fundos, como é costume dele. Nem bem passou a cerca de arame, já enxergou o cachorro estendido. Ficou tão passado, tão passado, que só pôde gritar:

– Biguá!

Correu. Arranjou remédio. Nada adiantou. O Biguá já estava morrendo. O homem ficou desesperado. Dava dó ver aquele marmanjo, de barba na cara, chorando que nem criança.

– Qu'é isso, seu Pedro? Deixe disso! Não faça esse pecado de chorar por causa de criação. Morreu, enterra.

E seu Pedro, enxugando os olhos na manga da camisa:

– Eu sabia que, se ele estivesse vivo, vinha no meu rastro.

**Ruth Guimarães** (Cachoeira Paulista, junho de 1920) foi uma poetisa, cronista, romancista, contista e tradutora brasileira. Foi a primeira escritora brasileira negra que conseguiu projetar-se nacionalmente desde o lançamento do seu primeiro livro, o romance *Água Funda*, em 1946. Profissionalizou-se como jornalista e colaborou assiduamente na imprensa paulista e carioca, além da seção permanente que manteve durante vários anos na *Revista do Globo*, de Porto Alegre. Escreveu crônicas para grandes jornais como *Folha de S.Paulo* e *O Estado de S. Paulo*. Faleceu em 2014.

# O CONSULTÓRIO

Suzana Montoro

Por alguns segundos ficou parada, a fita métrica na mão. Uma quase pose. Quem a visse poderia imaginá-la pensativa, mas em verdade ela não tinha sequer consciência do instante. Estava lá e não estava, uma presença física sem recheio, apenas um contorno ocupando o espaço. Durou pouco e logo ela se percebeu no meio da sala de trabalho sem entender o que estava fazendo. Antes de buscar água ainda se perguntou por que precisaria da fita métrica. Sem encontrar resposta, atribuiu a inadequação do episódio a um reles lapso de memória. Já era hora do próximo cliente e ao pegar o interfone para falar com a secretária lembrou-se do porquê da fita métrica: tirar a medida da porta. Há muito se incomodava com a pouca vedação da porta de correr. Receava que o teor da conversa dos atendimentos estivesse vazando para a sala de espera. Uma porta dupla garantiria a privacidade dos clientes e o sigilo inerente à profissão de psicanalista. Todo e qualquer assunto abordado em terapia era extremamente valioso e, no caso de transbordar para além das paredes, material de suma importância poderia se perder. Como um alimento que, ao ferver, entorna o caldo panela afora, deixando sair nutrientes e sabor. Além de lambuzar o fogão, pensou, olhando o copo d'água a contraluz para detectar a existência de alguma sujeirinha escondida. A secretária confirmou a vinda do marceneiro para o dia seguinte e avisou que o próximo cliente estava entrando, como sempre no horário exato, nenhum minuto a mais ou a menos. O tom de voz da secretária sugeria crítica, talvez repulsa, o que a fez pensar que o comportamento obsessivo do cliente poderia estar extrapolando os limites da sala. A porta adicional daria um jeito nisso.

Na manhã seguinte, enquanto o marceneiro se ocupava da medição da porta, observou a agilidade com que ele esticava e recolhia a trena em diferentes posições e fascinou-se com a luzinha avermelhada que se acendia cada vez que a trena era destravada. Encantou-se de tal maneira com o objeto que pediu que o custo do mesmo fosse incluído no orçamento. O marceneiro sorriu e, com ligeira soberba, entregou a ela a trena luminosa, um presente, dona. Pegou o presente cheia de contentamento, parecendo uma criança com brinquedo novo. Fez ir e vir várias vezes a língua da trena, esquecida por completo da presença do marceneiro. Até ele perguntar sobre o prazo da obra. Aprumando o corpo ao retomar a seriedade habitual, voltou ao assunto da porta e insistiu bastante na vedação, teria de ser terminantemente à prova de som, qualquer que fosse, mesmo o mais ínfimo, como um discreto pigarrear ou o ruído do estofado enquanto o cliente se acomoda no divã. Nada deveria escapar. Nenhum som. Nenhum gesto. Nenhum assunto. O marceneiro garantiu a eficiência do serviço, considerava-se profissional de primeira e já tinha trabalhado em estúdio de som. Sabia o que estava fazendo. Depois de pronta a porta, nem que alguém se esfalfasse de gritar seria ouvido do lado de fora. A sala se transformaria numa caixa-forte. De sonhos, pulsões, *insights*.

Uma semana depois o serviço estava entregue. Para entrar na sala de atendimentos, ela abriu a porta de correr e depois a outra, a nova, de madeira maciça, o portal que guardaria os segredos da psiquê. Sentia-se enfim segura e confortável para trabalhar. Esqueceu-se das preocupações com o movimento na sala da espera, dos dissabores com a indiscrição da secretária e entregou-se, toda ouvidos, aos relatos dos clientes.

O trabalho cotidiano passou a ser o oásis com que sempre sonhara. Um conjunto harmônico, ela, o cliente e os ecos do inconsciente ressonando na íntima em que se transformara a sala de atendimentos.

Tudo na mais perfeita ressonância. Salvo pequenas perdas, por assim dizer. Um dos clientes incomodou-se de pronto com a nova porta e não conseguiu acostumar-se à interferência na sala que, de alguma forma, o afetava. Sem tolerância para aguardar a lenta e gradual absorção do novo objeto à sala, e ao seu psiquismo, abandonou o tratamento como um marinheiro que se atira da amurada do navio em pleno oceano. Saiu no meio do atendimento e nunca mais retornou, nem mesmo para pagar a última sessão. Houve também outro cliente que não conseguiu lidar com a mudança. Claustrofóbico convicto, aludiu que a nova porta diminuíra sensivelmente as medidas da sala e isso o asfixiava como uma meia enfiada na cabeça, segundo suas próprias palavras. Ela ainda tentou interpretar o conteúdo da afirmação, remeteu-se à infância do cliente, ao momento traumático do parto, retrocedeu até o período fetal, mas não houve acordo. A porta ou eu, foi o último apelo do cliente. Não poderia ceder.

Depois desse episódio, adotou o estranho hábito de medir a sala. O intervalo entre as consultas, os religiosos dez minutinhos, eram a partir de então gastos com o uso da trena. No início, considerou o exercício de medição apenas uma brincadeira, apreciava olhar a luzinha vermelha, a cintilação que se acendia e logo se desintegrava pela sala como o clarão repentino de uma joia frente a um raio de sol. Era igual ao brilho do olhar dos clientes num momento de catarse. Um simples puxar da trena e aquele feixe vermelho que se alastrava. Um jogo que a relaxava entre um atendimento e outro. Nada mais. Não se deu conta quando, após cada medição, passou a anotar as dimensões das paredes da sala no papel, inicialmente em folhas avulsas e depois entre os apontamentos das fichas dos clientes.

Ainda que as medidas permanecessem as mesmas, aos seus olhos a sala parecia aumentar e diminuir de acordo com a tensão do cliente e o teor da consulta. Em determinado atendimento, sentiu-se ligeiramente espremida pela proximidade da parede lateral enquanto a cliente descrevia minuciosamente como costumava arrumar o guarda-roupa. Em outro, num momento de expansão da consciência do cliente, supôs que também as paredes da sala se dilatavam e chegou a imaginar um delicado craquelê se desenhando na pintura. Em ambas as vezes, ao final da sessão, a trena confirmava a permanência das dimensões da sala. Estaria alucinando? Chamou a secretária, pediu que se sentasse no confortável divã, fechou as portas e começou a tratar de assuntos corriqueiros, como o pagamento dos clientes, emissão de recibos, depois soltou a corda para que a secretária falasse de si e ficou atenta às dimensões da sala. A secretária falou sem parar, comentou sobre as novelas, o clima, a carestia, mas nada que a comovesse. As paredes não se moveram nenhum milímetro. Antes de sair, a secretária, achando muito quente lá dentro, quis abrir a janela, mas ela não permitiu, os ruídos externos iriam sobrepor-se ao discurso do cliente. Nada de interferências. Encarava o abafamento opressivo e o calor da sala como ossos do ofício.

Nos atendimentos subsequentes as paredes da sala continuaram dando-lhe a impressão de movimento. Procurou não fazer caso, mas a cada sessão ficava mais presente o deslocamento das paredes acompanhando o relato dos clientes. Cada consulta era como o andamento de uma sinfonia, do largo ao alegro.

Até o dia em que, durante a crise nervosa de um cliente, a pintura da parede próxima ao divã lascou, formando uma pequena rachadura. Acreditou que a partir daí os movimentos da sala cessariam já que a pequena fenda serviria para arejar a tensão. Mas aconteceu o oposto. A rachadura alastrou-se, projetando-se pelos quatro cantos da sala, um caudaloso rio e seus afluentes que a cada atendimento desenhavam uma geografia diferente nas paredes. Os clientes, de tão imersos no próprio mundo interno, nem notaram aquele manancial de conteúdos que inundavam a sala e redecoravam as paredes. Apenas os mais observadores fizeram algum comentário sobre a nova textura da pintura, achando-a bastante peculiar. Mas para ela, a tal textura peculiar era na verdade um grande painel que a absorvia e, enquanto mexia displicentemente na trena ouvindo o relato do cliente, deixava-se levar pelo ir e vir das paredes e pelo movimento dos veios e rachaduras, os hieróglifos que revelavam a ela os contornos de cada psiquê.

Com o passar do tempo, já não precisava dos relatos para antever os movimentos das paredes. Tudo parecia acontecer de maneira independente, bastava o discreto manejar da trena e a luz vermelha se incidia nas paredes como um projetor numa tela de cinema. A sala de atendimentos era a imagem viva das profundezas do psiquismo. Não percebeu que os clientes foram escasseando até sumirem por completo e ainda que pensasse em perguntar à secretária o que poderia estar acontecendo, jamais seria ouvida pois, como o marceneiro mesmo a prevenira, nem que ela se esfalfasse de gritar seria ouvida por detrás das maciças portas de vedação do consultório, as tenazes guardiãs do seu isolamento.

**Suzana Montoro** nasceu em São Paulo, em 1957. Formou-se em Psicologia em 1979. Atua como psicoterapeuta clínica. Dedica-se, paralelamente, à atividade literária. Já publicou livros para crianças e jovens que receberam o selo Altamente Recomendável pela Fundação Nacional do Livro Infantil e Juvenil.

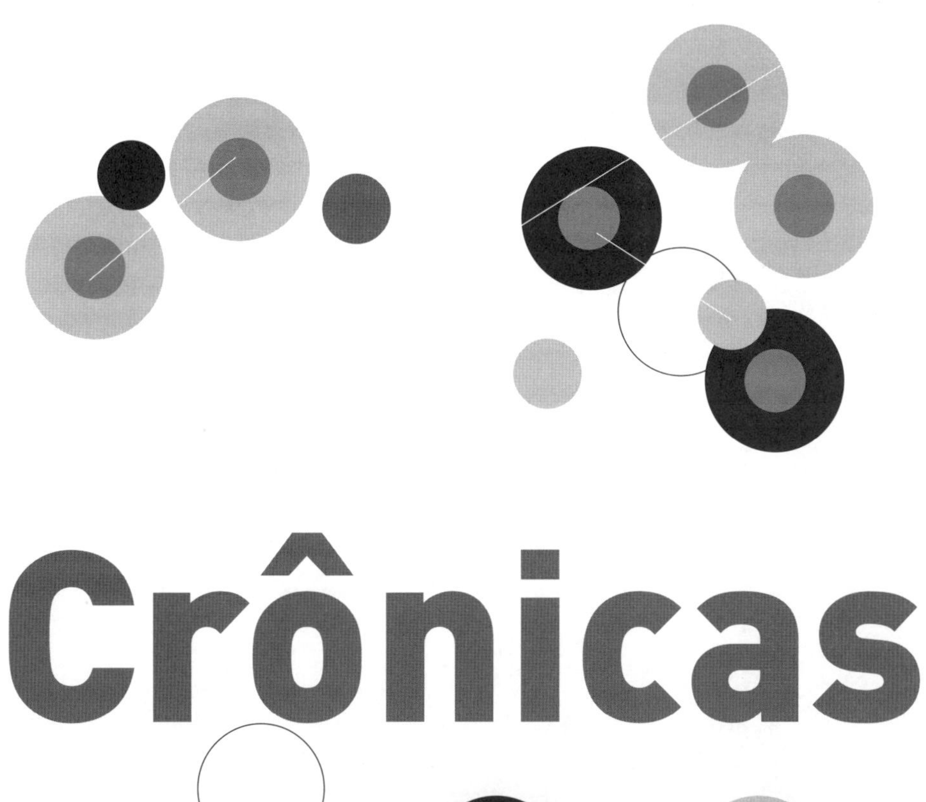

# Crônicas

# Esperar é a condição existencial dos seres

Alaor Barbosa

Todos os seres esperam o tempo inteiro. Enquanto existem, esperam.

Dentro desse invisível, mas sensível, ente que é o tempo, esperam. Colocados no interior do espaço, que é também um ente sensível e ademais visível, esperam.

Mesmo os seres minerais esperam: as rochas imóveis e silentes. Mesmo os vegetais, desnecessário dizer, esperam: as árvores que enfeitam e refrescam o mundo, e as flores de toda cor que o embelezam, e os capins rasteiros que lhe protegem e ornamentam a pele. Com mais dor e sofrimento, os animais ditos irracionais, vertebrados e invertebrados, esperam. Em terra, dentro d'água, no ar: todos esperam.

O que mais fazem os seres – pois para isso existem – enquanto existem é esperar.

O ente humano, logo que concebido, entra em esperar. O seu papel, a sua condição existencial, essencial, inelutável, inescapável, infungível, o seu dever, o seu fim – é esperar.

Viver é esperar. Vivo, logo espero. Existir é esperar. Existo, logo espero.

O que o homem mais faz na vida é conjugar – e sofrer – o verbo *esperar*.

Esperar é a regra, a norma, a sina (num gosto desta palavra), do Homem. Tudo o que ele faz significa: esperar. Para esperar com menos tédio, inventa inúmeras coisas para fazer. Tudo o que o Homem faz é modos de eludir o tempo enquanto não lhe sobrevém a morte.

O homem (é redundante acrescentar: e a mulher) espera, durante o tempo que a Natureza determina, o momento de nascer – sair à luz do mundo – e continuar do lado de fora do útero em que esperava sua condição de esperador essencial. Nascido, passa a esperar que lhe sobrevenham as fases sucessivas de sua evolução e desenvolvimento: espera os dias de lhe começarem a aparecer os primeiros dentinhos – os dentes vêm vindo, um a um, repontando e despertando admirações e alegrias: Mãe e Pai e parentes e amigos querem ver, com entusiasmos. Durante – ou mesmo um pouco antes dele – o processo de dentição, vai aprendendo a engatinhar: arrastar-se com pés e mãos e barriga ou um lado do corpo no chão amplo e extenso do mundo – do mundo que vai descobrindo em boas, ótimas surpresas sucessivas. O exercício de andar – caindo às vezes, levantando sempre – principia a acontecer após ter aprendido e exercitado todos os mais atos de esperar (inerentes ao existir e viver): um dos quais, o ato de pôr os labiozinhos tenros no bico lactifício inefavelmente gostoso dos intumescidos seios da Mãe para lhe chupar o nutritivo leite instilado com a infinita bondade de procriadora; outro é o ato da "pobre hora da evacuação" (como diria um poeta brasileiro por nome Carlos Drummond de Andrade) mais de uma vez a cada dia. O esperador espera os momentos de mergulhar fundamente nas horas do longo e doce sono (desnecessitado do esquecimento) das crianças recém-nascidas, das crianças novinhas, das crianças cujo crescimento se nota; o momento do agradável banho dado pela Mãe em saborosa água morna, rito solene que convém exercitar sem pressa, com todo o sentimento da sua riqueza de poesia e bondade.

E prossegue a espera: espera o dia de ir à escola a primeira vez, o recebimento da primeira bicicleta de presente, o primeiro encontro com a namorada, o dia de entrar na Universidade, o fim do curso, o início da vida profissional, a instauração da vida-a-dois com a mulher amada, o nascimento do primeiro filho, o alegrador surgimento dos netos... E assim por diante: ato a ato, fato a fato, acontecimento a acontecimento, fase a fase, etapa a etapa: até que lhe venha a velhice e afinal a morte.

Martin Heidegger, um alemão que escrevia com obscuridade (mal dos filósofos alemães verificado, registrado e denunciado por um poeta que tinha autoridade para dizê-lo, pois se chamava Johan Wolfang Goethe), afirmou que o homem é um ser-para-a-morte. Não sei se esta é apenas uma forma que ele queria diferente de dizer o mais banal dos truísmos: o de que o homem é um ser mortal, um animal mortal. Lugar-comum e óbvia verdade: o Homem nasce para morrer.

Esperar a morte é a condição do Homem.

Enquanto espera, entretém-se. Tudo é entretenimento (no nosso dialeto goiano, entertimento) para o Homem suportar a espera de que lhe sobrevenha o dia e ocasião e momento em que sua vida se extinguirá. Tudo é passatempo: a luta da sobrevivência; as atividades lúdicas; as atividades políticas; as atividades científicas com que intenta descobrir e desvendar os segredos do mundo em que vive e da vida que o anima; as atividades artísticas, com as quais recria o Mundo em figuras e imagens visuais e em sons musicais e em palavras e representadas ações significativas. Tudo isso a fim de ordenar o mesmo Mundo em torno de si. E, mais do que todas, a mais importante de suas atividades: a atividade amorosa, com a qual vence o tédio e a morte, perpetuando-se em seres iguais a ele, que o sucedem e continuam. Pois nada supera nem iguala o Amor na capacidade de entreter o Homem e distraí-lo da sua precária condição de ser-que-espera e ser--que-espera-principalmente-a-morte. Mesmo a guerra, capítulo da luta pela sobrevivência, embora erro desastroso que é, participa do amplo elenco das atividades com que o Homem espera a morte. Espera-a mesmo quando luta contra ela e a resiste: pois a luta contra a morte, na resistência às doenças e perigos, constitui distrações e adiamentos da morte. Os instantes efêmeros de alegria não passam de esquecimentos ilusórios com que a vida procura ignorar que ali, ou lá, adiante, a morte nos espera – inexorável. Também as aguilhoantes dores – numerosas – nos recordam a morte: *Memento, homo, quia pulvis et in pulveris reverteris.*

Todos os seres aguardam, com paciência e, quase sempre, resignação, o momento em que se extinguirão.

**Alaor Barbosa** é goiano de Morrinhos, destacado advogado e brilhante jornalista, com passagens nas redações do *Jornal do Brasil*, no Rio de Janeiro, e *O Popular*, em Goiânia, entre outros. Atualmente, reside em Brasília. Assessor Legislativo do Senado Federal, aposentou-se, em 1993, e hoje é advogado militante.

# Meus quatro amores

André Carlos Salzano Masini

Certa vez, atendendo a um pedido de minha avó, aceitei levar uma certa tia de São Paulo ao sul da Bahia.

Essa tia era um tipo cuja companhia eu, francamente, não apreciava muito. Daquelas que passam a vida reclamando de tudo, implicando com pessoas, animais e coisas, com o clima, a natureza, a cidade... enfim, com qualquer "diabo" que tivesse o azar de aparecer em sua frente. Aliás, "diabo" era exatamente a palavra que ela usava para se referir às coisas de modo geral.

"O que é que esse *diabo* tá fazendo aqui?" E "diabo", no caso, era uma cadeira um pouco recuada da mesa.

"Esse *diabo* está queimando minha cabeça!" E "diabo" agora era o Sol, em uma tarde de primavera.

E não foi diferente no dia em que eu cheguei para apanhá-la.

Antes mesmo de eu encostar, ela já estava indignada e gritando da calçada:

– Que "diabo" é isso?!

Era meu carro.

O pior foi que recusou-se a entrar. Precisei gastar muita conversa, como se fosse ela que estivesse me fazendo um favor, para que ela por fim entrasse na "carroça". E, uma vez dentro, logo descobriu que, além de ser "carroça", aquele "diabo" era "barulhento e duro".

E assim, por 1.500 km, fui escutando "diabos" em tamanha quantidade, que acho que nem o Papa conseguiria espantar todos. O *diabo* do guarda que tinha cara feia, o *diabo* do caminhão que soltava fumaça, os *diabos* das curvas, *diabos* dos buracos, e, os piores, os *diabos* que *eu* cometia, toda vez que freava ou acelerava, que ficava atrás de um caminhão ou ultrapassava... Enfim: *diabo, diabo e diabo*. Um verdadeiro inferno!

A provação foi longa, mas acabou.

Uma vez em nosso destino, eu quis aproveitar meu único dia de descanso. Acordei cedo e fui para a praia sozinho.

Lá estava eu, feliz, fazendo um castelo de areia, quando minha tia apareceu, sentou-se a uma certa distância e começou a reclamar de minha imprudência por construir aqueles "perigosos obstáculos" na areia.

Eu suspirei aborrecido. Parei minha obra e me sentei sobre ela, jurando que nunca mais iria com aquela tia nem até a igreja da esquina.

Achei que o dia estava perdido... mas foi aí que apareceu o cachorro.

Branco e peludo, veio andando em minha direção. Parou a uns cinco metros de distância e ficou me fitando simpático. Eu falei carinhosamente a ele, e ele abanou o rabo. A tia até que demorou antes de começar suas imprecações contra o *diabo* "feio e pulguento". Mas eu já havia aprendido a fazer-lhe ouvidos moucos. Simplesmente continuei falando com o cachorro, depois joguei um biscoito de polvilho para o bicho. Ele andou até o biscoito, cheirou, mas não comeu. Apenas deitou-se diante dele, apoiando o focinho sobre as patinhas unidas, e ficou abanando o rabo e alternando olhares entre minha tia e eu.

Eu chamei o cachorro, e ele lançou olhares de esguelha para a tia, como se dissesse que, para o lado dela, não ia não.

Afastei-me dela e chamei-o novamente. Ele veio. Acariciei sua cabeça, e ele ficou ali, sorrindo e abanando o rabo até que... subitamente, como se tivesse captado as mais ocultas e obscuras maldades de meu coração, ele saiu correndo saltitando, aproximou-se do coqueiro onde minha tia apoiara suas coisas, levantou a perna e despejou uma formidável quantidade de xixi amarelo sobre a bolsa e o chapéu dela.

A tia urrou como um monstro de filme de dinossauros, e com as mãos puxando os cabelos, correu desesperada para o *diabo*, que fugiu saltitante, adorando a brincadeira.

Eu corri também, meio espantado, mas chorando de rir. Depois, disfarçando o riso, tentei ajudar minha tia lavando as coisas no mar. Ela continuou desesperada, lançando imprecações e falando mais rápido que um locutor de corrida de cavalo.

Mesmo após eu ter lavado a bolsa e o chapéu, ela não se acalmou, e ficou andando de um lado para o outro, alternando resmungos baixos e esconjuros altos. Eu contemplava o mar e fingia que ela não estava ali, até que ela emitiu um som gutural horrendo, e a vi paralisada e de olhos tão arregalados como se estivesse vendo o verdadeiro diabo! Digo literalmente. O demo, o maligno.

– Ai, ai, ai! – disse ela.

E eu imaginei cenas apocalípticas: "Ai! ai! ai! dos que habitam sobre a terra! por causa das três trombetas que faltam, dos três anjos que ainda hão de tocar."

Mas quando voltei-me assustado, não vi nem demônios nem anjos. Era simplesmente o cão... digo, o peludo e branco. Não o chifrudo.

Era apenas o cachorro que estava voltando para nós, seguido por dois outros: uma fêmea marrom magra e alta, que também saltitava, tão alegre quanto o primeiro, e um segundo macho branco gorducho e pacato, que apenas balançava o rabo, tentando acompanhar os outros dois.

A tia correu em direção aos cães, de punho fechado, com fúria tamanha que até parecia o próprio Arcanjo Miguel liderando a carga das tropas divinas no apocalipse.

Ao vê-la chegando, os dois cães da frente não se assustaram muito, apenas se separaram, ficando um de cada lado da tia, latindo e brincando. A tia teve a infeliz ideia de tentar acertar o branco com um chute. Ele se esquivou e, por algum motivo canino que não compreendo, disparou até o coqueiro onde estavam as coisas da tia, mordeu o chapéu dela e fugiu em disparada levando o chapéu embora.

A tia correu atrás dele, em um ataque de berros e desespero.

Enquanto isso, a fêmea marrom imitou o branco peludo e enfiou o focinho na bolsa, pegou uma toalha e desabalou atrás do amigo. A tia parecia que ia explodir de tanto berrar, mas não conseguiu nenhum resultado. Os dois cães sumiram num matagal, e o terceiro, o branco pacato, os seguiu, caminhando calmamente.

Tudo aconteceu muito rápido e eu não tive qualquer reação.

A tia estava mais furiosa do que eu jamais a vira.

Eu havia me divertido, mas uma tristeza incerta parecia querer chegar. Não sei bem por quê. Aquela viagem, minha tia, minha vó, eu, tudo, exceto os cachorros, parecia uma tragicomédia de nossas misérias humanas. Tristeza de momento. De um momento em que eu jamais poderia ter imaginado o que viria a acontecer depois.

Cerca de duas horas mais tarde, surgiu à distância um homem, carregando algo. Atrás dele, como se nada tivesse acontecido, vinham os três cachorros abanando os rabos. O homem era o dono dos bichos e, quando os vira chegar com o chapéu e a toalha, entendera que deveriam ter sido tirados de algum dos hóspede de nosso pequeno hotel, que ficava ao lado de sua casa. Ele viera se desculpar, trazendo o chapéu e a toalha, ambos já lavados, além de alguns quitutes como presente.

Era um baiano bronzeado, baixinho e troncudo, de um enorme sorriso aberto e olhos que também sorriam. Tratou minha tia com uma atenção e gentileza que me espantaram. Mas ainda maior surpresa foi ver minha tia abrir um sorriso, e depois parecer feliz!

Eu jamais havia visto a tia parecer feliz em toda a minha vida! Creio que de algum modo o homem viu nela coisas que eu jamais pudera ver... e ela percebeu isso...

Enfim, para resumir a história, a tia acabou se casando com o homem.

Um ano depois eu fui visitá-la naquela praia. Ela estava irreconhecível: sorria o tempo todo, não se queixava de nada e dividia alegremente sua cama de casada com os três cachorros, que se alternavam em seu colo e que em conjunto com seu marido ela chamava de "meus quatro amores".

**André Carlos Salzano Masini** nasceu em São Paulo, em 1960. Aos 17 anos, escreveu sua primeira história de ficção científica, *Os Montes além do Deserto*. Hoje tem dois livros publicados: a ficção científica *Humanos* e o livro de traduções e estudos *Pequena Coletânea de Poesias da Língua Inglesa*. Além disso, manteve uma coluna semanal no jornal *O Paraná*.

# O CONGRESSO DOS ESCRITORES*

Antonio Candido

A mania de comemorar é quase tão perigosa quanto a de inaugurar, porque ambas podem servir para impor à opinião pública uma versão dirigida dos fatos, em benefício de pessoas, governo ou grupos que desejam a realidade indevidamente deformada. Por isso, o intuito deste artigo não é propor comemoração de nada, nem mesmo fazer retórica sentimental sobre acontecimentos passados, como está ficando cada vez mais na moda neste tempo de complacência autobiográfica, mas apenas lembrar que certos momentos do passado podem servir de pretexto ou estímulo para refletir sobre o presente.

No fim de 1944 estávamos em regime de ditadura no Brasil, como todos sabem. Uma ditadura que já se ia dissolvendo, porque o ditador de então começara por acertar o passo com as chamadas Potências do Eixo; mas quando os Estados Unidos entraram na guerra e pressionaram no mesmo sentido os seus dependentes, ele não só passou para o outro lado, como teve de concordar que o país interviesse efetivamente na luta, como aliás pedia a opinião pública, às vezes em manifestações de massa que foram as primeiras a quebrar a rotina disciplinada de tranquilidade aparente nas grandes cidades.

Essa orientação externa contrastava com a situação política interna, assentada desde 1937 na restrição drástica de liberdade de opinião, com censura total da imprensa, punições para as discordâncias públicas, repressão contra os opositores ativos, demissões e aposentadorias dos inconformados, tribunais de exceção, tortura (incipiente), transformada em palavras-chave e onímoda. Como não havia Senado, Câmara nem Assembleias, dissolvidas pelo golpe de 10 de novembro daquele ano, o arrocho era completo.

Em 1942 tinha sido fundada no Rio de Janeiro a Associação Brasileira de Escritores, que logo se multiplicou em secções estaduais. Havia no intuito dos fundadores a ideia de criar uma associação de classe, voltada em parte para o problema então muito mal atendido dos direitos autorais, e alguns membros da primeira e da segunda guerra hora ficaram sempre mais ou menos limitados a isso. Mas o grosso das preocupações foi estabelecer

* Texto de Antonio Candido, de 1975, publicado no livro *Teresina etc.* (Rio de Janeiro: Paz e Terra, 1980, p. 107-112).

uma agremiação que organizasse os escritores e intelectuais em geral para a oposição à ditadura do Estado Novo. Tanto assim que da ABDE (sigla rapidamente consagrada) não faziam parte os mais ou menos chegados ao governo, seja porque o apoiavam ideologicamente, seja porque trabalhavam, com ou sem convicção política, em organismos oficiais de informação de propaganda, que então proliferavam, ou escreviam assiduamente em publicações orientadas neste sentido.

Em 1994 a ABDE cogitou de realizar um Congresso de Escritores, o primeiro do Brasil. Não sei quem teve a ideia, nem quais foram as primeiras providências, mas estou quase certo de que tudo partiu do Rio para logo repercutir em São Paulo. Naquele tempo o presidente nacional da Associação era Aníbal Machado, e o da secção paulista Sérgio Milliet, ambos de clara inclinação para as definições políticas do intelectual, tema particularmente vivo e debatido depois de 1930, com a radicalização acentuada de posições, para a direita ou para a esquerda. Em 1994, o congresso projetado visava uma tentativa de congraçamento de todos os opositores do Estado Novo, passando por cima das divergências não apenas entre esquerda e liberais, mas dentro da própria esquerda, o que geralmente é mais difícil... Foi essencialmente um movimento de frente única das diversas correntes, com um senso de entendimento mútuo que levou quase toda a gente a entrar em compasso de trégua e até reconciliação, havendo muito aperto de mãos entre desafetos e acordo de paz para velhas brigas. O essencial era unir taticamente as forças contra a ditadura.

A escolha de São Paulo como sede talvez tenha sido devida ao desejo de não ficar muito perto do governo federal e seu aparelho repressor, que naquele tempo era mais concentrado no Rio. Seja como for, o congresso foi mesmo aqui, com sessão de abertura em 22 de janeiro de 1945 na Biblioteca Municipal, todas as sessões de trabalho no Centro do Professorado Paulista, rua da Liberdade, e um encerramento apoteótico no Teatro Municipal, no dia 27, quando se comunicou ao público a esperada Declaração de Princípios.

Ela tinha sido bastante discutida e elaborada, porque se tratava de ser firme sem provocações, de ser explícito sem entrar em considerações doutrinárias, de exprimir o mínimo aceitável por um leque aberto de opiniões – desde conservadores oposicionistas até esquerdistas de vário matiz. A redação ficou a cargo da Comissão "D", de assuntos políticos, da qual faziam parte: Alberto Passos Guimarães, Arnon de Melo, Astrojildo Pereira, Caio Prado Júnior, Carlos Lacerda, Dionélio Machado, Fritz Teixeira de Sales, Jair

Rebelo Horta, Jorge Amado, Moacir Werneck de Castro, Osório Borda, Paulo Emílio Sales Gomes, Prado Kelly e Raul Ryff. Carlos Drummond de Andrade, que também fora eleito, não pôde vir ao Congresso. Creio que nem todos os mencionados participaram da elaboração do documento, na qual tiveram papel decisivo Caio Prado Júnior e Prado Kelly; em compensação, outros que não pertenciam à Comissão "D" colaboraram, como foi o caso de Homero Pires e, se bem me lembro, Hermes Lima.

Lido hoje, depois de tanta água corrida e turvada, o documento pode causar certa perplexidade, porque, sendo simples, curto e aparentemente ameno, não dá impressão de ter requerido tanta discussão e causado tanto impacto. Aliás, durante as sessões o clima de oposição e as palavras usadas foram muito mais duras e explícitas, porque os mais radicais falaram abertamente. O plenário tomou conhecimento da declaração no final dos trabalhos, quando o presidente Aníbal Machado deu a palavra a Dionélio Machado para lê-la. Astrojildo Pereira propôs que todos a ouvissem de pé, e foi sob uma enorme tensão emocional, naquela atmosfera de opressão política onde a palavra "democracia" era subversiva e falar em eleição podia dar cadeia, que o grande romancista gaúcho leu o texto:

"Os escritores brasileiros, conscientes da sua responsabilidade na interpretação de defesa das aspirações do povo brasileiro e considerando necessária uma definição do seu pensamento e de sua atitude em relação às questões políticas básicas do Brasil, neste momento histórico, declaram e adotam os seguintes princípios:

1º) A legalidade democrática como garantia de completa liberdade de expressão do pensamento, da liberdade de culto, da segurança contra o temor da violência e do direito a uma existência digna.

2º) O sistema de governo eleito pelo povo mediante o sufrágio universal, direto e secreto.

3º) Só o pleno exercício da soberania popular em todas as nações torna possível a paz e a cooperação internacional, assim como a independência econômica dos povos.

Conclusão – O Congresso considera urgente a necessidade de ajustar-se a organização política do Brasil aos princípios aqui enunciados, que são aqueles pelos quais se batem as forças armadas do Brasil e das Nações Unidas."

Aprovado por aclamação, o documento foi assinado por todos os presentes, conforme proposta de Caio Prado Júnior. No mesmo dia, à tarde, foi lido no Teatro Municipal, com solenidade, muita gente e temperatura emocional elevadíssima.

A sua importância foi grande, por ter sido a primeira vez que uma declaração contra a ditadura era feita na presença de pelo menos duas mil pessoas, com aquela força de adesão coletiva. Em 1943 um grupo de políticos de Minas Gerais tinha lançado o famoso e histórico Manifesto ao Povo Mineiro, que foi de fato o primeiro ataque articulado à situação; mas não foi comunicado diretamente ao público. Ainda em 1943, numerosos estudantes de São Paulo lançaram um manifesto enérgico à nação, reclamando a restauração dos direitos democráticos e protestando contra a prisão de um colega. Mas nem um, nem outro, puderam agitar imediatamente um grupo concreto, como o que aclamou o dos escritores naquela tarde. É que em 1943 a situação era bem mais dura: os signatários mineiros, chamados pelo ditador de "leguleios em férias", foram exemplarmente punidos com a perda de cargos e funções; os estudantes de São Paulo foram dispersados a tiro, resultando na morte de duas pessoas e ferimentos em vinte e cinco. Em 1945, como é claro quando se vê de agora, a ditadura já estava meio acuada e não molestou ninguém. Mesmo porque, dali a pouco a famosa entrevista de José Américo de Almeida começou a pôr abaixo o seu edifício abalado e a liberdade de imprensa e associação rompeu por toda a parte.

Só então os jornais puderam divulgar mais a Declaração de Princípios do I Congresso Brasileiro de Escritores, que desde logo tinha sido impressa e distribuída em volantes que rodaram por todo o país. E com isto se entendeu a importância e o efeito de um documento lacônico, planejado para congraçar as oposições, e cuja força estava na simplicidade direta com que reivindicava o que fazia falta. Geralmente as coisas essenciais são simples, enquanto os conceitos retorcidos e ambíguos, e as cascatas de palavras, podem servir para esconder o vazio ou evitar o conforto com a reta singeleza dos princípios que definem o necessário para viver com dignidade, como proclamou o Congresso, e como queremos todos nós, trinta anos depois.

**Antonio Candido** é escritor, crítico literário, sociólogo e professor. Lecionou Literatura Brasileira na Faculdade de Filosofia de Assis, São Paulo. Lançada em 1959, sua obra mais influente e polêmica é *Formação da Literatura Brasileira*, na qual estuda os momentos decisivos da formação do sistema literário brasileiro. Com outros intelectuais, como Sérgio Buarque de Holanda, participou da fundação do Partido dos Trabalhadores (PT) em 1980. Recebeu, em 1998, o Prêmio Camões, dos governos do Brasil e de Portugal, e o Prêmio Internacional Alfonso Reyes, no México.

# O PREÇO DA BANANA

Antonio Luceni

A banana é, talvez, uma das frutas mais democráticas que conheço. Por todos os cantos do Brasil podemos encontrá-la. Das terras chuvosas às mais secas, dos solos roxos, vermelhos e pretos, neles todos podemos encontrar uma bananeira.

Democrática, também, porque dá aos montes. Vô Neuzim já me contou histórias de tirar cachos com mais de cem bananas, ou seja, dá pra alimentar um bocado de gente. Quer fruta mais fácil de descascar do que banana? E tem mais: não se perde nada da polpa. Pega-se na ponta dela, sem muita força puxa-se de um canto a outro até descobri-la por completo. Duas ou três vezes repetidas e lá está ela, pronta pra ser devorada. Sem muita fome, uma basta. Com a barriga vazia, talvez duas ou três. Mais de seis é exagero. Ninguém aguenta.

Quase nunca ouvi de alguém "não gosto de banana". De modo geral, uma fruta que é bem recebida por todos. Vitamina de banana, bem geladinha, uma delícia só. Bolo de banana, sorvete de banana, calda quente de banana em pudins gelados é irresistível.

A popularidade da banana também foi transferida para artistas, como Carmen Miranda, por exemplo, que as imortalizou (e foi imortalizada por elas) como arranjo de cabeça. "A preço de banana" é um ditado bastante ouvido até hoje, mesmo entre os mais jovens.

Meu pai é aficionado por banana. Quando dana a comer, parece que o mundo vai se acabar... e com banana, de preferência. Tem mais: pode ser qualquer uma: nanica, maçã, d'água, de fritar (mesmo sem estar frita)... O cara gosta mesmo.

Banana que a humanidade cultiva há mais de oito mil anos e que faz parte da alimentação diária de mais de quatrocentos milhões de pessoas pelo mundo afora, com pratos dos mais diversificados possíveis e com um custo baixíssimo.

Pois é, e falar assim até parece que o fato que irei contar é tão entusiasmante quanto a banana.

Eu e minha família já passamos cada perrengue na vida, minha gente, que não foi brincadeira, não. E, infelizmente, não foi (e não é) exclusividade nossa. Muita gente está por aí, debaixo dos nossos narizes, a buscar uma moita de bananeira pra enganar a fome.

Evitávamos ficar doentes lá em casa. Não que não tivéssemos motivos, mas é que a vida ficava ainda pior. Então, enganávamos a fome, disfarçávamos o frio ou calor excessivos, tentávamos dormir o mais rápido possível para ver se a dor de cabeça ou a de dente não amanhecia com a gente. Mas nem sempre obtínhamos sucesso nessas tentativas.

Certa vez, um de meus irmãos ficou doente. Não me lembro qual deles. Aí, minha mãe pediu para que eu fosse comprar meia dúzia de bananas. (Lá em casa era assim: algo mais diferente um pouco – uma fruta, um danone, um doce ou algo do gênero – só aparecia no comecinho do mês, quando "saía o pagamento", ou quando um de nós ficava doente; talvez pelo desespero ou pela suspeita de que fosse "um último pedido".

Acontece que as ordens de minha mãe foram expressas: "banana-maçã".

E lá fui eu, andando sob um sol de estralar mamona, numa rua de terra seca e fina que fazia a gente perder o fôlego quando nuvem se levantava por causa de carro que passava.

Primeiro boteco, nada. Umas quadras mais adiante no outro, nada de novo. E assim foi por quatro ou cinco no entorno do bairro onde nós morávamos até que, depois de tanto andar e perder as esperanças de encontrar a tal "maçã", decidi levar a "nanica" mesmo. Sempre pensei: pior que decidir mal é não decidir.

E lá fui eu de volta pra casa com a sacola de bananas (nanicas) na mão. Quando cheguei em casa... hum! Aquela bronca.

– Não disse que era banana-maçã?

– Mas mãe, eu rodei por todos os cantos e não achei a derrota dessa banana, por isso comprei a nanica.

– Não importa. Eu não pedi pra comprar a "maçã"? Vá já devolver essas bananas e pegar o dinheiro de volta.

– Ah, eu não vou, não. Não vou, mesmo!

– Você vai, sim, e é agora... Se não, vai levar uma surra daquelas...

– Mas mãe, com que cara que eu vou entrar no mercado e pedir pra devolver bananas?

– Com a mesma com que você entrou e comprou estas!

O pior não era caminhar a *via crucis* tudo de novo, não. O pior não era enfrentar o sol "rachando coco" de Araçatuba por mais quatro quilômetros. O ruim mesmo era ter que encarar toda aquela gente... caixa, dono do boteco, o diabo... e pedir para... devolver banana! Muito humilhante, não acha? Meia dúzia de bananas? Quanto custa meia dúzia de bananas, hoje? Por que não ficou com as bananas-nanicas e deu mais dinheiro pra comprar as tais bananas-maçã? A resposta é óbvia: porque não tínhamos dinheiro. Não tínhamos dinheiro nem pras "maçãs", que dirá pras duas. O que estava acontecendo ali, conforme disse, era uma espécie de "desencargo de consciência", uma espécie de benevolência urgente, indispensável...

Hoje, quando como banana, os sentimentos dessa história me são rememorados. Fico pensando "mas meu Deus, como é que não se tinha dinheiro para comprar 'bananas'?". Fico imaginando quantos, como eu, têm que andar quilômetros ou, às vezes, até mais para comprar banana, farinha, feijão, arroz ou coisa do gênero para matar um desejo de algo que deveria ser normal e corriqueiro entre os seres humanos: comer.

Mas o pior de tudo, minha gente, não é ter que andar tanto, nem ter que comer tão pouco e mal, isso qualquer pobre faz com maestria, faz parte da rotina de milhões no mundo todo. O pior mesmo é passar por humilhação por causa de um bocado tão comum e presente em qualquer várzea do planeta. É sentir-se incapaz de se colocar diante das pessoas e ao menos ter condições para comprar bananas.

Olha a banana, olha o bananeiro... Yes, nós temos bananas! Olha. Só olha. Porque quem as tem não as quer dar. Porque quem as quer, não as pode comprar.

·**Antonio Luceni** nasceu em Mombaça, Ceará. Graduado em Letras e Artes Plásticas, pós-graduado em Teoria Textual, mestre em Letras e graduando em Arquitetura e Urbanismo. Autor de vários livros, entre os quais *Júlia à Procura da Consciência Perdida* e *Com Quantos Chapéus se Faz um Chapeuzinho*. É Coordenador do Núcleo UBE Araçatuba e região e Diretor de Integração Nacional da mesma instituição.

# BATEU ESCANTEIO E PARTIU PRO ABRAÇO

Antonio Possidonio Sampaio

Foi o garoto Tales quem espalhou que seu Noel acabara de chegar de São Paulo com uma bola pra meninada de Carnaubeira da Penha formar um time. Mas o tomador de conta da redonda deveria responder a uma pergunta "que qualquer menino da idade de vocês é capaz de acertar".

Perguntinha fácil que todo menino que gosta de futebol sabe responder, seu Noel explicou pro Vinicius, amigo de Tales, que pediu uma dica e recebeu:

– Pense numa partida interrompida pro adversário cobrar falta, o goleiro atento, os jogadores dos dois times se empurrando, o juiz de apito na boca, parte dos torcedores esfregando as mãos, outra parte nervosa, torcendo pro jogo acabar logo...

– E a bola, onde estava?, Vinicius foi logo perguntando e seu Noel respondendo:

– A bola o gandula tinha acabado de entregar pro centroavante, seu Noel emendou:

– Atenção, pessoal, dependendo da quantidade de respostas certas, vocês poderão ganhar também dois jogos de camisas... E vamos logo às respostas.

E então seu Noel precisou botar ordem na situação:

– Pessoal, com essa bagunça a gente vai ter dificuldade de saber quem primeiro acertou a resposta.

E seu Noel resolveu perguntar:

– O atacante bateu o escanteio e partiu pro abraço. O que aconteceu?

**Antonio Possidonio Sampaio**, baiano de Morro Preto, em 1949 mudou-se para São Paulo, onde se formou em Direito pela USP. Como ficcionista, dedica-se ao romance e à crônica. Sua estreia literária aconteceu em 1970 com a crônica *A Arte da Paquera*. Em 1976, ganhou o primeiro lugar na categoria romance do I Concurso Escrita de Literatura, com o livro *Sim Sinhor, Inhor Sim, Pois Não...* Exerceu várias funções na UBE, como diretor, 1º secretário, editor e fundador do jornal *O Escritor*.

## A Irlanda de Joyce

Betty Milan

Você desce no aeroporto de Dublin e pega um táxi. "– *Temple Bar, please.*" Diz isso e pigarreia. "– Um sapo na garganta?", pergunta o chofer. Com a metáfora do sapo, a poesia entra em cena. Normal, a Irlanda é o país dos bardos. Yeats, Bernard Shaw, Samuel Beckett, Oscar Wilde, James Joyce...

Em *Temple Bar*, você entra num dos muitos *pubs* e topa com um homem cujo olhar é o de quem não vê o que olha, está só para beber. Um homem predestinado ao copo. Você não sabe por que ele bebe, porém tem certeza, pela seriedade do rosto, que está cumprindo um ritual cujo significado ele possivelmente ignora.

A expressão é tão sinistra quanto deve ter sido a do pai de James Joyce, John Joyce, que se entregou ao álcool e arruinou a família – uma esposa engravidada dezessete vezes e os seus dez filhos.

Dublin evoca continuamente Joyce, que se exilou, mas só escreveu sobre a cidade natal. A ponto de afirmar que, se ela fosse destruída, poderia ser inteiramente reconstruída a partir da sua obra. Os lugares que o escritor menciona em *Ulisses* são lugares que de fato existem. Assim, a torre do primeiro capítulo é Martello Tower, construída para defender a cidade e transformada em Museu de Joyce por Sylvia Beach, a editora do romance. Nessa torre, Joyce (Stephen Dedalus) efetivamente esteve com Gogarty (Buck Mulligan), poeta amigo seu, e Trench (Haines), amigo de Gogarty, que ameaçou o escritor com um revólver, obrigando-o a se retirar.

Outro exemplo da conexão entre a obra e a vida está no James Joyce Centre, uma casa tombada, pois nela morou Magini, professor de dança extravagante, que usava chapéu de seda, luvas amarelas e sapato de ponta fina e é citado seis vezes no *Ulisses*. Neste Centro, além das fotos da família do escritor e do mobiliário da sua casa, estão fotos das pessoas que inspiraram os personagens dos livros.

Quem vai a Dublin se pergunta por que Joyce é tão popular. Sobretudo se considerar a dificuldade que ele teve para sobreviver e ser publicado. *Dublinenses*, que Joyce acabou em 1905, só foi editado – por sua conta – em 1911. E, antes mesmo de ser distribuída, a edição foi queimada por um desconhecido. *Ulisses*, publicado no ano de 1921, em Paris, foi imediatamente censurado na Inglaterra e nos Estados Unidos "por se tratar de obra pornográfica".

A resposta para a popularidade pode ser encontrada na vida e na obra de Joyce, cuja única moral foi a independência. Valeu-se "do exílio, da astúcia e do silêncio" para produzir a sua catedral de prosa, com ela se impor ao mundo, se opor à Irlanda de que não gostava e ser depois aceito e cultuado pelos irlandeses.

A melhor prova disso é o Bloomsday. Trata-se oficialmente do dia de Leopold Bloom, ou seja, da comemoração do dia em que o personagem de Joyce vive no *Ulisses* a sua história: 16 de junho de 1904. Oficiosamente, Bloomsday é o dia em que Joyce viu os olhos azuis de Nora. É a comemoração do encontro do escritor com sua musa, a mulher de Galway. Hoje, a festa é celebrada em diferentes países e em duzentas localidades, porque também é a data universal do amor que floresceu – *that has bloomed.*

Nesse dia, Molly, a esposa escandalosa de Bloom, também está no centro dos acontecimentos, e o seu célebre monólogo é rememorado nos teatros, nos auditórios, nos bares, nas ruas. Porque, como nenhuma mulher do seu tempo, ela expressou livremente o desejo do gozo e não dissociou o sexo do resto da vida, entregou-se ao fluxo da sua imaginação, fazendo tão pouco das convenções sexuais quanto Joyce das convenções literárias.

Molly não cantou o amor, talvez porque na Irlanda a relação entre os homens e as mulheres não fosse boa, mas fez a liberdade ressoar nos quatro cantos do mundo, dando-nos uma possibilidade que nós até então não tínhamos. Por exemplo, a de confessar o adultério: "Vou pôr a minha melhor combinação e calcinha deixando ele dar uma olhada para fazer o pirulito dele ficar em pé e vou deixar ele saber que a mulher dele foi fodida sim diabo bem fodida até quase o pescoço e não por ele 5 ou 6 vezes sem desgrudar lá está a marca do esperma no lençol limpo eu não me incomodaria de passar a ferro pra tirar isso devia contentar ele se não me acreditar sente a minha barriga sente a menos que eu faça ele ficar em pé e meter em mim eu tenho a intenção de contar a ele cada coisinha e fazer ele fazer na minha frente servindo a ele tudo direitinho é culpa dele se eu sou uma mulher adúltera".

Em Dublin, a festa começa uma semana antes do dia 16 de junho e se realiza com manifestações nas ruas, nas margens do Liffey, no cemitério, no James Joyce Centre. Quem faz a visita organizada, que mostra a relação entre a obra e a cidade, descobre o quão importante é o conhecimento desta para a leitura do *Ulisses* – que Joyce escreveu com um mapa ao lado e uma ideia precisa do lugar onde cada cena se desenrola. Percebe que o romance não é só para universitários, como queriam os opositores do escritor, aos quais ele respondeu: "Se *Ulisses* não é feito para ser lido, então a vida não é feita para ser vivida". A visita, que tanto pode ser de uma hora quanto de um dia, é uma grande viagem.

"– Nesta torre, se passa o primeiro capítulo do livro", comenta o guia antes de o ator ler o que Buck Mulligan diz para Stephen Dedalus: "– Você não foi capaz de se ajoelhar e rezar por sua mãe quando ela, já no leito de morte, te pediu isso".

"– Por aqui passou o funeral de Paddy Dignam", comenta o guia mais adiante.

Ou então:

"– Na esquina desta rua, Bloom comprou o rim para o café da manhã de Molly e neste *pub* eles se encontraram."

Você ouve e se diz que os dublinenses contam a própria história contando a do *Ulisses*, e que, graças ao livro, eles amam sua cidade natal. O amor os torna criativos na maneira de difundir a obra. Recriando, por exemplo, no cemitério de Glasnevin, o enterro de Paddy Dignam, cujo caixão aparece numa carruagem dirigida por dois cocheiros de fraque. Atravessa o cemitério, como no romance, mas para diante dos túmulos das pessoas que, no começo do século, inspiraram as personagens. Você assiste ao enterro ouvindo o guia também contar a história dos revolucionários irlandeses – Robert Emmet, Daniel O'Connell, Charles Stewart Parnell – ou ouvindo o ator, que está vestido de padre, dizer os textos do enterro. E você conclui que Bloomsday também é um culto irlandês aos ancestrais.

A comemoração mais impressionante é no próprio dia 16, que começa com um café da manhã em frente ao James Joyce Centre. As pessoas se vestem como na época de Bloom, e os pratos servidos são os mencionados no livro. Mesmo quem não gosta de rim de porco fica ali tomado pelos textos de Joyce, ora ditos por atores de boina e bengala, ora por atrizes de saia longa e chapéu de palha, carregando cestas coloridas com frutos, folhas, flores e botões. Textos ditos séria ou satiricamente para perpetuar o espírito irreverente do escritor.

*Last but not least*, se você conseguir entrar no Centro, que fica apinhado de gente, e chegar no *boudoir* de Molly Bloom, se surpreenderá com uma irlandesa de cabelos até o joelho, vestida com um camisolão branco e deitada numa cama para se despir de todas as suas vergonhas, ousando o célebre monólogo. Você quererá então, como ela, chamar a sua amada de *flor da montanha* ou proferir em alto e bom som: "ele me pediu perguntou se eu queria *sim* dizer *sim* minha flor da montanha e eu primeiro pus os meus braços em volta dele sim e puxei ele para ele sentir os meus peitos todos perfume *sim* e o coração dele batia como louco e eu disse *sim*, eu quero *sim*".

No Bloomsday ou na Irlanda de Joyce a festa é tal que você vê o Liffey, um rio de águas turvas, cintilar. Porque você participa do único banquete que não acaba nunca: o banquete encantatório das palavras.

**Betty Milan** é paulista, autora de romances, ensaios, crônicas e peças de teatro. Suas obras também foram publicadas na França, Argentina e China. Colaborou nos principais jornais brasileiros e foi colunista da *Veja*. Trabalhou para o Parlamento Internacional dos Escritores, sediado em Estrasburgo, na França. Antes de se tornar escritora, formou-se em Medicina pela Universidade de São Paulo e especializou-se em psicanálise na França com Jacques Lacan.

# MAMAÉ CORAGEM*

Betty Mindlin

Dizem os Suruí Paiter que não é de bom tom irmãos louvarem um ao outro. Talvez julguem que é elogio em boca própria acentuar qualidades fraternas; talvez acreditem em alguma consequência nefasta. Quando alguém insistia nos atrativos e inteligência de meu "irmão" Suruí, eu jamais deveria corroborar, e sim responder, na língua indígena: "É você quem está dizendo!"

Assim, descrever Carmen Junqueira é uma tarefa difícil. Mestra, modelo, companheira. Estudiosa da sociedade, dominando o pensamento de grandes autores, transmitindo a centenas de alunos o legado de Marx, Weber, Malinowski, Godelier, Darcy Ribeiro, Lévi-Strauss, Evans Pritchard, Taylor, Marcel Mauss, Durkheim, Meillassoux e listas bibliográficas intermináveis, tudo o que vale a pena ler, com núcleos temáticos que variam dos problemas agrários e estrutura fundiária brasileira às religiões do mundo, feitiçaria, mitos, amor, sexualidade, colonialismo, economia, raça e racismo, sempre com novidades. Guerreira engajada nas causas sociais e na defesa dos índios; esteio da instituição universitária, abrigo de professores cassados pela ditadura, orientadora exigente e dedicada, investigadora rigorosa com vasto percurso de projetos, presidente de associações como a dos sociólogos, rebelde e opositora de qualquer autoritarismo; autora de belos livros e artigos, em que teoria elaborada, pesquisa e militância aparecem fundidas sem muros estanques; conferencista prolífica, ímpar, sedutora e magnética, imagem de artista na TV e nas entrevistas; desbravadora da floresta e mesmo dos mares, mestre de navegação com diploma e tudo. E assim por diante... seria um tratado.

Sigo, porém, outro caminho, que minha presença assídua junto dela me fez testemunhar. A marca do caráter de Carmen Junqueira é a coragem: não apenas "no trivial do corpo", como diz Guimarães Rosa, mas nas profundezas.

*

* Mamaé é um ser mítico que só os Kamaiurá ou Carmen sabem explicar. O título Mamaé Coragem é uma brincadeira com a alcunha de Mamãe, dada a Carmen pelos Cinta Larga, pois a nossa heroína não tem semelhança com a Mãe Coragem do escritor Grimmelshausen, autor de *Simplicissimus*, do século XVII, nem com a peça de Brecht. É quase o contrário.

Um dos meus primeiros encontros com Carmen deu-se em 1971, no Tuca, o teatro da PUC (Pontifícia Universidade Católica de São Paulo), quando ela apresentou o filme de Adrian Cowell sobre o contato da Funai com os Panará, então chamados de Kreen-Akarore ou índios gigantes. Ela denunciava as ameaças ao Parque Indígena do Xingu, prestes a ser cortado por uma rodovia, a BR-80. Afirmava com veemência que se a opinião pública não se manifestasse – era plena ditadura – os índios logo seriam arqueologia. Soube na hora que ela era a antropóloga que eu queria seguir, destemida e lutadora.

Sua figura era um mimo: mocinha de olhos azuis, com um movimento corporal que nunca mais vi em ninguém, feminino e firme como o de dançarinos da ópera de Peking, denotando alguém que sabe o que quer e para onde vai. Mulher atraente com qualidades tidas como masculinas. Saltava à vista o seu espírito indômito.

Mais tarde, em 1983, com os Nambiquara e Rikbatsa, observei a mesma agilidade elegante nos mergulhos que ela deu nos rios Juína e Juruena, ambos de águas transparentes, margeados por vegetação intocada. Ela é grande nadadora.

De 1965 a 1971, Carmen dedicou-se aos Kamaiurá, em inúmeras viagens de pesquisa, que resultaram em seu doutoramento em antropologia. Era preciso coragem para adentrar esse mundo desconhecido – foi sua primeira e imensa experiência com os índios, da qual se saiu muito bem, vencendo fome, saudade, sono, criando com a comunidade laços afetivos que nunca arrefeceram. Os Kamaiurá gostariam que ela ficasse por lá para sempre, casasse se possível, e quando chegasse o momento, fosse homenageada com um Kwarup, o ritual funerário e de renascimento. Não temos pressa.

Em 1968, o marido de Carmen, Abel de Barros Lima, pai de seus filhos, foi preso pela OBAN, a Operação Bandeirante da repressão militar, de triste memória. Carmen estava nos Kamaiurá. Podemos imaginar a fibra que exige uma pesquisa nessas condições, sem notícias, com o pensamento no que se passa com os filhos pequenos e com o país atormentado.

Orlando Villas Boas e Noel Nutels prometeram que os militares jamais a encontrariam – ela poderia ficar por lá. Mas, embora muito grata, Carmen voltou para a cidade e foi presa por sua vez, em 1969. Teve a experiência do medo, e venceu.

*

Em 1978, Carmen iniciou a pesquisa com os Cinta Larga de Mato Grosso. O acaso e seu perfil levaram-na a essa escolha: o convite partiu de Apoena Meirelles, que se identificava com a tia e o pai esquerdistas, Rosa e Francisco Meirelles, e ao dialogar com seu amigo sertanista Antonio Cotrim, apostou em Carmen como um caminho para uma transformação social e um mundo mais justo, para os índios e para todos.

O panorama regional era sombrio. Os Cinta Larga foram vítimas de genocídio em 1963 por seringalistas de Mato Grosso, no conhecido "massacre do Paralelo 11". Entre os responsáveis, a firma Arruda&Junqueira, de Mato Grosso, o que despertou o brio da nossa heroína e o desejo de lavar a honra do nome bem no local, em Serra Morena. (Mais tarde, nosso colega Rinaldo Arruda faria o mesmo, com belos trabalhos em povos próximos.)

A primeira viagem ao Parque Indígena do Aripuanã, que reunia terras dos Cinta Larga, Suruí Paiter, Zoró e bastante perto, dos Ikolen e Arara Karo, foi um prenúncio das nuvens trágicas que envolveriam os anos de pesquisa em Rondônia e Mato Grosso. O aviãozinho monomotor, levando-nos em companhia dos indigenistas Apoena Meirelles e Aimoré Cunha da Silva, foi apanhado por uma tempestade e não conseguia descer em Serra Morena nem seguir adiante; um giro nos ares durou uma eternidade, a custo aterrissou. Carmen conversou com as lindas mulheres nuas e acolhedoras: ganhou uma joia, o colar de contas pretas brilhantes de tucumã, que mal conseguia passar para o pescoço, tão pequenas eram as cabeças das moças Cinta Larga.

No ano seguinte, nada atemorizada, lá estava ela para uma permanência prolongada, que foi uma prova de fogo, pois só depois de algumas semanas os Cinta Larga se apaixonaram por ela, num amor duradouro e retribuído. Mas nos dias que se seguiram à chegada, quando a comunicação era difícil porque ela ainda não aprendera a língua tupi-mondé e eles não falavam português, quase houve um ataque dos índios ao posto da Funai. Havia, além de Carmen, apenas o chefe de posto, um funcionário e uma cozinheira. Uma noite, em seu barracão, Carmen acordou com um barulho que lhe pareceu de tambores, como nos relatos ingleses sobre a África colonial. Ao espiar pelas frestas, percebeu que se tratava de uma dança ou ritual guerreiro, com os índios batendo os pés no chão – ali não havia instrumentos de percussão. Como se soube depois, os funcionários, cansados de ver desaparecer rio Aripuanã abaixo as embarcações do posto nas mãos dos índios, haviam trancado a nova voadeira de alumínio. Revoltados, numerosos Cinta Larga tramavam um ataque. Guerreiros, sempre assaltados por invasores, sabedores dos massacres em toda parte, nada havia aí de extraordinário. Carmen conta que sentiu mais medo que na Oban, certa de que pereceriam. Viu o chefe de posto sair de cuecas – para que os índios não pensassem que estava armado – ensaiando um diálogo de paz... Mais um dia e a morte iminente continuou pairando. Até que o chefe de posto, na esteira dos hábitos da Funai, conseguiu persuadir os índios de que Carmen era uma verdadeira mãe e faria chegar um avião cheio de dons... Foi então que ela começou a tornar-se uma deusa. Como a promessa foi cumprida, não me lembro. Devem ter solicitado brindes na sede da Funai em Riozinho, povoado na enlameada rodovia Cuiabá-Porto Velho, a BR-364. O certo é que, em todas as viagens seguintes, ela vinha carregada de "mercadorias", como com razão os objetos a dar eram chamados por todos, índios e sertanistas...

Fosse ela uma iniciante, sem a vasta experiência xinguana, ou fosse menos corajosa, no mínimo seria um fracasso a pesquisa, ou já teria sido homenageada com um Kwarup...

*

O enfrentamento ousado com a morte deu-se muitas vezes. Noutra viagem aos índios de Serra Morena, com quem se encantara e que a mimavam, Carmen soube da visita de um conhecido personagem Cinta Larga. Pertencia ao mesmo subgrupo Mam dos anfitriões, mas morava noutro lugar. Dizia-se à boca pequena que tinha um caso com alguma moça dali – era mulherengo, algo nada excepcional para estes povos (e para todo o mundo!). Carmen foi vê-lo na oca tradicional, deitado na rede. Tocavam flauta, ele e outros, em paz aparente. Mal Carmen voltou para o casebre onde se hospedava, e ouviu uma algazarra estranha: homens ofendidos em sua honra entraram na oca e deram várias machadadas no hóspede transgressor. Sabendo que a piedade não voga entre seus parentes, o namorador embrenhou-se no mato.

No dia seguinte, do seu canto de observação, Carmen viu chegar um homem de terno marrom. O tecido era o sangue escuro recobrindo o fujão, que um amigo conseguira resgatar da floresta. O chefe de posto e Carmen levaram-no para a precária enfermaria, examinando e lavando as feridas e cortes profundos na cabeça, no rosto e sobretudo nas costas, com sangramento copioso.

O chefe de posto – era outro, não o esperto da primeira viagem – tinha suas qualidades, apesar de ideias bizarras. (Queria, por exemplo, asfaltar a vereda da aldeia à roça, para facilitar a vida em plena selva amazônica perdida na distância...) Fazia parte de seu currículo ter funções em filmagens, que lhe proporcionaram observar numerosas cirurgias. Ele e Carmen, filha de médico, foram costurando o mutilado. Carmen dirigia. Usaram linha e agulha de costura de roupa, como anestésico apenas pomada de xilocaína; durante cinco horas fizeram sua primeira sutura na vida, sem que o bravo remendado desse um pio de dor. Deitaram-no numa rede, deram-lhe antibiótico. No final da tarde alguns Cinta Larga amigos de Carmen vieram avisá-la para afastar-se, que à noite o matariam... Ela não hesitou: postou-se na salinha cuja janela era a única passagem para o convalescente, e proclamou: "só o matam por cima de meu cadáver."

Ninguém ousou: ela mete medo, e o apaniguado foi sarando.

O chefe de posto, assustado com o quadro clínico do guerreiro mulherengo, mandou chamar um avião para levá-lo à cidade. Era raro conseguir um transporte: mas por milagre, o socorro chegou. Surpresa: o paciente, ao ver que ainda estava entre os vivos e talvez sem vontade de afastar-se da causa feminina da confusão, recusou-se a partir! O chefe de posto, irritadíssimo, ameaçou não cuidar mais dele: aí errou em cheio. Todos passaram a defender o atacado e a atacar o funcionário, prometendo flechadas. Apavorado, quem acabou indo embora, dias depois, a conselho da própria Carmen, foi o chefe de posto, enquanto ela continuou impávida navegando em meio ao humor mutante do povo amado.

Vale a pena lembrar que o homem que ela salvou foi provavelmente quem, em outra ocasião, retalhou e enterrou viva a própria mulher, acusada de adultério. Felizmente, algumas horas depois, alguém percebeu sinais vitais e tirou-a da cova. Até hoje ela está viva e bem, com outro marido.

*

Os Cinta Larga devem a Carmen o reconhecimento completo e oficial, com registro em cartório e no Serviço de Patrimônio da União, como deve ser, de uma das terras cinta larga do Aripuanã, de nome Terra Indígena Aripuanã. Foi ela quem fez para o governo o estudo antropológico-científico para a demarcação, com auxílio de uma indigenista que viveu muito com o povo do lugar, Maria Inês Hargreaves.

Em uma das viagens, em 1984, sozinha com o piloto – um grande amigo, que trazia nossas grandes cerâmicas para São Paulo, em casa de quem nos hospedávamos, em Pimenta Bueno – ela fez um voo para investigar um garimpo de ouro invasor das terras Cinta Larga. Esqueceu de levar bolsa, dinheiro, água, pois seria apenas uma passagem de reconhecimento. Era um domingo e, assim que chegaram, uma multidão de homens ociosos, cem garimpeiros que há meses não viam mulher, cercou o aviãozinho. Haviam escondido as armas no mato, com medo de que se tratasse da polícia. Cerveja e bebedeira eram gerais. Morta de sede, não havia como comprar sequer um refrigerante. Todos perguntavam o que ela viera fazer ali. Ela explicou que era escritora, artista, tudo menos alguém contrário à mineração em terra indígena, nossa bandeira maior dessa época. E assim que houve uma brecha, o piloto e ela alçaram voo. Mas uma asa estava rachada! Escaparam por milagre.

O que não foi, infelizmente, o caso de nosso amigo. Ao fazer um voo para fregueses desconhecidos – era seu trabalho – sumiu na Bolívia, provavelmente assassinado por traficantes. Esse era bem o clima da pesquisa a que Carmen tanto se dedicou. Ela poderia desfiar os casos de amigos assassinados, vítimas de violência de todo tipo.

*

A ousadia de Carmen revelou algumas vezes inconsciência dos perigos, tanto ela se empenhava em alcançar vitórias para os índios.

É o caso de uma expedição às terras dos Zoró, em 1985, da qual participei, junto com a mesma indigenista Hargreaves. Acompanhava-nos, guiando o Toyota da Funai, um chefe de posto um tanto assustado. Uma estrada atravessava o território dos Zoró, e havia um número muito grande de invasores. Devíamos manter segredo sobre nossos desígnios, para que não nos fizessem uma emboscada.

Partimos num domingo de Cacoal; como devíamos levar víveres, conseguimos por especial favor que o dono do supermercado o abrisse para nós – nesse tempo o descanso semanal do comércio era respeitado. O que não sabíamos é que o dono do mercado era justamente um dos maiores invasores, e que, portanto, nossa viagem foi descoberta antes mesmo de começar.

Era maio, mas as chuvas persistiam. A estrada para a terra indígena estava intransitável. Paramos na cidadezinha de Espigão do Oeste, num bar; três homens armados, mal encarados, aproximaram-se, querendo saber quem era uma tal de Carmen Junqueira, que escrevera um laudo contrário aos verdadeiros donos da terra do Aripuanã e dos Zoró, como eles se consideravam, agricultores recém-chegados. Inventamos nomes para cada uma de nós e dissemos que nunca tínhamos ouvido falar dela. Prosseguimos a viagem, mas a cada quinhentos metros encalhávamos. E quem vinha nos tirar do apuro? Justamente os três malfeitores! Que a certa altura declararam que se não fôssemos três mulheres indefesas, já teriam acabado conosco com tiros certeiros!

Jamais conseguimos chegar à porteira da terra Zoró, para ver se os intrusos estavam passando ou se eram barrados pelos índios. O barro nos atraiçoou.

O auge dessa viagem e de suas bravatas coube a Maria Inês Hargreaves, que sem sombra de medo, recitava para os nossos perseguidores-salvadores os trechos da Constituição Federal que garantiam aos índios a posse de seu território imemorial. E que, quando encalhamos pela décima vez, mortas de fome, tirou da mochila, com as mãos cobertas de lama, uma imensa barra de chocolate suíço, presente da mãe, que devoramos à saciedade, enganadas pela cor, sem saber o que era terra ou o que era a iguaria dos deuses.

*

Muitos outros capítulos de valentia fazem parte da construção do pensamento dessa antropóloga original que é Carmen Junqueira, e seria possível continuar por muitas páginas, mas o que foi dito deve ser suficiente para retratar sua intrepidez.

Peço desculpas a Carmen pela inconfidência e imprecisões dessas notas. Que contribuam para que ela corrija e reconte a verdadeira versão, desses e de outros episódios, com detalhes e arte só dela.

**Betty Mindlin** é antropóloga e economista. Convive há anos com povos indígenas da Amazônia, empenhada em projetos de pesquisa e intervenção social. É autora de *Diários da Floresta*, além de sete livros de mitos em coautoria com narradores indígenas, como *Moqueca de Maridos*, traduzido para várias línguas.

# Recordando Merquior

Celso Lafer

"Graças à amizade, os ausentes são presentes" e "os mortos vivem: vivem na honra, na memória, na dor dos amigos". Foi o que apontou Cícero escrevendo sobre a especificidade da grande experiência humana da amizade. E é o que me vem à mente ao recordar o percurso do meu querido amigo José Guilherme Merquior, neste ano do vigésimo aniversário do seu prematuro falecimento.

José Guilherme foi a mais completa personalidade intelectual da minha geração. Integrou com brio e enorme talento a República das Letras, nacional e internacional, tendo se destacado por uma criativa e instigante mediação entre a crítica literária e a crítica das ideias.

Com finura analítica e imaginação crítica, sabia ler e interpretar, poesia e ficção. Tinha a clara percepção de que a autonomia da arte não pode perder-se na autarquia do estético. O seu ensaio de 1964 sobre a "Canção do Exílio" de Gonçalves Dias deu, desde logo, a medida da larga bitola de sua vocação de crítico literário. Mostrou que este famoso poema da saudade escrito em Coimbra foi bem-sucedido esteticamente por ser, sem adjetivos e graças à tonalidade do texto e das palavras, uma grande expressão do valor da terra natal.

"O Brasil, na 'Canção do Exílio', não é *isso* nem *aquilo*, o Brasil é sempre *mais*", observou Merquior. Nos versos simples desse sentimento popular captado pelo engenho do romantismo de Gonçalves Dias, projetou José Guilherme, com a orteguiana sensibilidade compartilhada da nossa geração, o amor-vontade da construção de um Brasil *amável* – tema que se tornou uma das facetas do seu percurso.

Movido e animado pelo alcance do uso público da razão, José Guilherme expôs, discutiu e propôs ideias sobre sociedade, política e cultura. Neste propósito teve presente os desafios do Brasil, um "Outro Ocidente" a ser aprimorado e completado por obra do amor-vontade que projetou na sua análise de Gonçalves Dias. Na análise dos problemas da modernidade, no Brasil e no mundo, teve como pressuposto que "Nenhuma crítica do poder possui o direito de absolutizar o poder da crítica. Do contrário se marcha em linha reta para a supressão da liberdade em nome da libertação".

José Guilherme integrava a família intelectual dos grandes carnívoros, pois a sua curiosidade era infindável. Metabolizou e desvendou, deste modo, o alcance da genuína pluralidade de seus interesses com o poder de uma inteligência superiormente abrangente que foi, desde muito jovem, aparelhada para uma erudição excepcional. Escrevia "aquém do jargão" e "além do chavão" e o seu texto exprimia a virtuosidade da vivacidade do seu espírito.

No campo da crítica das ideias, o seu último livro, *O Liberalismo – Antigo e Moderno*, é a obra que, em função do tema, mais justiça faz aos seus múltiplos talentos. No pluralismo um tanto centrífugo da doutrina liberal e nas várias vertentes da liberdade que contempla, José Guilherme sentiu-se à vontade e assim, com alto senso de proporção, combinou sua fulgurante capacidade de síntese e a sua arguta competência analítica. Destaco, por exemplo, a importância que deu à obra de Bobbio e ao nexo que esta estabeleceu entre liberalismo e democracia, quando o empenho de igualdade está associado ao sentido do papel das instituições de liberdade.

A travessia, que não foi excludente, da crítica literária à crítica das ideias no percurso de José Guilherme, se deu de maneira congruente pelos seus estudos sobre a legitimidade. Esta é, como dizia Guglielmo Ferrero, uma espécie de ponte entre o poder e o medo, que resulta de uma construção da cultura e dos valores.

Nos modos históricos de asserção da legitimidade, José Guilherme chamou a atenção para a novidade do modo tópico, que coloca em questão a concepção arquitetônica da ordem sociopolítica. O âmago do novo espírito de legitimação é centrífugo. Dá ênfase à validez dos direitos e valores reivindicados pelos localismos de situações específicas. Na fragmentação do mundo contemporâneo, a percepção do modo tópico, explicitado por José Guilherme, é uma contribuição para o entendimento de como é politicamente necessário mediar a diversidade cultural e o conflito dos valores.

No livro dedicado ao tema da legitimidade em Rousseau e Weber, apontou José Guilherme que uma concepção subjetivista e fiduciária de legitimidade, baseada na crença dos governados e na credibilidade de uma reserva de poder dos governantes, prevalece nos paradigmas de Max Weber. Em contraposição, identificou em Rousseau uma concepção objetivista de legitimidade, cuja tônica encontra-se na autonomia do consentimento, como base da obrigação política. Uma concepção objetivista de legitimidade encontra espaço de afirmação nas situações de poder nas quais a assimetria entre governantes e governados não é acentuada e existe margem de manobra.

Deste diálogo criativo com Weber e Rousseau extraiu José Guilherme consequências importantes para a ação diplomática brasileira que retêm plena atualidade. Com efeito, para o Brasil, que tem um interesse geral e real em participar na elaboração e na aplicação das regras formais e informais estruturadoras da ordem internacional, o relevante na agenda da discussão da legitimidade é o questionamento do *soft power* imobilizador da reserva de poder dos grandes e a ênfase a ser dada ao consentimento dos muitos. No mundo contemporâneo aberto à multipolaridade existe espaço e margem de manobra diplomática para esta linha de atuação.

Concluo lembrando que José Guilherme enfrentou "a Indesejada das Gentes" de que fala o poema de Manuel Bandeira, com destemor. Com a coragem que resulta do sentimento de suas próprias forças, ao lidar com a doença que o levou pouco antes de completar 50 anos mostrou, para evocar Montaigne, "que a firmeza na morte é, sem dúvida, a ação mais notável da vida".

**Celso Lafer** é professor titular da Faculdade de Direito da USP e membro da Academia Brasileira de Ciências e da Academia Brasileira de Letras. Foi ministro das Relações Exteriores no governo FHC.

# Meu vizinho alemão da KGB

Daniel Pereira

Há quanto tempo o senhor fuma? A pergunta que não queria calar, desde que há alguns anos fui admitido no clube dos hipertensos, agora era assustadora. A sentença do terrorista de jaleco branco depois de uma breve aula sobre fibrilação atrial (FA), o tipo mais insinuante de arritmia cardíaca, foi curta e grossa: apague definitivamente o cigarro, beba com moderação e pratique uma atividade aeróbica. Caminhe!

Era sexta-feira. Medrei. Não fui ao *happy hour*. No domingo, 11 de setembro, acordei com o rádio repetindo à exaustão a retrospectiva dos dez anos do pior pesadelo do século 21, que mal havia começado. Girei o *dial* para a Bandeirantes e pesquei o âncora desafiando os ouvintes a responder a pergunta que copiou da propaganda de uma empresa aérea: Quando foi a última vez que você fez alguma coisa pela primeira vez?

Topei a proposta. Ainda não conhecia o calçadão (antigamente isso era conhecido como pista de cooper) da avenida Caetano Álvares, na zona norte de São Paulo. Poderia ir ao Horto Florestal, como sempre fazia. Mas não seria conveniente para um sedentário e ex-fumante recente enfrentar subidas que exigem muito esforço físico. De qualquer forma, ou por cagaço mesmo, pensei que seria boa ideia levar uma companhia. Ninguém estava disponível. Levo o cachorro? Melhor não, o cara também é antissocial. Já sei! Vou levar Sagarana, do Guimarães Rosa, para ler à sombra de uma bela árvore depois da caminhada.

O mineiro de Cordisburgo (hibridismo do latim e alemão que significa Vila ou Cidade do Coração) também foi diplomata e médico (entre outras atividades), era hipertenso, obeso, sedentário e fumante inveterado. Fico imaginando como deveria ser o diálogo entre o médico e o escritor. Eleito imortal da Academia Brasileira de Letras, despediu-se com um discurso apoteótico e premonitório: "As pessoas não morrem, ficam encantadas". Encantou-se três dias depois.

*

De volta à terra. A decisão de não levar o cão foi acertada: ele seria apenas mais um na matilha. Aliás, para quem é cinófobo, o calçadão da

Caetano Álvares não é o lugar mais recomendável para uma caminhada tranquila. Caninos à parte, o percurso de quase cinco quilômetros logo se revela um prato cheio de informações em todos os sentidos. A paisagem dos dois lados da avenida reserva situações que vão do hilário ao bizarro. Ou trágico, como o assassinato de um valente coronel da PM, em 2008.

"*A vida é uma tragédia quando vista de perto, mas uma comédia quando vista de longe*" (Charles Chaplin). Talvez seja assim que se sinta a garota-propaganda com pernas de pau, que se arrisca no asfalto 40 graus berrando as atrações de uma concessionária de carros. Um pouco à frente, o exemplo de banalização do sincretismo sexo-religioso: no andar de cima do sobrado, a escola de dança do ventre; no térreo, um templo evangélico, que bem poderia chamar-se Igreja das Putas Tristes por que, nos fundos, funciona um bordel com o sugestivo nome de *Vem cá, meu bem*! E como tem freguês, meu camarada! Aleluia, irmãs, aleluia!

Perto do meio-dia. O aroma de picanha na brasa que exala das churrascarias é um desafio torturante para os 'atletas' do calçadão. Melhor acelerar o passo e segurar a vontade. É o que faz a menina de *walkman* vermelho e rabo-de-cavalo esvoaçante que me ultrapassa, como Peter Pan flutuando entre as árvores da alameda. Visual interessante e generoso, um colírio, mas que dura só o tempo de ela sumir na primeira curva. Gostosa!

*

Nesse devaneio não me dei conta do magote de gente invadindo o calçadão. Era uma gincana. Uma pretensa sacada de merchandising. À frente, um agitador, de trejeitos delicados, tentava imitar Sílvio Santos, Faustão, Lula, Clodovil e similares. Se tivesse planos de seguir carreira de comediante estaria ferrado. O fato é que o sujeito convidava os transeuntes a aderir ao que ele chamava de passeata ecológica. Uma fajutice, claro!

A primeira *vítima* do animador foi um afrodescendente com silhueta de armário e cara de Vovó... Zona, personagem do ator Eddie Murphy. Tipo enjoado, logo se via, pela elegância do agasalho de grife marrom com listras amarelas e, no peito, um brasão com as iniciais KGB, em dourado. Contornando o desenho, lia-se: Alemão.

– Alemão?!

Diante do olhar de galinha do animador, não deixou dúvida:

– É, isso mesmo: A-LE-MÃO!

("Além de tudo, um gozador", pensou o rapaz. "Me ferrei.")

Nem teve tempo de refletir sobre o que acabara de dizer. Um camarada, com jeitão de leão-de-chácara, tomou-lhe o microfone e despejou um caminhão de safanões na cabeça dele. Aos trancos e barrancos, o rapaz ameaçou correr, mas foi barrado logo à frente por dois homens que saíam de uma viatura da polícia. "Fica calmo. A gente sabe da bronca da pensão alimentícia da tua mulher, mas essa aqui não é contigo".

– Então, doutor, tô liberado?

– Negativo, campeão. Este (mostra a foto) é o sujeito com quem você estava conversando, certo? É teu amigo?

– O negão é um gozador, doutor. Disse que se chama Alemão. Um cara esquisito. Tem jeito, pelo tamanho, de jogador de basquete americano. No agasalho dele tinha umas letras desenhadas no peito... Era Q, não... K...G...B.

*

Os policiais se entreolharam. "Hum, aí tem", balbuciou o delegado. Reuniu a equipe. Até aquele momento ele ainda não havia revelado aos seus subordinados o verdadeiro motivo da caçada ao tal de Alemão.

– Bem, pessoal. Chegou a hora da verdade. Prestem atenção. Vocês estão participando da Operação KGB. Estamos cooperando com a Interpol na busca de um alemão criminoso de guerra. Ele era agente duplo e também trabalhava para a polícia secreta da antiga União Soviética, a KGB, e é acusado de crimes contra a Humanidade. O rapaz aí é conhecido como o Alemão da KGB e seria o filho do criminoso. Entendido? Vamos lá. Tá no papo.

Para o incauto transeunte, o aparato policial na porta da *lan house*, onde o Alemão acabara de entrar, impressionava. Será que prenderam o Beira-Mar? Não – pitacava outro –, ouvi que o Marcola fugiu. Pode ser ele. Vi na televisão que o bandido da luz vermelha voltou a atacar... Sai da tumba, meu, esse aí já era... Ah! Deve ser pegadinha... E por aí caminhava o besteirol quando surge a equipe do programa policial Brasil Alerta. Afagos, loas e confetes ao delegado que conduzia a operação e lá vem o Alemão de braços dados com dois soldados (que ninguém é herói e a PM também havia sido chamada para reforçar o cerco ao perigoso meliante).

Já viram um boi entrando no corredor da morte? O olhar de tristeza do animal é um misto de autopiedade com o pedido de socorro que corta até mesmo o coração de uma pedra. "*Se os matadouros tivessem paredes de vidro todos seriam vegetarianos*", disse certa vez Paul McCartney, num ataque de defensor dos fracos e oprimidos. Esse era o Alemão que chegava à delegacia. Documentos e burocracias de praxe, começa o interrogatório. Ele, cabisbundo e medita baixo...

– Então, senhor Gunther Benedito da Silva – nome chique, hein! O senhor pode nos explicar por que é conhecido como o Alemão da KGB, conforme nos disseram várias pessoas que o conhecem e...

– Com licença! – Irrompe a sala a elegante senhora, que se identificara como advogada do suspeito. Chamava a atenção pelo vistoso casaco branco sobre a saia vermelha que generosamente deixava à mostra os joelhos. Pinta de balzaqueana da elite. Um *must* para o gosto dos policiais, acostumados a lidar com a ralé, aquela era uma visão de embasbacar. E o alemão ali, tão pasmo e surpreso quanto os tiras.

– Está havendo um terrível equívoco com o *méu* cliente. (Ela tinha um leve sotaque estrangeiro). Na verdade, abuso de autoridade. Um delírio egomaníaco. O homem que vocês estão procurando não é este aqui... E nem existe.

– Como! – subiu nas tamancas o estupefato delegado chefe da operação. Se a *dou-to-ra* se atreve a vir no meu quintal dizer besteiras desse tipo deve também saber que, advogada ou não, posso detê-la por desacato. Quem lhe deu o direito de apontar o dedo para mim?

– ISSO AQUI! Joga na mesa a cópia de um *habeas corpus* preventivo.

– Puta que pariu! Catso! Estou ferrado! Do que se trata, afinal de contas, doutora (agora, num tom civilizado)?

Sem perder o *fair play*, a doutora Ingrid Oliver Mezzacappo abre a pasta e despeja um calhamaço de documentos que, além do HC, e por outras provas circunstanciais, cancelavam a iminente prisão do Alemão e comprovariam a sua inocência. Foi um soco no fígado do policial, um flash do inferno. Perplexo, incrédulo, provavelmente já antevia as consequências de todo aquele imbróglio. Que ainda não tinha terminado.

– Doutor, o que levou a empreender uma investigação atabalhoada como essa sem o aval de seus superiores? Fique sabendo que amanhã mesmo vou representar contra o senhor na Corregedoria da Polícia Civil.

– Podemos conversar a sós, na minha sala? – pediu, humilde, o delegado.

– Não temos nada mais para conversar.

Àquela altura, além do repórter do Brasil Alerta, o bafafá na delegacia era a principal pauta daquele domingo – lembram? – o fatídico 11 de setembro, 10 anos do atentado terrorista a Nova Iorque. O DP já saía pelo ladrão.

– Doutora (implorando, patético), a senhora precisa levar em conta que tínhamos uma pista muito forte. Não é todo mundo que é conhecido como o Alemão da KGB, concorda?

– Discordo. Passar bem.

*

Os urubus da imprensa já a rodeavam no tradicional corpo a corpo, ávidos por torturar a entrevistada com microfones e câmeras fotográficas. A doutora Ingrid chamou para perto dela o Alemão, que a abraçou, beijou-lhe o rosto e derramou-se em lágrimas. *Danke, schewster, meinangel, danke*! Cena emotiva, ninguém entendendo lhufas. *Irmã? Obrigado, meu anjo???*

– É isso mesmo. Não se iludam com as aparências. O Gunther, que vocês chamam de Alemão, é meu irmão. Filho da segunda esposa de meu pai. Não é o bandido que a polícia está querendo fazer crer.

– Então, a polícia pegou a pessoa errada? Do que ele está sendo acusado? A senhora vai processar a polícia?

– Calma. Vou explicar tudo de uma vez e ponto final. Não quero perguntas.

O alvoroço na delegacia cresce vários decibéis com a chegada do delegado-geral de polícia e do secretário da segurança pública. O pentelho assessor de imprensa se apressa em anunciar que depois da advogada o secretário daria rápida entrevista.

– Fale, doutora – pediu o secretário, um sujeito com aquela eterna cara de mau do Lee Marvin. Eficiente e respeitado, diziam.

A advogada foi didática no passo a passo do esmerdalho. Primeiro, mostrou o *habeas corpus* preventivo, que ela carregava já há um ano quando soube que a Interpol procurava o seu pai. O pai tinha sido da Gestapo, a temida polícia secreta da Alemanha. Trabalhava no setor de contraespionagem com atuação na União Soviética.

Confundido com o irmão gêmeo, que também era da Gestapo, em 1943 o pai foi acusado de traição – teria ajudado a facção anti-Hitler conhecida como Círculo de Oster. O irmão soube antes e o ajudou a sair do país. Ele se refugiou com amigos prussianos que pertenciam à KGB – essa a polícia secreta da União Soviética. Mudou de identidade. Dois anos depois teve que fugir. Com o fim da guerra e a derrota da Alemanha, também seria alvo da Mossad, a polícia secreta de Israel que vingava os judeus. Foi para o Canadá, Estados Unidos e finalmente chegou ao Brasil. Havia ouvido maravilhas daqui. Com nova identidade, refugiou-se no oeste do Paraná e depois fixou-se em uma colônia de alemães no interior do estado de São Paulo.

Tendo estudado engenharia, também conhecia e manuseava explosivos. Mão de obra que estava sendo requisitada na construção de Brasília, para onde foi em 1958. Ficou lá até 1965, quando foi convidado para trabalhar na área de segurança de uma multinacional alemã fabricante de armas e munições, em São Paulo. As iniciais da empresa: KGB. Casou-se com uma descendente de alemães e teve uma filha – ela, Ingrid. A esposa morreu no parto. Dois anos depois, conheceu uma negra. Dessa união nasceu Gunther, o nosso Alemão. Os negócios prosperavam e a vida secreta do pai já eram águas passadas. Ele não era um criminoso de guerra – insistia Ingrid.

Na multinacional, ganhou prestígio e galgou posições até chegar ao topo como acionista e diretor da empresa. A filha foi estudar no exterior, casou-se com um italiano e Gunther ajudava o pai na empresa, cuidando da área de atividades culturais. Ele queria mesmo era ser ator.

– Meu pai morreu em 2009, aos 94 anos. Nesse mesmo ano fui procurada por agentes da Interpol. Eles me disseram que só vieram a descobrir a verdadeira identidade de meu pai recentemente, mas não encontraram nenhum indício de que ele tivesse participado das ações criminosas da Gestapo. Me disseram para ficar alerta com informações falsas e chantagens contra a nossa família e recomendaram ter sempre em mãos o *habeas corpus* preventivo para os herdeiros do meu pai. O delegado não checou direito a validade da informação que recebeu de um amigo dentro da Interpol e armou essa pataquada toda. Acho que está tudo explicado.

*

Antes que os jornalistas pudessem interpelar a advogada, o secretário de segurança pública pediu o microfone e fez a seguinte declaração:

– Nós já sabíamos desde a manhã de hoje dos riscos dessa operação, mas preferimos prestigiar e confiar na palavra do delegado que a comandou por se tratar de um dos mais competentes policiais de São Paulo. No entanto, também é nosso dever informar que um erro desse tamanho não o exime de punição. Ele errou, sabia disso e está afastado até a conclusão do inquérito que vai apurar o caso. Boa tarde a todos!

Enquanto o delegado saía pelas portas dos fundos, jurando depenar o amigo da Interpol que o pusera naquela gelada, os repórteres reservavam uma última pergunta à advogada:

– Doutora, por que a senhora acha que a polícia foi induzida ao erro pela denúncia anônima equivocada?

– Venham aqui, por favor – e chamou o pessoal até a janela. Estão vendo aquela BMW cinza ali fora? Meu irmão é quem mais a usa. Vejam a placa: KGB 1109.

Era isso!!! Eu sabia. Já tinha visto, mesmo de relance, o tal alemão saindo daquele carro. Eles moravam em uma mansão perto do Horto Florestal, por onde eu passava nas minhas caminhadas antes da pane elétrica no coração. Belo, que dia! *Auf Wiedersehen!*

**Daniel Pereira** é jornalista e tem produzido e assinado textos sobre os mais variados temas publicados em jornais, revistas, portais, blogs e/ou sonorizados em rádios e televisões. Já foi repórter, redator e editor em algumas das principais redações do país. Foi coordenador da equipe de Comunicação do Governo de SP na ECO-92, no Rio de Janeiro. Atualmente é assessor de imprensa na Fundação Memorial da América Latina.

# Traições

Dirce Lorimier Fernandes

"O patriarca que oficiou seu casamento com Farid em Damasco acaba de sofrer um atentado no aeroporto de Paris. Parece que o cantor carioca que você conheceu lá está envolvido nessa trama. *Parabéns, dona Zahra, o presidente do partido agradece.*"

Zahra espichou-se na cadeira. Aliviada, pensava nas atividades políticas do patriarca intermediando os preparativos para a unificação das duas nações vizinhas, uma ideia fadada ao fracasso, uma vez que a força e a ambição de Saddam Hussein como presidente do mais forte partido da região cresciam inexoravelmente. Ingênuo patriarca! Se tivesse voltado sua vocação somente para as palavras do Profeta agora não estaria adormecido nos braços de Alá.

*

Zahra estivera participando de uma conferência de cúpula em Bagdá. Ingênua, tanto quanto o patriarca que agora ela censurava, ficara lisonjeada com a aproximação de Hussein, cujo propósito era apenas envolvê-la em sua teia. Este, percebendo o interesse de seu aliado Farid por ela, recomendou-lhe ciceroneá-la em sua visita ao país vizinho, como reconhecimento pelos méritos da jornalista estrangeira.

Foi numa boate em Damasco, na companhia de Farid, que nossa heroína conheceu o carioca, homem atraente, sorriso enigmático, um excelente cantor. Este a incentivou a ir a Saydnaia, onde iria conhecer o patriarca e suas ideias religiosas e políticas.

Depois, hospedada no convento Nossa Senhora de Saydnaia, não foi difícil conseguir provas que incriminavam o patriarca, apesar da evidente vigilância da freira por quem fora recebida na escadaria do edifício sustentado nos ombros de um penhasco, fora de Damasco.

Ela sabia que o *religioso*, confiante na aparente ingenuidade da superiora, arquivava documentos comprometedores entre os velhos e preciosos pergaminhos, no museu do qual o convento é guardião.

Sem que Farid percebesse, Zahra andava pelos longos corredores esperando o momento certo para entrar no museu e recolher aqueles documentos. De posse deles, Zahra, com muita dificuldade, conseguiu convencer Farid a levá-la até a montanhosa cidade de Maalula. O companheiro, um sírio alto, de cenho carregado, ia narrando a história daquelas cidades, a lenda da formação do *canyon* que desemboca justamente no convento de Santa Tecla. Esta era a oportunidade que Zahra tanto esperava. Atendendo ao seu pedido, Farid a conduziu ao descampado onde a montanha se parte. Esgueiraram-se pelo irregular e estreito *canyon* e com dificuldade escalaram a distância que os afastava do convento de Santa Tecla, lá no alto da montanha, onde a simpática irmã Zubaida os esperava. Ofereceu-lhes uma refeição muito humilde e, sorrateiramente, Zahra lhe entregou os documentos que incriminavam o patriarca. Irmã Zubaida presenteou Zahra com um quadrinho contendo a imagem da padroeira e alguns santinhos de papel, sua única riqueza material.

Farid conduziu Zahra para fora daquela misteriosa cidade-testemunha de eras pretéritas, com habitações encravadas nas montanhas e disse que em seguida ela iria satisfazer o desejo de conhecer Palmira, a "noiva do deserto".

Num carro oficial, dirigiram-se a Damasco e dali percorreram os oitenta quilômetros que os separavam de Palmira. Uma rodovia árida, cercada por montanhas dentre as quais se destaca o Monte Hermon. De tempos em tempos o veículo era barrado por soldados cientes da força de suas armas, que conferiam documentos, observavam seriamente os passageiros e abriam caminho sob o sol escaldante do deserto. Atravessaram Homs, cidade localizada às margens do rio Oronte.

Farid era versado na história de reinos antigos, lembrava com entusiasmo o apogeu e declínio do reino de Palmira iniciado por Odenato II, durante o império romano, e abatido quando sua sucessora e esposa Zenóbia pretendeu se tornar a mais poderosa governante da região. Dois anos depois do apogeu de sua regência, foi rechaçada por Aureliano. É possível que a soberana, que se dizia descendente de Cleópatra II, tenha sido exibida acorrentada pelas ruas de Roma como um troféu de guerra.

Finalmente chegaram ao alojamento indicado por Hussein. Jamal, o dono do rústico alojamento, providenciou a separação do casal, dizendo que Farid deveria retornar imediatamente para cumprir uma nova missão e que não se preocupasse com a companheira, agora sua esposa, pela qual ele se responsabilizaria. Estando a sós, Jamal chamou o cantor carioca e lhe ordenou acompanhar a jornalista até o aeroporto Charles de Gaulle.

Dias depois, na sala da redação, Zahra recebeu a visita do embaixador, muito satisfeito com o resultado dos últimos acontecimentos. "Morto o patriarca, Ahmed al-Bakr está desarticulado, pois Hussein se fortalece no poder, enquanto Ahmed, em decorrência da misteriosa morte do primogênito e da idade que avança inexoravelmente, se torna cada vez mais expressivo, politicamente falando."

Sem a presença de Farid, favorável às ideias políticas desse governante enlutado, Zahra estava à vontade para conversar com o embaixador, que sempre a colocava a par dos acontecimentos nos dois países. Assim, seus comentários políticos no jornal iam lhe rendendo títulos lisonjeiros.

Um assessor vice-cônsul da Síria contrário ao partido daqueles governos murmurava: "Dona Zahra, Hussein tem aprovação porque é populista. Arroga a defesa dos interesses das classes economicamente desfavorecidas, conquista espantosamente a simpatia e a aprovação popular: dá casinhas, planta comida, anda de barquinho com o povo. Este vai tomar o poder e poderá lograr o Ahmed al-Bakr. Se este não derrubar Hussein, não haverá unificação, nunca! Escuta o que eu te falo! Cuidado com o que a senhora escreve, dona Zahra... Olha do lado que a senhora quer ficar, senão a embaixada corta o apoio ao jornal, e quando meu companheiro Farid chegar de Líbia põe a senhora na rua... hein? Escuta!"

– Como, Youssef, você pode afirmar isso? Veja o que dizem os jornais! Você não lê o *Syria Times*?

– Jornal é papel, política é outra coisa! Iraque vai ficar Iraque, Síria vai ficar Síria. Independentes, viu? Ninguém pode com Hussein. Ele é invencível.

– Youssef, não é inteligente da parte de Hafez al-Assad, perder essa oportunidade. O Iraque é muito mais rico do que Síria. O Iraque tem dois rios, a terra é muito mais produtiva, tem muito petróleo.

– Num puxa pra Iraque, você, hein? Olha lá como fala! A Síria tem história, tem tudo!

– Youssef, estou me referindo à economia, à política. História por história o Iraque tem a sua, tão gloriosa! Mas a História não enche barriga de iraquiano, nem de sírio. Deixe de patriotada! Logo você que nem é do partido e, além de tudo, é um pobre cristão!... Alô! – um momento Youssef: "sim, Zahra! Como? Mataram o presidente Ahmed? Quando? É?! E o poder fica com Hussein? Sim, redijo logo a notícia. Marhabá!"

– Você ouviu, Youssef? Mataram o Bakr.

– Sim, ouvi, Senhora! E pode acreditar, o autor é o inescrupuloso Hussein. Eu não falava pra Senhora? Não haverá unificação!

Youssef se retirou.

Farid estaria alheio a tais fatos?

*

A morte de Ahmed não teve a menor repercussão internacional. Instalado no poder, Hussein continuava governando. Com o apoio da população, o país florescia. Hussein crescia aos olhos do mundo e sufocava sem dificuldade o tema da unificação. Matava sumariamente diplomatas, dizimava os curdos, manipulava para lançar seus tentáculos para dentro de países vizinhos; afastava o país de algumas nações ligadas à LEA (Liga dos Estados Árabes), agora com o Egito reintegrado, tendo Hosni Mubarak no poder, depois que os xiitas mais radicais mataram Anwar Sadat. Zahra se encantava com os sucessos da região, contava os mortos repousando no paraíso de Alá.

Farid viajava. Semanalmente mandava correspondência, ricas informações sobre os países por onde passava. Farid sentia-se especialmente atraído pela Tunísia que ele insistia em chamar de Cartago, local onde ele ambientou a heroína de seu romance, *O Cartaginês*. Em compensação, tinha horror à Líbia, sob o ditador Muamar Kadafi que, naquela época, ninguém imaginava que ele fosse juntar-se aos líderes árabes trucidados por seus opositores. Muitos ditadores da região seriam exterminados também antes ou depois dele, como uma profecia.

Em suas cartas descrevia os restaurantes: "*Ulli* (nome carinhoso para Zahra), você não imagina o bem que fez a si mesma, recusando o convite para conhecer este fim de mundo. Kadafi transformou esta terra num inferno. O país retrocede a olhos vistos. Em filas, a população aguarda uma ração insossa a que dão nome de cuscuz. Comem mal, vivem mal e se armam sempre à espera de fantasmas que podem atacar por terra, mar ou ar."

Tinha grande simpatia pelo Marrocos dirigido por seu velho rei cercado de mordomias. Contudo, as cartas vindas da Tunísia traziam o encantamento do autor, que a chamava de a "Terra de Aníbal" e da "Princesa Dido". Mesclava os fatos com tanta poesia que a leitora mal conseguia separar a visão do autor daquilo que ele realmente queria ou deveria dizer.

Zahra pensava em Farid com muito carinho, sentia-se desconfortável por não lhe revelar suas atividades políticas. Infelizmente tinha que ser assim. *Maktub*, repetia ela, como se em árabe a decisão fosse mais enfática. Aquele patriarca não podia continuar trapaceando entre políticos e abençoando em nome de Alá. Seu casamento com Farid teria alguma validade?

Ah!... Ahmed estava muito velho! Zahra procurava alguma desculpa que pudesse aliviar o peso de sua participação no ato homicida.

Farid foi para o Marrocos e providenciou para ter junto de si a sua companheira. Sentia falta da alegria dela, de sua aparente falta de preocupações. Assim, estiveram juntos naquele país percorrendo as principais cidades. Casablanca, tão famosa, não fascinou a turista, exceto a monumental mesquita construída à beira-mar pelo rei Hassan II. Em Rabat encantou-se com o luxo dos hotéis. A movimentada e colorida Marrakech foi a que mais a agradou. Divertiu-se muito na praça onde serpentes dançavam ao som das flautas tangidas pelos *bereberés*; numa banca vendiam-se dentaduras que corriam de boca em boca esperando encaixar-se em algumas delas.

Sucos, alimentos diversos, tendas vendendo roupas coloridas, joias e bijuterias dos mais diferentes modelos, tudo lembrando a tradição e gosto marroquino. Foram descendo rumo ao Atlas que brilhava sob o céu primaveril. Uma ou outra montanha tinha a cabeça coberta pelo véu prateado que restara do inverno. E chegaram ao deserto, ao Saara enigmático e sempre atraente. O casal brincava alegremente para espanto de jovens conduzindo camelos e à espera de serem chamados para conduzi-los no dorso daqueles animais desengonçados. Ao longe surgiam caravanas tangidas por pastores envoltos em suas jelabas, ou túnicas, e turbantes azuis ou brancos, farfalhando ao vento. Que visão exótica!

Tão pobres, pensou Zahra, mas como é rica a alma dessa gente. As risadas de nômades vindas de tendas próximas dali despertaram Zahra, que começou a pensar nesses nativos e sua liberdade ante a imensidão do Saara apertado entre as montanhas do Atlas e o Oceano ao longe. Um casal de namorados acariciava-se timidamente deitados numa duna morna. Ele se orgulhava de ser *berebere: non soy marroqui, yo soy berebere*; ela estava encantada com a jovialidade daquele ser puro, muçulmano, inexperiente com as mulheres. Coberto por uma jelaba rústica, a cabeça se tornava enorme, envolta num turbante azul – um tuaregue; o sorriso era naquele momento o mais belo do Saara.

Farid interrompeu o encantamento da companheira, pois deveriam se apressar para chegar logo a Ouarzazate de onde ele partiria para a Grécia e ela para a redação do jornal.

E chegavam novas cartas, agora de uma Grécia que já não existia mais. Farid tinha dificuldade em aceitar o moderno em detrimento de antigas civilizações com seus heróis cultuando deuses poderosos. Zahra se lembrava de que durante um jantar, ao término de uma sessão de um congresso em Bagdá, um sírio-brasileiro, representando um importante canal de televisão do Brasil, provavelmente entediado pelos discursos de Farid, pediu-lhe que se reportasse a assuntos mais recentes, pelo menos aqueles ocorridos há dois mil anos. Silêncio total.

Zahra deliciava-se com aquelas cartas. Passava horas relendo-as e visualizando a Grécia que Farid queria que ela visse. Deuses e mitos executavam atos mirabolantes, exterminavam inimigos, premiavam-se heróis, aqueles que roubavam em alto-mar e traziam para o rei os seus despojos, tendo abandonado a paciente Helena à própria sorte, a tricotar em uma roca. Roubar pouco é que era proibido, como disse o padre Antônio Vieira no Sermão do Bom Ladrão.

Finalmente Farid retornaria em um dia como outro qualquer, mas que se tornou inusitado porque naquele mesmo dia e hora Zahra desembarcava em Bagdá por ordem do novo ditador. Estava assustada. Antes de partir, lembrou que seu amigo Youssef havia desaparecido misteriosamente. Era cristão, mas o motivo, com certeza, não era religioso. Depois ficou sabendo que fora sumariamente executado, sem saber de que crime estaria sendo acusado.

O que estaria reservando para Zahra o novo presidente ditador? Suas correspondências eram censuradas e então ela silenciou em Habanyia, um oásis planejado, distante oitenta quilômetros da capital. Uma colônia sofisticada no deserto, privilégio da constelação de ministros que beijavam a mão do ditador. Casas à altura de suas dignidades, um imenso hotel cheio de estrelas, onde tudo era importado dos países europeus mais invejáveis pela arte do bom viver, comer e vestir. Foi ali que a incauta jornalista ficou encerrada, sem direito de ir e vir, mas ainda se dava por feliz. Vivia entre sofisticados turistas e políticos, desconhecia o futuro de Farid, do qual nunca mais teve notícias. O cantor carioca também desaparecera misteriosamente.

Alguns meses depois desse exílio, Zahra acordou de madrugada sob forte impacto. Notara ultimamente atitudes estranhas entre os naturais que ali chegavam. Há muito tempo não apareciam os príncipes do pequeno país que sempre passavam para o território iraquiano, onde podiam frequentar locais que lhes permitiam desfrutar livremente a própria juventude; cantar livremente pelas ruas apinhadas de jovens saudáveis durante o prolongado fim de semana do país muçulmano.

Zahra abriu a janela e viu o deserto intensamente iluminado por cometas que se precipitavam às dezenas sobre Habanyia... Que calor...

Os caças norte-americanos cassavam o ambicioso ditador que agora se apoderava do pequeno e fecundo reino vizinho, o Kuwait. Era o bombardeio "Tempestade no Deserto" arrasando as instalações militares iraquianas e a infraestrutura do país. Mesmo assim, o ditador manteve sua autoridade implacável.

Ninguém mais se lembrava daquela jornalista.

Trinta anos depois, o presidente George W. Bush completaria o trabalho de seu pai ao reunir fortes aliados, perseguir, incentivar e apoiar a pena capital ao governante despótico num ato que se tornou público e estarrecedor.

**Dirce Lorimier Fernandes** é professora universitária, licenciada e pós-graduada em Letras, doutora em História Social, crítica literária e ensaísta. Membro da diretoria da UBE e da Associação Paulista de Críticos de Artes (APCA). É coautora dos livros: *Meu Nome é Zé, Antologia de Contos da UBE* e *Inquisição Portuguesa – Tempo, Razão e Circunstância.* Também é organizadora e coautora do livro *Religiões e Religiosidades – Leituras e Abordagens* e autora de *A Literatura Infantil* e *A Inquisição na América.*

## O PESSIMISTA

Ely Vieitez Lisboa

Aos leitores, um alerta como antídoto contra o pior dos males.

O pessimista não faz história, mais atrapalha, atrasa, entocado, covardemente, na sua amargura doentia. Poder-se-á até perdoá-lo, chamá-lo de precavido, cauteloso. Eu tenho minhas dúvidas, cisma, quase certeza, precaução, acautelamento. Ele não ajuda a construir nada, porque diz saber que não dará certo. Afirma: é impossível, é fracasso, tolice, loucura.

O pessimista não vive, teme. Não participa, olha de través, de soslaio. Não faz, esgueira-se sorrateiramente, à socapa. Nada realiza, opta por um posicionamento pretensamente sábio. Ele é bíblico, aquele que enterra os talentos dados pelo Senhor. Não conhece a ousadia de Prometeu. Antes de conquistar o fogo, antevê todos os perigos do Monte Cáucaso, a dureza das correntes, a dor do fígado redivivo, a inutilidade do sacrifício. Não nasceu para herói. Esconde-se nas sombras de cinzentas dúvidas. Desconhece a grandeza das ações, seu mundo é pequeno, mesquinho, ridículo, pífio.

O pessimista não participa de tentativa alguma: torce o nariz e avisa sobre o perigo, o desastre, a derrota. Ele não constrói catedrais, não funda cidades, não planta árvores, não cultiva rosas, não investe em cultura, lê pouco, escreve menos ainda, porque nada vale a pena. Para ele a vida foi um engano de Deus, um lapso no “fiat”, um desastre casual. Jamais seria agricultor: ele desconfia da semente, atrai secas e inundações temporãs.

O pessimista tudo seca, mirra, tem olho gordo, põe azar, dá caguira, contamina à sua volta com urucubaca, dissemina a lepra do comodismo azedo, que sabe a bolor. Pessimista em estado terminal é niilista. Nada perde, pois não joga. Como a vida é complexa, guerra fria, briga de foice no escuro, cego perdido em tiroteio, fogo cruzado, cerrado, ressurreição dos mortos, eterno recomeço, o pessimista acerta sempre e se diz profeta. Simplesmente porque ele não vive, passa. Não compreende os audazes, os aventureiros, os heróis, os descobridores, os lutadores, os renitentes, os pertinazes. Ele tem essência de caranguejo e sua coroa de louros são sempre possíveis urubus que sobrevoam sua sorte. A alma do pessimista é como água: incolor, insípida e inodora.

Urge apenas evitá-lo. O pessimista é uma epidemia. Grassa e contamina. É inimigo mortal dos sonhos, do amor, da poesia, da esperança. É negativo, aziago, vivo perigo, uma receita mal feita, um pesadelo de Deus, um pé-atrás, um engano, uma falseta, um relacionamento não resolvido com a VIDA e com a FELICIDADE.

## Da ousadia

A ousadia é maior que a coragem; é uma virtude instantânea, que pode surgir de uma necessidade, de um impasse, de um repto. A ousadia faz parte da essência, do ser, é dom genético. O audaz nasce assim, rebelde, impetuoso, com medidas outras que os simples mortais. Os ousados estão um pouco acima dos homens e um degrau abaixo dos deuses. No sangue dos audaciosos corre uma seiva mais rica e o arrojo é seu cotidiano. O ousado é um demiurgo – ele cria do nada –, de simples mortal, ele se alça, ascende, sobe. O ousado não conhece a verticalidade dos abismos, seu caminho é a ascese da conquista. Sinônimos de ousado: corajoso, intimorato, rebelde, temerário, arrojado, heroico, audaz. Seus antônimos: cético, pessimista, inseguro, duvidoso, descrente, medroso, covarde.

O audacioso é um taumaturgo, um fazedor de milagres: ele modifica, de maneira positiva, o ambiente por onde ele passa; ele contagia, agiliza, dinamiza, crê nos frutos quando suas mãos ainda amanham a terra.

O limite do audacioso é o azul, o infinito, as galáxias. Ele não se pertence; seu espírito não está preso em uma cadeia de carne. Ele se violenta. Ele se ultrapassa.

O audacioso é uma mistura de sonhador, visionário, idealista e quixotesco; mas sempre em ritmo acelerado, com asas prontas para o voo.

O audaz traz no sangue um pouco de loucura, de heroísmo, de desobediência: ele desconhece regras, ignora códigos, não nasceu para o aprisco, mas para o mistério dos vales e das montanhas longínquas e desconhecidas.

O audacioso desconhece a palavra regressão, não olha para trás: sua meta é para cima, para o alto. Ele é um vetor direcionado para as grandes realizações. Quando se quebram asas, se destroem sonhos, quando os moinhos de vento são fantasmas concretos, o ousado não para a fim de se reabastecer, pois em um átimo, ele já reaprendeu a voar, substituiu os sonhos, assinou contrato com outras batalhas.

O ousado não ama, não é terno, não é lírico. Ele tem paixões avassaladoras, corre fogo nas suas veias, seus sentimentos provocam queimaduras de terceiro grau e deixam cicatrizes eternas.

O pai dos ousados é Prometeu, não Sísifo. O primeiro foi capaz de ousar contra os deuses, deu o fogo aos homens, é quase o seu criador, sem levar em conta o castigo futuro: ignorou o Cáucaso, as correntes, a dor, venceu a águia, seu carrasco. Sísifo é renitente, esforçado, teimoso, pertinaz, mas falta-lhe o fogo da audácia. É triste que seja o segundo e não o primeiro, o símbolo do ser humano. O segundo é a regra; o primeiro é a exceção. O audacioso é um prêmio, um capricho, um requinte de Deus.

Os poetas veem e percebem tudo. São magos, bruxos, gurus, criaturas encantadas. Foi Fernando Pessoa, camaleão, metamorfose, complexidade viva, antítese ambulante, paradoxo poético, quem disse: "Tudo é ousado a quem a nada se atreve". Neste verso ele coloca toda sua cosmovisão: tudo e nada – os limites do audacioso; o perigo é o meio, o morno, o dúbio, o tíbio, o purgatório. Há os que ousam e os que nem se atrevem, pois entre ousadia e atrevimento há uma escala regressiva. A vida é uma eterna ousadia. Há os que negam a ela o mais ínfimo dos atrevimentos. Ousar a... Atrever-se a... A regência é parecida, iguais podem ser os objetos, mas o sujeito jamais é o mesmo. Quem ousa é uma raça de assinalados. O atrever-se é uma concessão máxima de quem não sabe ousar.

O Fiat de Deus foi uma ousadia. A rebeldia de Lúcifer, um atrevimento. Da insolência luciferiana nasceram todos os infernos, hoje batizados com os mais diversos rótulos. À ousadia sobra grandeza, ao atrevimento falta. Quando Deus criou os céus e a terra, disse faça-se a luz, separou as águas, semeou, inventou as estrelas e os seres vivos, ELE OUSOU. Depois, o Senhor moldou o barro, amaciou-o com suas sábias mãos hábeis e surgiu o Homem. Rezam as Escrituras que o Senhor soprou sobre o barro e deu o espírito à sua criatura. Este foi um sopro voluntário, forte, deliberado: dele surgiram os ousados. Depois, cansado, cheio de dúvida talvez da validade da sua obra (os sábios sempre duvidam...), Ele deu um suspiro de tédio e de desencanto: deste abortaram os cautelosos, os precavidos, os cuidadosos, os inseguros, os covardes.

Talvez outra hipótese seja mais interessante (todas são válidas, porque meras elucubrações): os audazes são o sonho dourado de Deus e os não ousados, na guerra eterna e não muito santa, os parceiros do Diabo.

## Opção pelo abismo

Amanheci máquina, sem explicação plausível. Tento lembrar se a metamorfose foi lenta ou repentina. Não sei. Ela apenas foi. Aconteceu. Houve uma época, quando eu era muito humana, os sonhos emanavam do meu cerne, fluíam como perfume em frasco aberto. O corpo, a carne, tudo era uma lira sensível a qualquer doce aura, vibrando as cordas da emoção. E o coração batia desenfreado, os olhos abriam a possíveis horizontes mágicos, enchia os pulmões de desejos e sensações profundas. Inebriava.

Eu sabia então ousar. Um dia me apaixonei. De repente, todo o mundo floriu em exageros de pétalas coloridas, o perfume da vida, das possibilidades entontecia. Era uma atração pelo abismo e pelo fogo. A criatura amada era terrena ou eu, demiurgo, formei-a plasmada de poder, desejo, mãos mágicas, cérebro divino? Havia uma boca bela, com dentes claros, que atraía, chamava, prometia. O inferno de Empédocles: se resistisse ao vulcão, frustrava-me, era infeliz. Se me atirasse a ele, experimentaria a volúpia e a morte.

Acho que foi aí que principiei a coisificar-me. Não ousei. Abdiquei-me. Todo falimento tem seu preço. Mas eu não o sabia tão grande. Ele olhou-me com olhos de labirinto e disse: – Vem! Era a salvação. Mas só se sabe o preço do erro depois da falha cometida. Precisava, no entanto, ser tão grande o castigo?

Depois da recusa, senti as primeiras modificações. Um dia, um pássaro ferido caiu a meus pés e não chorei. Vi flores pelo caminho, ignorei-as. As mãos, os pés foram ficando pesados, âncoras. Com tenazes de aço, a vida foi me aprisionando e a lira sutil trocada por um arcabouço de ferro, prisão. O coração debateu-se um pouco, mas parou. Tive uma leve sensação tentando reumanizar-me. Inútil. O processo é irreversível, a inexorabilidade da reificação. Neste momento estou tentando, ao menos, deixar um relato, para que outros humanos, que deterioraram, escapem. Com dedos pesados, lerdos, teclo o computador. De repente, nem os dedos se movem. Robotizei-me.

É o próprio computador que, após o último ponto, completa para mim, espécie de cortesia de máquina para máquina. No final de minha narrativa, digita: arquivo deletado.

**Ely Vieitez Lisboa** é mestre em Letras e Semiótica pela Unesp e contista premiada em concurso nacional. Seu livro de contos, *A Senhora das Sombras*, foi indicado para o Prêmio Jabuti em 1995. É também ensaísta, crítica literária e articulista de vários jornais, tendo publicado 13 livros e participado de diversas antologias. É de sua autoria o romance epistolar *Cartas a Cassandra*, obra premiada em concurso estadual de Minas Gerais. Seus livros mais recentes são *Replantio de Outono* e *Tempo de Colher*.

# SIMPÁTICO*

Enéas Athanázio

*"Não tenho medo da morte*
*Porque sei que hei de morrer.*
*Tenho medo da saudade*
*Que mata sem Deus querer."***

Rosilho, que alguns chamavam Simpático, já era um cavalo velho. Idade impossível de fixar, mesmo com acurado exame dos dentes por bom entendedor. Ventrudo, tinha imenso facão no lombo e andadura, misto de marcha e trote, pouco encontradiça. Resfolegava com violência em qualquer subidinha, mas, muito dócil e calmo, jamais protestando contra tratamento duro e suportando com paciência meus caprichos infantis.

Comprado por minha família, prestara toda sorte de serviço. Quando novo, como animal de montaria; mais tarde, transportando cargueiros de milho. Com grande pesar eu o via metido em cangalhas, a levar pesadas cargas. Depois, velho para o trabalho, foi largado ao deus-dará. Linhagem desconhecida, sabia-se, de vagas informações, que era filho de uma égua cega.

Grande ferimento no lombo, ausência de cuidados e curativos necessários permitiram que aquilo progredisse, tornando-se crônico, elevando-se em autêntico vulcão. A dor continuada incutiu-lhe o tique de sacolejar a pele, em movimento incessante e instintivo, onde a ferida pegajosa atraía as moscas. Eis que por lá apareceu, um dia, um veterinário metido numa dessas campanhas do governo. Rosilho foi operado e em pouco estava apto para retornar à labuta.

Como trabalhou, o pobre!

Apareceu, uma vez, cheio de piolhos. Feliz por encontrá-lo, encostei-lhe por descuido a cabeça, adquirindo grande parte da sua enorme criação. Tal a comichão que me causaram os bichinhos, a correr pela minha cabeça, que fiquei desesperado. Minha avó, conhecedora dessas coisas, diagnosticou

---

* Do livro *O Azul da Montanha*. São Paulo: Editora do Escritor, 1976.

** Quadrinha popular corrente nos Campos Gerais.

logo o meu mal. Tive que lavar a cabeça em água de querosene e passei a dormir em cama separada para não espalhar a praga. Mas senti a separação do idoso animal até que ele fosse lavado com inseticida e livrado dos inquilinos indesejáveis.

Nas férias da escola eu adquiria, com recursos provindos de minha mãe, um fardo de alfafa e um bom saco de milho, dispensando-lhe trato especial. Passava-lhe a raspadeira todos os dias, alisando-lhe o pelo, e mandava aparar-lhe a crina e os cascos. Nele montado, percorria as vizinhanças do lugarejo, embora ele fosse lerdo e sua andadura nada confortável.

Retribuindo, ele oferecia a mansidão de sempre, dando mesmo mostras de me conhecer. Tudo aceitava, resignado e silencioso. Nunca o vi escoicear, morder ou passarinhar. Creio que não sabia fazê-lo. Os enormes olhos aquosos tinham reflexos que eu julgava quase humanos; externavam alegria, ternura e, às vezes, um laivo e ironia.

Uma só vez me desapontou, e isso graças à minha juvenil inexperiência. Hoje, tantos anos decorridos, confesso que a razão estava com ele. Havia por lá uma desusada "aranha", de complicadíssimo arreame. Com muita paciência e tempo, atrelei-o ao tal veículo. Depois da trabalheira, subi à boleia e quis fazê-lo puxar. Simpático, sempre calmo, sem rebeldias aparentes, recusou-se a sair do lugar. Baldados os meus esforços, depois de muita lida, tive que desistir. Foi a única vez em que o vi impor sua vontade. Nunca havia puxado charretes ou carroças. Nem mesmo idoso como era, aceitou a tarefa humilhante.

Anos mais tarde, já mocinho e passado o interesse pelas andanças, eu costumava visitar um amigo, morador em viloca distante alguns quilômetros. Trocávamos livros e revistas e para lá seguia, sempre a pé. Algumas vezes, tão logo saía dos limites do meu povoado, deparava com o Rosilho pastando à margem da estradinha. Aproximava-me e, sem corda ou pelego, montava-o e punha-o na estrada. O pacato animal, pachorrento e bufante, seguia pelo caminho tortuoso, levando-me ao destino. No limiar da vila do meu amigo eu soltava o cavalo, dava-lhe um amistoso tapa no lombo e ele por ali ficava à vontade, pastando. À tardinha, de retorno, encontrava-o quase no mesmo local. Parecia até que me esperava. Montava-o novamente e assim tornava à casa, cantando pelo caminho deserto, a voz reboando nas coxilhas silenciosas.

O tempo correu. Simpático ficou entregue à própria sorte; não tinha mais serventia. Mudamo-nos para a cidade e nunca mais o vi. Soube que fora encontrado morto, caído numa sanga. Não sei explicar o que senti, mas a notícia me feriu. Depois de tantos serviços não teve uma sepultura e acabou devorado por famintos urubus.

Mais de vinte anos são passados, mas não o esqueci. Com a maior ternura recordo o velho animal, arrependendo-me de mais não ter feito por ele.

Naquela época eu não sabia que junto com ele estava vivendo a mais bela fase de minha vida. Ele, no entanto, mais experiente, parecia saber disso.

**Enéas Athanázio** é promotor de Justiça aposentado, advogado e escritor com 42 livros publicados. É colunista do jornal *Página 3*, de Balneário Camboriú, da revista *Blumenau em Cadernos* e do *site Coojornal – Revista Rio Total.* Reside em Balneário Camboriú (SC).

# O FIM INGLÓRIO DOS DITADORES

Fernando Jorge

Os sentimentos mais preponderantes dos ditadores são, em nossa opinião, apenas dois: "a vontade de potência", isto é, a *der Wille zur macht* de Nietzsche, e um egocentrismo narcisista, deformador por excelência. O próprio Hitler era um crente fanático do predomínio bruto das faculdades volitivas, supondo-se um "super-homem" colocado acima do bem e do mal. Foi, portanto, um nietzschiano algo inconsciente, conforme deduzimos do depoimento de Hermann Rauschning:

"Fui, muitas vezes, como tantos outros, o ouvinte que servia a Hitler para se convencer a si mesmo. Desta maneira ele me revelou, por fragmentos, a sua 'filosofia', as suas vistas gerais sobre a moral, o destino humano e o sentido da História. Tratava-se de Nietzsche mal digerido, mais ou menos amalgamado com as ideias vulgarizadas duma certa tendência pragmática da filosofia contemporânea."

Hitler, o vândalo do nacional-socialismo, assegurava que "Direito era tudo aquilo que trazia proveito à Alemanha". Definição cínica à primeira vista, mas que, se examinarmos bem, possui raízes no pensamento anarquista do profeta de *Assim falava Zaratustra*, filósofo de um amoralismo que inúmeras vezes chega às raias da demência.

Outro ponto de contato que o ditador alemão, sectário da supremacia da raça ariana, tinha com o mestre de Basileia, partidário da supremacia biológica: o misticismo. Nas tiradas oratórias abusava a valer de termos como "honra", "sangue" e "terra". Nietzsche, com todo seu intelectualismo positivista, com todo seu racionalismo pagão, quando dissertava sobre o "ideal do moralista", a "libertação do pecado", mergulhava muitas ocasiões numa atmosfera nebulosa, metafísica, e mais parecia um sacerdote órfico a celebrar com unção o seu ofício religioso do que o apologista revolucionário da guerra e da escravatura.

Tanto Nietzsche como Hitler eram doentes mentais. O primeiro, como todos sabem, morreu louco, e o segundo, de acordo com o diagnóstico do embaixador inglês Neville Henderson, foi um maníaco depressivo... Nietzsche, o estrênuo propagandista da "inversão de valores", assistiu, incauto, ao desmoronamento progressivo e integral do próprio intelecto. Seu cérebro, tão potente, de ideias tão másculas, começou, aos poucos, a se fragmentar.

As sutilezas, as delicadas percepções, as maravilhosas analogias, foram desaparecendo e dando lugar a uma apatia muito semelhante à indiferença dos débeis de espírito. O pai do Nazismo, por sua vez, sentindo-se derrotado em todos os setores, acuado como fera raivosa por beluários impiedosos, ainda delirava na sua megalomania, ameaçando com conselhos de guerra os generais que não quisessem prosseguir na carnificina. Mandava arrasar e incendiar as regiões prestes a serem pisadas pelas botas do inimigo. As bombas rebentavam, ensurdecedoras, na sua chancelaria, os russos forçavam, implacáveis, as portas de Berlim, mas ele, o *Führer* paranoico, delirante, alucinado, não queria fugir da capital em ruínas, ameaçada de completa destruição.

Nietzsche foi o espectador inconsciente, abúlico, da desintegração paulatina do seu vigoroso cérebro. Hitler, ouvindo o matracolejar das metralhadoras, o sibilo das balas, o estouro das granadas, o ribombo dos canhões, contemplou consciente, possesso, o desabamento fragoroso de todos os seus ardentes sonhos de supremacia universal. E só obteve uma saída, só encontrou uma solução para tamanho tormento: o suicídio libertador com um tiro de revólver.

O ditador Getúlio Vargas também achou que o suicídio devia ser o desfecho dramático da sua vida paradoxal. E esse brasileiro que vivia rasgando constituições morreu amortalhado nas pregas hieráticas e nobres de uma constituição.

Robespierre, embora não tivesse discernimento claro do seu despotismo, era um legítimo déspota. Frugal, messiânico, impassível, austero, incorruptível, dominava a Convenção, exercendo um poder absoluto. E como acabou o severo, o intransigente, o honestíssimo Maximilien François Isidore Robespierre, adversário irredutível dos girondinos, alma pura e draconiana da República? Debaixo do gume afiado da insaciável guilhotina...

O seu compatriota Etienne Marcel, simples burguês e comerciante, chegou na Idade Média a transformar-se em ditador da França, graças, acentuemos, à sua sagacidade política. Aboliu privilégios, impôs ao Estado uma organização liberal, extinguiu impostos, protegeu o povo contra a prepotência dos nobres. No entanto terminou a existência de modo trágico. Esse mesmo povo pelo qual tanto havia lutado resolveu, de repente, trucidá-lo em plena rua...

Um ditador em cujas veias, como Napoleão, corria o cálido sangue latino: Mussolini. Este declarou uma vez a Emil Ludwig que "cada homem morre da morte que corresponde ao seu caráter". Pelo menos no seu caso a afirmativa foi verdadeira. O *Duce*, que tinha um temperamento teatral, gostando de impressionar o povo com gestos dramáticos, morreu tragicamente. Ao tentar fugir para a Suíça, em companhia da amante, viu-se detido pelos partigianos e fuzilado. Seu corpo, em seguida, dependurado pelos pés, tornou-se o centro de um espetáculo ignóbil. A populaça, animalizada pela vingança, cuspia no seu cadáver e o apedrejava.

Conta Gennaro Vaccaro que certa feita Mussolini, achando-se a descansar em sua residência do Lago de Garda, perguntou a um ministro:

– Que dirão de mim quando eu morrer?

– Oh, indubitavelmente a saudade será mundial, embora os seus inimigos sejam numerosos.

– Nada disto – retrucou o *Duce* – dirão somente: até que enfim estamos livres!

O italiano não precisou de um poeta da envergadura de Victor Hugo para proclamar, após a sua morte, o alívio do planeta. Ele mesmo soube exprimir, em vida, o sentimento da humanidade a seu respeito...

Emil Ludwig, aliás, em 1939, profetizou no livro *Vier Diktatoren*:

"O futuro de Mussolini está em suas próprias mãos. Se ele se lançar na aventura do seu imitador (Hitler), perecerá, no fim, junto com ele. Se ficar afastado, tornará evidente o quanto lhe foi superior em prudência política."

Júlio César, o maior ídolo do chefe da Marcha sobre Roma, o homem da História que ele mais venerava, apesar de ter sido um tirano esclarecido, tombou golpeado pelo punhal de Bruto.

César Bórgia, o modelo que inspirou a Maquiavel o seu célebre livro *O Príncipe* era um ditador de muito menor gênio político. Morreu trucidado numa escaramuça, ficando com o corpo crivado de vinte e duas punhaladas.

Não pense o leitor que após tantos exemplos termina aqui a evocação dos ditadores cujas existências aventurosas tiveram epílogo desonroso.

Chandragupta, ditador da Índia, pereceu de fome. Primo de Rivera, caudilho espanhol, experimentou as agruras do exílio. Abdul-Hamid, o sultão vermelho que muito contribuiu com a sua crueldade e desmandos para a decadência do Império Otomano, foi destronado e exonerado de todos os seus privilégios, morrendo obscuramente no desterro. O Marquês de Pombal, que exerceu sobre o espírito de D. José I a mais forte ascendência, quando este morreu, foi demitido do seu cargo de ministro e processado por D. Maria I. Em 1781, um decreto real fê-lo morar cerca de vinte léguas do paço, humilhação pesada em demasia para o seu caráter excessivamente orgulhoso. Maximiliano I, do México, quis tornar-se o senhor indiscutível de um grande império. Terminou sendo julgado por um conselho de guerra e fuzilado. Juan Rosas governou só pelo terror, causando a morte de mais de vinte mil pessoas. Ao ver-se derrotado em Monte Caseros pelas forças coligadas do Brasil, Uruguai e Argentina, fugiu acovardado para a Inglaterra, onde viveu no abandono e na adversidade. Sobre o seu fim inglório escreveu o capitão Francisco de Oliveira, do Segundo Regimento de Infantaria, sob o comando de Osório:

**"Eras tigre sanhudo, um leão**
**que tudo quanto vias devoravas,**
**eras zorro manhoso que zombavas**
**do mais farejador, ligeiro cão.**

**Hoje és lerdo matungo, vil sendeiro,**
**novilho boi de carro, estropeado,**
**e em vez de leão, manso cordeiro."**

Assim terminam, em noventa e nove por cento, os ditadores. Dirão, talvez, que existem exceções. Não negamos. Mas são raríssimas. Em regra morrem tragicamente ou alcançam um fim sombrio, humilhante e inglório. Quando escapam em vida de atentados, como Napoleão da "máquina infernal" de Cadoudal, não escapam, depois de mortos, às injúrias e ultrajes. Vejam Cromwell. É certo que desapareceu no zênite do poder. É certo, também, que foi sepultado, com todas as honras, na Abadia de Westminster. Entretanto é verdade, igualmente, que em 1660, por ocasião da Restauração Monárquica, teve de ser desenterrado, enforcado em Tyburn e queimado nos pés do cadafalso. Contemplemos por outro lado, um Stalin. Enquanto viveu foi um ídolo para os seus correligionários. Hoje, na Rússia, seus próprios camaradas movem contra ele uma campanha de descrédito. Suas estátuas são tombadas, seus retratos retirados das paredes, seu nome excluído dos livros.

**Fernando Jorge** lançou em 1987 *Cale a Boca, Jornalista*, contundente e minucioso relato sobre as torturas sofridas por jornalistas brasileiros durante o período militar pós-1964. Ganhou o Prêmio Jabuti e o Prêmio Clio, da Academia Paulista de História, pela obra *Getúlio Vargas e seu Tempo*. Recebeu a Medalha de Koeler pelos grandes serviços prestados à cultura brasileira. Também escreveu as biografias de Aleijadinho, Santos Dumont, Paulo Setúbal, Olavo Bilac e Ernesto Geisel.

# O PAI DE JÂNIO QUADROS E O CONSUMO DE CARNE DE CAVALO

Gabriel Kwak

O pai de Jânio Quadros sempre esteve nas minhas cogitações, conjeturas e indagações. Difícil imaginar figura mais pitoresca, *sui generis*, de psicologia que desafia os especialistas. Insólito como o filho. Parecia uma figura saída da imaginação de Nelson Rodrigues, tendo pulado pra fora de um conto de *A Vida Como Ela É*. O médico Gabriel Nogueira de Quadros, que clinicava em consultório situado na zona do meretrício, espicaça e alicia a curiosidade de qualquer biógrafo bisbilhoteiro que se preze. É claro que lhe dediquei alguns parágrafos no meu livro *O Trevo e a Vassoura – Os Destinos de Jânio Quadros e Adhemar de Barros*. Mas ainda me atrevo a confeccionar um perfil biográfico mais meticuloso e apurado do velho.

Nascido em Piraquará (PR) em 9 de março de 1892, o doidivanas Gabriel Quadros foi deputado estadual simplesmente quando seu filho, o lendário Jânio, foi governador. Muitas vezes fez oposição ao filho. Esse comportamento oposicionista era noticiado generosamente pelos jornais.

Era "um crânio". Não se parecia fisicamente com o filho ilustre. Era vermelhão, atarracado, de rosto quadrado, traços duros, testa vincada, cabelos lisos e muito brancos. Usava óculos cujas lentes, que lembravam o fundo de uma garrafa, não disfarçavam um desvio num de seus olhos. Gostava de encher suas orações parlamentares de neologismos e de parágrafos pernósticos, sobrecarregados de preciosismos. Jânio nisso lhe saiu.

Colecionava formações universitárias: tinha diploma de médico, farmacêutico, engenheiro agrônomo e havia estudado Direito, sem concluir. Em 1926, dr. Gabriel defendeu tese de doutoramento intitulada "Diagnóstico Clínico da Apendicite", aprovada com distinção pela Faculdade de Medicina do Paraná. Dedicou o trabalho à esposa Leonor e aos seus "queridos filhinhos, Jânio e Dirce".

Como era suplente de deputado, o dr. Gabriel Quadros pressionava Jânio para que nomeasse deputados da bancada para o secretariado. Dessa forma, poderia assumir o mandato como titular. Diziam as más línguas que Gabriel Quadros fabricava "anjinhos", ou seja, realizava abortos. Seus pronunciamentos esbanjavam termos científicos e da Medicina.

Acusou a Casa Civil do governador de fazer gestões para impedir que os deputados da bancada do PTN se licenciassem para não dar oportunidade de ele próprio assumir o mandato. Segundo Gabriel, seu filho negou-lhe apoio na campanha para deputado a até o próprio voto. Acusou, ainda, o filho e elementos do seu gabinete de tentarem interná-lo num hospício.

Entrava porta adentro do gabinete de seu filho e lhe passava algumas descomposturas: "Moleque, voo nas tuas orelhas como fazia quando eras criança!" Era constrangedor. O governador proibiu terminantemente a entrada do seu progenitor no palácio. Além disso, chamou sua mãe, Leonor Quadros, pra morar com ele, por causa das "puladas de cerca" de Gabriel.

A crônica parlamentar da época anota que algumas vezes o desequilibrado parlamentar investiu contra colegas (como os deputados Farabulini Júnior e César Arruda Castanho) de arma em punho, até mesmo em plenário...

Apurei, ainda, que Gabriel, a essa altura, achava-se metido num caso amoroso com uma mulher casada, Francisca Guerreiro, que tinha sido empregada na sua casa. Em pouco tempo, o marido traído – o vendedor de limões José Guerreiro – começou a fazer ameaças ao pai de Jânio. Mas o deputado não se deixou intimidar e quis aplicar "uma lição" no seu rival (antes, já haviam chegado às vias de fato na Praça da Sé e a troca de "amabilidades" foi fotografada pela imprensa da época). Em 18 de maio de 1957, o irascível Gabriel Quadros foi brutalmente assassinado por José Guerreiro, no dia em que os dois se encontraram para um novo acerto de contas. Foi alvejado por seis projéteis, dois nas costas, três no peito e um na mão.

O feirante declarou à polícia que sofria constantes perseguições do deputado e que este arrombou a porta de sua casa (na Rua Fernando Falcão, nº 872) armado e junto com três acompanhantes para raptar seus dois filhos, gêmeos, os menores José Carlos e Jaime. Ainda segundo o relato, José Guerreiro ofereceu resistência, desarmou Gabriel Quadros e desferiu-lhe "vários tiros". Os dois capangas do deputado ainda conseguiram levar as crianças, enquanto este se esvaía em sangue. Francisca Guerreiro garantia que seus dois filhos eram na verdade de Gabriel e que José Guerreiro apenas havia registrado os meninos.

Gabriel Nogueira de Quadros foi eliminado em circunstâncias semelhantes às de Euclides da Cunha. Estranhamente seu corpo não foi velado na Assembleia Legislativa, e sim no Sanatório Santa Catarina.

Em "bilhetinho" ao seu Secretário de Segurança, o governador orientou-o a garantir que nenhuma dificuldade fosse oposta ao trabalho da imprensa na cobertura do assassinato e da investigação policial:

*"Excelência:*

*Todas as facilidades devem ser concedidas à imprensa no inquérito acerca da tragédia do homicídio do Deputado Gabriel Quadros. Mesmo à imprensa que deseja, por motivos óbvios, pastar nesta tragédia, devem ser concedidas as facilidades."*

O assassino foi, afinal, absolvido pela Justiça, por ter agido em legítima defesa.

Mas do que quero me ocupar nestas descosidas anotações é o combate que o deputado Gabriel Quadros empreendeu contra o emprego de carne de cavalo para alimentação pública. Da tribuna da Assembleia, assinalou que as propriedades organolépticas da carne de equino não condizem com o paladar do povo. Segundo o genioso parlamentar, a carne de cavalo é mais fibrosa que a de boi. Para ele, nada justificava essa imposição das autoridades.

"Trata-se de animal de outra raça, quanto à composição em aminoácidos, proteosas, previnas, creatinina, peptonas, matéria graxea (gorduras) etc. além de uma série de exigências de inspeção veterinária e sanitária, que em nosso país pela incúria das autoridades que cerceiam aos técnicos essa fiscalização objetivando favoritismos atentatórios à saúde pública, torna-se impraticável, abominável e repudiável essa medida. E que se não diga que o mesmo ocorre com a inspecção dos bovinos, pois que a inspecção equina apresenta maiores dificuldades de investigação do animal em pé, antes do abate, e também novas exigências no exame histopatológico."

Gabriel Quadros invocou o exemplo da legislação argentina muito mais severa no disciplinamento da venda de carne equina e no comércio de carnes e derivados. Pelo que denuncia, as autoridades pretendiam abater cavalos velhos que já não serviam para tração animal. Nesse mesmo discurso, proferido num "pinga-fogo" de 12 de junho de 1956, Gabriel Quadros recordou que já havia denunciado a fabricação de linguiça com carne de gato, pois havia encontrado unhas desse animal nesse produto.

O parlamentar preocupava-se com questões de saúde pública e com a crise de abastecimento no Estado, com a alimentação da comunidade, defendendo o que chamava de "populações anemizadas em estado de consumpção orgânica e estazamento físico-intelectual." Preocupava-se com o abuso no consumo de gorduras ricas em carboidrato e alimentos com alto teor calórico. Daí porque defendia que o Governo do Estado autorizasse as usinas de leite a acrescentar benzoato de soda na manteiga e no queijo. E justificava a dosagem do $C_6H_5$: "A tendência fisiopatológica dos indivíduos de ambos os sexos à obesidade, desde a juventude até a senilidade, tem como fator concernente e não raro preponderante, o abuso dos gordurosos principalmente a manteiga, incluindo-se o queijo, ricos em purinas, que são responsáveis, via de regra, pelos insultos frequentes de *angina pectoris*, infartos cardiopulmonares, e hemiplégicos. Esses gordurosos são usados com forte condimentação salina, o que agrava a saúde também por casos ocorrentes de trombo-flebites."

Gabriel Quadros também ergueu sua voz da tribuna para combater o consumo da Coca-Cola, chegando a pleitear a sua interdição, por conter ingredientes químicos de exclusiva prescrição médica. "A Coca-Cola contém uma série de ingredientes e é integrada por sumidades vegetais, como sejam o pericarpo da laranja, canela alcaçuz e uma infusão de certa erva paraguaia que chama Caa-Che – Stevia Rebandiana, que contém um princípio dulce-dulcíssimo determinando nas papilas linguais uma agradável sensação adocicada símile da sacarina, além de ácido fosfórico e cafeína em dosagens apreciáveis."

O dr. Gabriel Quadros, afinal, está ou não está a pedir um escrupuloso biógrafo?

**Gabriel Kwak** é jornalista e escritor, pós-graduado em Teoria da Comunicação pela Faculdade Cásper Líbero. Com passagens por veículos como Rádio Gazeta AM e revista *Imprensa*, colabora para a revista *Diálogos & Debates* e *Ponto*, entre outras. Autor dos livros *O Trevo e a Vassoura: os Destinos de Jânio Quadros e Adhemar de Barros* e coautor de *Sete Doses – O Livro*. É diretor da União Brasileira de Escritores e membro da Academia de Letras de Campos do Jordão.

# Por que você não dança?

Leda Pereira

Eu não estava gostando do filme na televisão, então, inadvertidamente, peguei uma folha de jornal solta no chão, dessas que a gente coloca quando deixa cair água, e vi que era um pedaço do caderno Folha Ribeirão, parte da Folha de S.Paulo. Deparei-me com uma das muitas leituras que gosto: Danuza Leão. Sempre que leio suas crônicas, por razão óbvia, me vem à mente a lembrança da Nara Leão, rainha da Bossa Nova, artista que perdemos ainda jovem e que encantou muita gente interpretando A Banda, de Chico Buarque.

O título da crônica em questão era "Dançar: o problema?". Pela segunda vez, em pouco tempo, a autora trata esse assunto. Lembro-me de ter lido sob outro título "Quer dançar comigo?". Percebo que ela dá um grande passo quando admite sua dificuldade, até pavor, para entrar novamente em uma pista de dança, ao descobrir que perdeu todo o jeito, depois de algum tempo. Dificuldade que é minha e, creio, de muitas outras pessoas. Isso acontece em outras situações; quando se quer mudar algo para melhor, o ideal é admitir o problema.

Faço a mim, a mesma pergunta da Danuza: o que foi que me travou? Terá sido o tempo? Há um poema no meu livro, recentemente lançado, que diz inúmeros efeitos do tempo sobre as pessoas, só não diz que ele nos trava. Sim, porque eu também dancei muito na vida, falo no bom sentido, bailar, de verdade. Havia um parceiro de dança preferido. Não só um, mas dois, ou três. Baile no qual eles estavam, era sucesso garantido. Faz-me lembrar o tempo do Baile Branco, acontecimento anual dos calouros da medicina da USP. Todos de branco mesmo, não era permitido outro traje. A orquestra, sempre das melhores. O que eu mais curtia mesmo eram as valsas de Strauss, sentia-me no tempo do Império! A única coisa que rolava entre os jovens era refrigerante, suco, ou alguma cervejinha (a minoria). Bons tempos!

Hoje, lendo Danuza, descobri-me num impasse: um baile importante à vista, formatura na família, festa cara, dessas que a gente paga a longo prazo. Imagine, eu na grã-finagem, um jantar sofisticado, uma boa orquestra e ficar sentada o tempo todo, levantando apenas para esticar as pernas que já estão formigando. Ou então fingir que vou retocar-me apenas para andar um pouco? Tudo isso porque não danço mais? E aonde foi parar toda aquela valentia para atravessar o salão, palmilhando a pista de dança, atraindo os olhares, porque a coreografia do casal era perfeita, tudo dentro do compasso? O que foi que me travou, assim como a Danuza? Terá sido mesmo o tempo? Ou foi a roda do mundo, o meu mundo, que deixando de girar, alguma engrenagem parada esqueceu onde cada dente se encaixa? E, quando no citado baile, convidarem os familiares e amigos dos formandos para dançarem também, como é que vai ser?

Tomei uma decisão: vou ter aulas de dança para quebrar o gelo.

E você, há quanto tempo não dança?

**Leda Pereira**, licenciada em Letras, trabalhou em escola pública e dedicou-se também à área da saúde. Sua participação em projetos como "Talentos da Literatura" resultou em várias antologias de contos e poemas. Publicou seu primeiro livro solo, *Perfil de Mulher*, em 2003, e suas crônicas são publicadas em jornais da cidade onde mora atualmente, Ribeirão Preto. É Membro do Conselho Cultural da Casa do Poeta de Ribeirão Preto, Câmara de Poesia e Prosa Dr. Miguel Perrone Cione e presidente da União dos Escritores Independentes (EUI) de Ribeirão Preto, empossada no ano de 2002.

# Baile

Luiz Cruz de Oliveira

Madrugada e já transpasso ondas, domino o mar, de pé sobre minha jangada. A água salgada polvilha meu dorso nu, enquanto meus olhos se fixam no vermelho que dela emerge e banha o horizonte.

Minutos depois e estou na varanda enorme, ingerindo uma tragada a mais do amargo chimarrão. Descanso a cuia na mesinha e, pilchado, monto meu tordilho, galopo coxilhas – as pontas do lenço vermelho esvoaçando –, visito estâncias.

Não demora e a roupa é vaqueta que me protege o corpo enquanto, aboiando, percorro a caatinga.

Minutos apenas se esvaem e estou a percorrer, descalço, trilhas da Serra da Canastra. Banho-me na água do riacho que logo ali salta da altura de setenta, oitenta metros e, lá embaixo, brinca de correr deitado, batendo em pedras que permanecem pedras.

Sem meias e sem sapatos e sem esquis, esquio daí a pouco, nos Alpes, brancos como sono de criança.

Na África, onde tudo começou, estilingue em punho, caço manadas de elefantes. Com as mãos, aliso dunas e deixo a paisagem planamente monótona. Mitigando a sede em todos os oásis, atravesso o Saara em meu cavalo de pau.

Mergulho no Atlântico, saio do outro lado. Sento-me numa nuvem, namoro a Floresta Amazônica. Depois, pinto de azul as águas do Rio Negro.

De repente me lembro de coisas boas. Caminho um pouco, até as minhas minas mais gerais, sento-me no topo da Serra da Mantiqueira e, enquanto balanço as pernas, como torresmo, queijo e doce de leite.

Manejo a bateia e, na primeira tentativa, em meio à ganga, ela me mostra a pepita da qual o sol arranca lampejos à medida que ela se afasta da água, lavada e pura. Lembro-me do poeta Rossine Guarnieri e entrego o tesouro ao primeiro homem que passa.

Ouço a voz saudosa de minha amada. Cochicho, e o vento e a brisa viajam. Cobrem distâncias e cantam no seu ouvido as canções minhas e dela.

Caminho no tempo, palpito nas letras de Noel Rosa, acompanho Carlos Gardel, empunhando meu bandoneon.

Sou sonhador.

E viverei sempre, dançando com frases, metáforas e palavras que colhi.

**Luiz Cruz de Oliveira**, mineiro de Cássia, vive em Franca, cidade que o acolheu e o adotou, outorgando-lhe o título de cidadão. Formado em Letras, fundou o Grupo Veredas de Literatura, por ele coordenado até hoje, e deu início à Feira do Escritor Francano. Fundou ainda o Grupo Educacional Veredas. Sua produção literária é extensa e inclui crônicas, contos, romances, teatro, ensaios, livros didáticos e biografia.

# Eu e meu pai

Marcos Eduardo Neves

Das principais lembranças que guardo de meu pai, destaco algumas manhãs de domingo em que, num bairro pra lá de modesto, assistia a suas defesas e frangos como goleiro da pelada que rolava solta entre seus amigos. Deve ter começado por lá minha propensão a tentar honrar a camisa 1 ao longo da minha carreira de atleta frustrado mas insistente.

Em janeiro de 2000, lembro ter acordado num sábado com um inesperado telefonema. Era o velho, a me perguntar se eu podia vê-lo no domingo, já que estávamos uns três meses sem nos festejar. Falei claro, pai, amanhã nos encontramos. No que ele agradeceu dizendo te amo muito, tá, filho? Vai entender sentimentalismo, saudade... O homem nunca foi de falar isso! Deixei quieto, mas confesso: fiquei contente.

Eis que ao chegar o amanhã, o domingo, outro telefonema me despertou, por volta das 6h. Pensei logo, papai encontrou algum compromisso inadiável – mulher, na certa, já que era um amante incorrigível. Mas não era ele. E sim minha irmã, que com ele morava. Aos prantos. Dizendo apenas o seguinte: Irmão, papai morreu.

Morreu nada. Tinha sido assassinado. Na sombria madrugada, uma facada pelas costas na jugular, depois de discussão boba num pé sujo. Discussão por causa de paixão. Não mulher, mas futebol. Um Botafogo x Santos, pelo Torneio Rio-São Paulo, indiscutível vitória do alvinegro dele por 3 a 0.

Então, por linhas tortas e bastante trôpegas, como ele havia me pedido encarecidamente, fui vê-lo no domingo. Vê-lo e velá-lo. Vê-lo pela última vez. E na segunda-feira, consternado, sem chão, voltei à Ilha para enterrá-lo.

Do cemitério retornei morto por dentro. Ao menos, meus principais amigos reuniram-se para ir a minha casa, numa tentativa de me injetar ânimo, me fortalecer, confortar.

Foi uma surpresa bacana. Dois deles, porém, fizeram visita rápida. Era dia de pelada. Não iriam ser insensíveis de perguntar se eu queria, àquela altura dos acontecimentos, jogar bola. Pois fui eu quem perguntou para onde iriam, e eles não mentiram. Para serem educados, indagaram se eu queria ir com eles. Para quê?

Em fração de segundos, meus olhos brilharam. Decidi honrar papai. Fui para um clube próximo à minha casa disposto a fechar o gol. Uma defesa milagrosa, numa cabeçada à queima-roupa, dediquei, em silêncio, a ele. Nenhum dos demais peladeiros sabia do meu drama pessoal. Eu não queria compaixão. Queria, sim, papai presente, a partir de então e para todo o sempre, a me acompanhar a cada pelada, ajudando-me a me posicionar, me impulsionando a catar aquela pelota, perdoando minhas falhas horrendas com doçura, o tempo todo a me incentivar em possíveis voltas por cima.

E assim foi. Não me lembro se naquela noite ganhamos ou perdemos. Não meu time. E, sim, eu e meu pai.

**Marcos Eduardo Neves** é jornalista e escritor, autor de *Nunca Houve um Homem como Heleno*. Seu livro *Vendedor de Sonhos – A Vida e a Obra de Roberto Medina* foi lançado no Brasil, em Portugal e Espanha. Também assinou, entre outros, *Servenco, Sobrenome Steinberg – A História do Casal de Engenheiros que Construiu História*. Curador do Museu Flamengo, colaborou com o filme *Heleno*, de José Henrique Fonseca.

# Amar é circunavegar*

Moacir Japiassu

Duas semanas atrás, na véspera do Dia Internacional da Mulher, a repórter Lindinha Sayon, aqui do *Jornal da Tarde*, se lembrou de entrevistar este veterano cronista; pelo telefone, disse-lhe, entre outras verdades, que havia casado por amor e não tenho nem nunca tive mulher/esposa mais companheira. Amigas de perto e d'alhures cumprimentaram-me pela "coragem" de fazer, publicamente, tal confissão.

Charlotte Sedig telefonou e posso resumir, nas palavras dela, a opinião de todas as que me procuraram (e foram tantas!). "Diga à sua companheira que acenda velas", recomendou Charlotte; "Marido assim não se encontra por aí". Achei divertido e respondi, modesto: "Obrigado pela força, minha filha; é pena que santo de casa...". Brincadeira. Minha mulher bem que reconhece meu esforço de vinte anos em busca do, digamos, lavor matrimonial.

Havia emoção e sinceridade nas palavras das amigas; dos homens, porém, só mereci deboches e pude até sentir na própria pele um pouco das agruras que despedaçam os corações femininos. "Quanta demagogia, hein?", apunhalou um amigo. "Você não cozinha para ela coisa nenhuma", cutucou outro. "Bordar? Ah! Ah! Ah!", gargalhou um terceiro; "Você pinta e borda, isto sim!". É doloroso desacreditarem da gente, mas a verdade é que os homens tratam tão mal suas mulheres que simplesmente não creem na existência da ternura.

Há exemplos tenebrosos de indiferença. Semanas atrás, um velho e próspero amigo anunciou, com suspeitíssimo júbilo: "Agora, na casa nova que comprei, tenho o *meu* quarto, *meu* banheiro, *meu closet*. Finalmente!". Fiquei horrorizado. Então esse casamento está morto. Como é que se festeja tanto a separação e o casal permanece sob o mesmo teto?

Ainda gosto de dormir de mãos dadas. E gosto há vinte anos. É bom levar cotoveladas noite adentro, quando o sono agitado multiplica a gesticulação; até o ronco tem seus encantos, se nos desperta e nos impele à con-

* Pelo Novo Acordo Ortográfico da Língua Portuguesa, a grafia correta da palavra é "circum-navegar". No entanto, como o texto foi publicado originalmente em 2007, optou-se por manter a grafia antiga. (N.E.)

templação da mulher amada. Aos apaixonados, sugiro o acompanhamento do fascinante ruído com estes versos de Alberto de Oliveira: "Ah!, dorme tudo, e eu velo e sofro!". Dormir, no fundo, é a lassidão dos bem-amados; aos que apenas amam é reservada a insônia, a vigília; em verdade, como abandonar-se, se o amor oprime o coração, sufoca a alma?

Houve uma vez uma senhora que me disse, no entremeio de íntima conversa: "De ontem para hoje não dormi; acendi o abajur e fiquei olhando para ele a noite inteira. Em alguns instantes, o sono era tão suave, tão macia a respiração, que tive medo de alguma coisa, da morte, talvez. Acho que isso é paixão". E é paixão, sim, aquela que, no mínimo, necessita de nossa eterna vigilância. Não se trata de doença, mas é tanto o rigor dos sintomas que assoma febre alta e há quem não resista e enlouqueça e morra.

É compreensível que num casamento de vinte, trinta anos, as lucubrações fraquejem; aposentarem-se, porém, jamais, pois aí então o zelo teria ido dormir com a indiferença. Por isso convém pajear os sentimentos; protegê-los. Casais, afastem a ideia abominável das camas separadas; quartos separados, nem se fala!

Tenho notícias de mais de um casamento salvo das cinzas pelo ímpeto de uma carícia que a madrugada atiçou e serviu de testemunha. Foram se deitar brigados, ensimesmados; casmurros. Sobre o leito comum, eis que a mão inadvertidamente toca a outra mão. Joelhos são promontórios que registraram antigas e inesquecíveis vagas. Daí para a volta da chama e das velas novamente içadas a sotavento, há apenas a distância de um abraço. Amar é circunavegar...

**Moacir Japiassu** é jornalista, escritor e tem cinquenta anos de profissão. Trabalhou, entre outros, no *Correio de Minas, Última Hora, Jornal do Brasil, Pais&Filhos, Jornal da Tarde, IstoÉ, Veja, Placar* e *Elle*. Foi editor-chefe do Fantástico. Criou os prêmios Líbero Badaró e Claudio Abramo. Escreveu nove livros, dos quais três romances: *A Santa do Cabaré, Concerto Para Paixão e Desatino* e *Quando Alegre Partiste*, e a seleção de crônicas *Carta a uma Paixão Definitiva*, publicada em 2007 pela Editora Nova Alexandria, da qual foi extraída esta crônica, intitulada *Amar é Circunavegar*.

# PARA PAULO FREIRE NENHUM BOTAR DEFEITO

Mouzar Benedito

As meninas de Santa Rita Velha tinham duas grandes aspirações na vida: as mais voltadas para atividades intelectuais queriam ser normalistas, coisa difícil num lugar onde, até então, só tinha o curso primário (e estudar fora era caro), e as mais assanhadas queriam ser artistas de circo, de preferência trapezistas, pois estas eram invariavelmente bonitas, vendiam fotografias em que posavam de maiô e, em cada cidade que passavam, deixavam legiões de jovens apaixonados.

Por isso, as duas principais brincadeiras das meninas – fora a tradicional "casinha" – eram cirquinhos e escolinhas.

As meninas achavam ótimo reunir algumas crianças menores num cômodo qualquer, com uma tábua servindo de quadro-negro, e ficar lá na frente fazendo pose de professoras, autoritárias, como suas professoras adultas.

Dulce e Cleide, no quarto ano primário, resolveram abrir uma escolinha na casa da avó, dona Francisca, que morava só com uma empregada, tão velha quanto ela, numa casa de dezesseis cômodos, em que só cinco ou seis eram usados.

Mas elas queriam uma escolinha bem parecida com a escola de verdade, com frequência diária de meninos e meninas. O mais difícil era isso, pois, se as meninas de cinco ou seis anos também gostavam de brincar de escolinha, os meninos dessa idade, já machistas, achavam que menino que brincasse de escolinha estava contaminado pela mais alta viadagem. Era proibido, no nosso código de ética não escrito, gostar de frequentar o grupo escolar. A gente tinha que ser levado para lá na marra, só ir à aula por ser uma obrigação, por sinal das mais chatas, e não um gosto ou uma necessidade.

Dulce e Cleide limparam dois quartos contíguos cuidadosamente, trouxeram cadeiras há muito amontoadas, roubaram giz da escola e estavam prontas, enfim, duas salas de aula. Partiram, então, à caça de alunos.

As vagas femininas foram preenchidas no primeiro dia, foi facílimo. Porém, nenhum menino topou a brincadeira:

– Eu não, não sou viado!

– Escolinha? Vê lá se eu sou bobo!

– Nem no ano que vem, quando eu completar sete anos. Não vou a escola nenhuma de jeito nenhum!

– Isso é coisa de mulher!

As pretensas professoras não se conformaram. Toda escola tinha meninos e meninas, e a delas tinha que ter também. Pensaram, repensaram, discutiram uma forma de atrair os meninos e foram à luta de novo:

– Se você topar brincar de escolinha, a gente dá bala e doce de merenda.

Nenhum menino topou, ainda.

Radicalizaram. Partiram para a tentativa extrema, a última. Se não desse certo, desistiriam da brincadeira de escolinha e iam montar um cirquinho, onde os meninos até pagavam com palitos de fósforo para vê-las mostrando as pernas no trapézio. Procuraram novamente os meninos, um por um, dizendo coradas:

– Se você topar brincar na nossa escolinha, na hora do recreio a gente faz bobagem.

Todos topamos, com uma ressalva:

– Se não tiver mesmo bobagem na hora do recreio, desisto no primeiro dia.

Primeira aula. As classes cheias, as "professoras" entraram empinadas, fazendo caras orgulhosas e sérias, varinha na mão:

– Meninos!...

– Tá na hora do recreio – gritaram muitos de uma vez.

– Não, não! O recreio é só depois que todo mundo aprender o a-e-i-o-u.

– Então ensina logo!

O aprendizado foi rápido. Em minutos, todo mundo sabia ler e escrever *a e i o u* até de trás para frente, todos já identificávamos cada uma das vogais. Então, o recreio. Todo mundo pelado, uma bacanal infantil.

As professoras eram as nossas preferidas, pois os pelos púbicos que começavam a nascer nelas – que eram mais velhas – provocavam mais curiosidade e excitação.

No segundo dia, mal as professorinhas entraram, os meninos se ouriçaram:

– Hora do recreio!

– Isso mesmo, todo mundo já sabe o a-e-i-o-u.

Mas elas informaram:

– Nada disso! Hoje o recreio é depois que todo mundo aprender o ba-be-bi-bo-bu.

Minutos depois, todos sabíamos o ba-be-bi-bo-bu de cor e salteado. Ficamos sabendo também escrever "o boi baba" e outras coisas afins. No terceiro dia, aprendemos o va-ve-vi-vo-vu, "vovô viu a uva" e assim por diante.

Em pouco mais de um mês, estávamos todos alfabetizados.

**Mouzar Benedito**, formado em Geografia e Jornalismo, nasceu em Nova Resende (MG). Como jornalista, trabalhou ou colaborou em cerca de trinta jornais (entre eles, alternativos como *Versus, Pasquim, Em tempo* e *Brasil Mulher*) e trinta revistas. Tem trinta livros publicados e é sócio-fundador da Sosaci (Sociedades dos Observadores de Saci).

# Eu e eles

Regina Helena de Paiva Ramos

Tem uma piada aí que é cruel mas acho engraçada. É assim: "é muito fácil ensinar informática para uma criança; para um adulto até os 40 anos é difícil; e para alguém acima dos 40 é impossível".

Engraçada, porém verdadeira. Isso de computador, pra mim, aos 60 anos, não foi impossível, mas quase. Resisti o quanto pude. Bastava a máquina de escrever eletrônica e mesmo assim eu já achava que tinha coisas meio difíceis. Quando comecei a vida de jornalista os meus chefes ainda molhavam a pena no tinteiro, juro! Eu era considerada moderninha porque fotografava e batia à máquina com dez dedos. Na oficina – chamava oficina, naquele tempo – a gente paginava ali mesmo, no chumbo, sem diagramador, sem nada. Depois veio a época da diagramação prévia. Veio a hora dos *copy-desks* – tinha um velho jornalista na redação que nunca entendeu o que era um *copy-desk* e falava *copi-e-desce*... Veio o *offset*. Apareceram impressoras novíssimas, moderníssimas. Acabou aquilo de clichê – imagine se jornalista de agora sabe o que é clichê! E as modificações foram indo, foram indo, até que chegou isso de computador.

A primeira vez que avistei um tive medo até de chegar perto. Ainda bem – pensei – que estou me aposentando e não vou mais precisar aprender a lidar com essa coisa. Um amigo me disse que era impossível, eu estava viva, ia continuar trabalhando, produzindo, seria impensável não conhecer computação.

Fiz pouco caso. E continuei martelando na minha eletronicazinha que de vez em quando entrava em pane e eu sofria o diabo para descobrir o que tinha feito a danada emperrar.

Um dia tive coragem de olhar um computador de perto. Não entendi nada. Computador para mim era a mesma coisa que São Paulo para Caetano Veloso: "não compreendia nada das tuas esquinas". Deus me livre desse bicho! pensei e fui para casa decidida a não ter, nunca, um.

Não me lembro como foi que um amigo conseguiu me dobrar. O certo é que chegou na minha casa com enormes pacotes e um técnico a tiracolo e montaram o meu primeiro computador, um 286 simplesinho com uma enorme impressora. E explicaram que ligava assim, nesse botãozinho aqui, aparecia a tela, o teclado era o mesmo da máquina de escrever, você então acessa o Word nessa tecla aqui e aí foram embora e me deixaram com *aquilo* ligado e com uma tela branca na minha frente e então, com medo, devagarzinho, sentei-me diante dele, olhei, apalpei, assuntei e aí tentei escrever qualquer coisa. Saiu o meu nome – aleluia! – e até consegui imprimir esse meu primeiro esforço. Apertei botões, li o manual, tentei avançar mais alguma coisa e na hora de escrever novamente o meu nome não saiu nada. Tentei até as duas horas da madrugada, olhos inchados e vermelhos, pescoço doendo, parecia que eu tinha um punhal enfiado no meio das costas. Desliguei o monstro e fui dormir.

No dia seguinte, às primeiras horas da manhã, tentei de novo e o infeliz não colocou obstáculos. Permitiu que escrevesse meu nome inteirinho, várias vezes, sem fazer nenhuma desfeita. Li novamente os manuais, telefonei para uma amiga jovem entendidíssima em computador, ela me deu várias explicações e no final da tarde consegui produzir meu primeiro texto. Estava tudo pronto para imprimir, devo ter apertado alguma coisa que não era para ser apertada e de repente – zás! – a tela ficou branca e o texto sumiu. Urrei de ódio! Nunca mais consegui encontrar o texto sumido, apesar de ter telefonado outra vez para a minha amiga e de ter seguido todas as orientações: "Isso acontece, mas você tem que tentar recuperar o seu texto. É perfeitamente possível." Recuperei foi coisa alguma!

O primeiro mês foi um martírio! Eu e aquela máquina demoníaca não nos entendíamos! Parecia, às vezes, que o 286 tinha ódio de mim. Eu retribuía na mesma moeda e um dia me vi gritando com ele, ameaçando, com olhos arregalados e cabelos desgrenhados, que ia jogá-lo janela abaixo, ia pegar um martelo na cozinha e ele iria ver o que era bom para a tosse. Nem se abalou! Continuava fazendo todas as malcriações possíveis e imagináveis!

Do segundo mês em diante nosso relacionamento começou a melhorar. Comprei vários livros que nunca consegui ler inteiros porque eram muito complicados, tentei uma escola de computação mas achei chato e confuso, eles só ensinavam o que eu não precisava e quando, em casa, ficava na frente da máquina me vinham as dúvidas e quando voltava à escola esquecia que dúvidas eram. Em suma: estava ficando meio biruta, mas eu e ele já começávamos a nos entender melhor.

Aprendi o jargão dos que lidam com informática e passei a usar um português arrevesado (salvar, clicar, formatar, deletar, caixa de diálogo, janela de documento, negritar, rolar a barra de ferramentas, cursor, diretório raiz, árvore do diretório) e, quando não, termos em inglês que eu não sabia que existiam com aquelas aplicações (*layout* de página, *shift, caps lock, alt, time, enter, winchester* – até então, *winchester*, para mim, era uma espingarda... – e mais *mouse* – *mouse* para mim sempre foi rato! – e *safe format, mirror, unformat*). Em suma: só não fiquei louca, acho, porque todas as noites rezava para que isso não acontecesse e que o Espírito Santo abrisse minha cabeça para que tudo aquilo conseguisse entrar sem que meus miolos sangrassem. Pelos menos que não sangrassem muito.

Deus certamente me ajudou e um ano depois comprei máquina nova. Passei de um 286 para um 586, resisti pra burro a sair do *Word for DOS* que eu já conhecia para o *Word for Windows*, mas todos me garantiam que era mais fácil, mais prático, então resolvi tentar. Comprei um livro chamado *Windows* que tinha como subtítulo *"Rápido e fácil para iniciantes"*, mas não achei nem fácil e nem rápido, fui indo aos trambolhões até que um dia me descobri dominando – razoavelmente pelo menos – o meu 586. Tanto que resolvi comprar também um *notebook* para andar com ele para cima e pra baixo; já não podia passar sem aquelas duas máquinas infernais.

Depois comprei um *Pentium*. Se meu relacionamento com ele e o *notebook* foi perfeito? De jeito maneira! Tivemos encontrões insuportáveis e houve horas em que, às vezes um, às vezes outro, resolvia tirar o dia para infernizar a minha vida. Fora que uma vez o grandão deu risada na minha cara, o que me deixou, com o perdão da palavra, emputecida. Aconteceu assim: fiz um longo trabalho, revisei, editei, terminei e, na hora de imprimir, a impressora mudinha. Apareceu um aviso na tela: *"Printer not responding"*. Acionei *Help*, que me informou que ela poderia estar desconectada. Dei a volta por trás, reapertei todos os botões e fios encontrados, tentei de novo. Nada. O *Help* me deu diversas outras opções para a falha, e, mais uma vez, nada. Foi aí que descobri: eu não havia ligado a impressora. Liguei, apertei o botão "*retry*" e tudo funcionou. Foi quando ouvi claramente e muito sonora a risada da máquina: "Ha! Ha! Ha!" fez, na minha cara. Não estou brincando. Riu, literalmente, na minha cara!

Virei onça! "Cala essa boca, estupor!" consegui dizer, gritando, e minha empregada botou a cabeça no escritório e olhou para mim como se eu estivesse louca. "Estou mesmo!" garanti, furiosa. "Essa peste desse computador ainda vai me botar no hospício. Sabe o que ele fez agora? Riu de mim, o patife!"

Minha empregada sorriu amarelo, saiu de fininho e continuei imprecando contra o infeliz!

Meu *Pentium* era abusado, malcriado, chato, implicante, complicado, emburrava sem mais aquela, tinha um gênio instável como o mais insuportável filho único, mas eu não conseguia mais passar sem ele. Aliás, sem eles: o grandão e o pequeno. O caçula também tinha um gênio difícil. Que é que eu podia fazer? Talvez não os tivesse educado direito ou, então, a desastrada era eu.

Logo me disseram que devia trocá-los por mais modernos – computador envelhece e vira sucata de seis em seis meses – mas resistia. Não sabia se poderia me habituar ao temperamento de outras máquinas. O jeitão destas duas eu já conhecia. Achava muito difícil, na minha idade, começar novos relacionamentos.

Afinal, troquei os dois. Aliás, fui trocando de dois em dois anos. De cada vez era uma faixa de acomodação de dois ou três dias, até que nos harmonizássemos.

Hoje trabalho em um *Intel Core i3 Processor* e não tenho razões pra me queixar. Por via das dúvidas e para não correr riscos, também comprei um *no break* e vamos todos vivendo razoavelmente bem, eu e essas máquinas companheiras queridas, milagrosas, necessárias, imprescindíveis, adoro! Só tem uma coisa, ainda não entendi direito como entrar no *Twitter* embora já tenha um perfil no *Facebook* e fale com minhas sobrinhas pelo *Skype* e até com minhas primas de Famalicão, em Portugal, e com minha afilhada do Estoril.

Agora estou pensando em comprar um *tablet*, embora não saiba direito como funciona. Será que é difícil?

**Regina Helena de Paiva Ramos** nasceu em São Paulo e formou-se em Jornalismo pela Cásper Líbero em 1953. Trabalhou nos jornais *A Gazeta, A Tribuna da Imprensa* e *Correio da Manhã* (Rio de Janeiro), *O São Paulo,* tevês Excelsior e Bandeirantes, revistas *Manchete, Joia, Casa e Jardim, Fatos e Fotos* e *Construção* em São Paulo. Publicou *Isso é Definitivo?* em 1979; *As Duas Noras* em 2000; *Mata Atlântica – Vinte Razões para Amá-la* em 2005; *Mulheres Jornalistas – A Grande Invasão* em 2010.

# Maneiras de ver

Ricardo Uhry

*A veces se procura parecer mejor de lo que se es.*
*Otras veces se procura parecer peor de lo que se es.*
*Hipocresía por hipocresía, prefiero esta.*
J. Benavente y Martinez

Em todo lugar há garotos ocupados em lustrar sapatos. Observar os engraxates é aprender a respeito de sobrevivência. Alguns são revoltados por sua situação, exigem gorjetas e perambulam pelas ruas, descontentes. Outros se comportam de outra maneira. Estão mais adaptados ao meio que os faz sentir de perto as agruras da vida, já na tenra infância. Tornam-se adultos antes do tempo. Têm de batalhar por comer, por vestir, por morar.

*Caco, suas colocações são discutíveis. A vida oferece oportunidade a todos. Mesmo alguém proveniente de ambiente marginal pode alcançar algo melhor. É essa uma de nossas lutas, aqui. Também conheci muitos engraxates. Com um deles pude conviver. Percebi que existem muitas formas de encarar uma pessoa. Uma é ver de posição privilegiada, não se colocando no lugar do outro, para compreendê-lo. Há ainda as visões prejudicadas pelas idiossincrasias.*

Que está querendo dizer, Mirandelo? Bem, continuando, naquele dia aproveitava a folga caminhando despreocupadamente, quando fui convidado a lustrar os calçados por um garoto magrela, de roupas simples, mas sem desleixo. Era simpático: sorria, sem que tivesse me visto anteriormente. Concordei prontamente. O garoto, duvidoso, perguntou se realmente eu queria lustrar. Com minha resposta amistosa, passou a conversar, enquanto trabalhava. Quis saber de minha vida, do que eu fazia, de onde era. Daria bom repórter, se não se tornasse chato. Inquiriu-me bastante. Contei-lhe algumas coisas. No fundo, quem não gosta de falar de sua vida?

*Interessante essa mania de as pessoas ficarem se metendo na vida alheia. Ora, ficar perguntando sobre coisas pessoais? Onde estamos? Curioso, alguns gostam de falar de si. E pensam que os outros têm obrigação de se abrir. O engraxate que conheci também era assim. Tinha boa apresentação pessoal, mas não era muito de sorrisos. Enquanto atendia alguém, passava todo o tempo procurando conversa. Muitas vezes acabava por ouvir confissões. Depois tinha sua opinião. Contava que às vezes atendia pessoa fechada. "De certo era estrangeiro. Muitos falsificam a identidade e conseguem se naturalizar", dizia.*

Quando indaguei sobre seus estudos, o garoto ficou todo sem jeito e surpreendeu ao dizer: "Pra que estudar?". Foi resposta inesperada. Meditei que não me havia aprofundado nas razões da educação. Não nos clichês "para enfrentar a vida, para vencer, para saber". Realmente, pra que se educar? Por que ir à aula todos os dias? Quantos sabem? Muitos vão unicamente pressionados pelos pais, pela sociedade que "só quer o seu bem". Falta-lhes interesse, motivação. E esse garoto parecia não entender o valor do estudo. Como me mantive calado, procurou justificar-se: "Trabalho só pra pagar a pensão e pra comer". Falou da impossibilidade de estudar, pois em apenas um turno de trabalho não seria possível a sobrevivência. Havia interrompido os estudos na segunda série por falta de condições.

*Não, não tenho o costume de perguntar sobre a vida alheia, o que o engraxate me contou foi espontaneamente. Estava estudando, não sei em que série. Ia mais ou menos nos estudos, mas não dava importância a isso. Só queria uma coisa na vida: aprender inglês e ser guia. "Esses sim é que ganham dinheiro, dólar, passeiam por lugares interessantes e seu único trabalho é ficar falando, explicando", dizia entusiasmado. Depois discorria sobre seus conhecimentos em espanhol: "Um paraguaio diz* bueno dia, *ou* bue dia; *na fala de um espanhol tem uma diferencinha:* buenoss diass, *puxam mais o esse, já um argentino fala* buenos dias*". É, quem sabe não estivesse certo.*

Sua família era do interior do município: o pai, um pintor que tentava sustentar os oito filhos. O garoto viera sozinho para a cidade, sonhando melhorar de vida. Trabalhar, estudar, viver com um mínimo de dignidade. Pensei em muitas crianças que vão à aula somente por ir, como se fizessem um favor. Entendem a educação como algo pesado, difícil, que lhes é imposto, uma obrigação da qual têm que se livrar quanto antes.

*Que coisa curiosa! Caco nem parece prestar atenção quando falo. Entusiasmou-se em sua narrativa. Nem me ouve. Parece ter diante de si o garoto de quem fala. As pessoas às vezes se empolgam ao ouvir a sua própria voz e se esquecem dos outros. Era interessante vê-lo a olhar e falar de si para si. Que importa? Pouco sei sobre a vida do garoto que cuidava de meus sapatos. Lembro-me que um dia passávamos próximos a um barco e ele contou-me que seu pai fora o construtor. Sei lá se não estava mentindo, pois alguns procuram concretizar desejos e sonhos em conversas, como se pela palavra pudessem realizar. Ou sentir-se realizados?*

Lembrei-me de minha infância. Que dizer daquele jovem que não vivia infância? Desde cedo aprendera a se virar, a enfrentar, mesmo sem preparo. Recordei a Constituição: a escola é um direito de todos, mas, além de taxas e exigências de material escolar, é difícil conseguir vaga em escolas públicas. Ele também precisava se alimentar, morar. Sem trabalhar, como seria? Tudo isso me chocou: senti-me pequeno, culpado. Estava diante de uma pessoa que mostrava fibra, pois sua batalha era pela sobrevivência. E, apesar de tudo, sabia sorrir! Diferente da garotada que vai à aula sem se preocupar com nada, muitas vezes de cara amarrada.

*Muitas pessoas provenientes de famílias de condição modesta que alcançaram melhor posição social têm prazer em encontrar gente humilde. Sentem-se grandes. Constatar que no mundo sempre há quem esteja em dificuldades, para esse tipo de gente, faz bem. O garoto se considerava "muito esperto", como dizia. Quando engraxava o sapato de um americano, sabia dizer* "One dollar, please. Thank you!"; *um alemão,* "Fünf Mark, bitte schön"; *paraguaio,* "Trescientos guaranies"; *argentino,* "Cien pesos"; *espanhol,* "Doscientas pesetas, por favor. Mui amable" *e assim por diante. Quando conhecia alguém que dominasse outra língua, tratava de aprender o que lhe interessava.*

Estava impressionado com o menino. Sua personalidade e seu caráter estavam em formação. Embora não fosse à escola, aprendia com a vida. Talvez melhor. Não lhe ensinava o que não interessava, somente o que realmente precisava saber. Era inteligente e sua forma de narrar provava que para se expressar é necessário vivência. No futuro, quem sabe teria oportunidade de estudar e o faria mais rapidamente, aproveitando realmente o que a escola pudesse acrescentar a sua vida. Imaginei daqui a algum tempo aquele garotão lutador ao lado de um desses escolares desinteressados. No confronto: um "vivido" e outro "escolado", em quem apostar?

*O homem e a hora são um só*
*Quando Deus faz e a história é feita*
*O mais é carne, cujo pó a terra espreita.*

Fernando Pessoa. *Mensagem.*

*Sabe, Caco, o engraxate que conheci me lembra vagamente o garçom que nos traz o chope gelado e nos faz mesuras.*

Espere, Mirandelo, deixe-me concluir: depois que paguei o simpático garoto que não podia estudar, ele indagou "Só isso?", encostou-me um canivete no pescoço e levou toda minha grana, relógio, corrente de ouro... "É a sobrevivência", desculpou-se quando fugiu correndo. Ele também me lembra este... Hei, garçom, por favor! "Pois não?" Desculpe, mas você não foi engraxate? "Sim, quando eu era garoto. Batalhei muito e hoje sou sócio deste restaurante. Mais alguma coisa?"

**Ricardo Uhry** nasceu em Santo Ângelo (RS) e, em 1988, radicou-se em Curitiba (PR). É mestre, especialista em Literatura pela Universidade Federal do Paraná, licenciado em Letras (Unijuí e Uri, RS), ex-diretor de Comunicação e Marketing da Fundação Banco do Brasil. É educador, autor de *Serendipidade: 1. O Jogo das Máscaras, Estratégias de Comunicação Interativa, Estratégias de Comunicação Social, Gestão Empresarial: Estratégias Organizacionais* e pesquisador.

# A palavra e o sonho*

Rodolfo Konder

As palavras escritas frequentemente escoiceiam as verdades oficiais, como cavalos alados. Mordem os torturadores, atacam os corruptos e os burocratas, conduzidas pela ética de quem as organiza. Além disso, elas nos fazem sonhar; abrem portas, janelas, cofres, alçapões e caixas de Pandora; permitem que as flores nasçam em pleno asfalto; transformam o naufrágio da velhice num tempo de ventura, quando restam apenas "O homem e a alma". As palavras escritas nos levam à Dinamarca ou nos transportam sobre as águas geladas do Báltico; percorrem conosco as veredas do Central Park, cobertas pelas folhas mortas de um outono tardio; hospedam-nos num maravilhoso castelo do século 14, em West Sussex, junto a um cemitério; revelam-nos os mistérios dos maias e dos tehotihuacanos, dos toltecas e dos babilônios, dos minoicos e dos astecas; descem suavemente com a neve sobre os vivos e os mortos; desvendam os segredos do passado – "este quimérico museu de formas inconstantes" – e antecipam as vertigens do futuro; iluminam Paris e Jerusalém; despertam paixões, ressuscitam os mortos e desafiam os poderosos. Elas são mágicas e possuem poderes ilimitados, orientadas pela estética de quem as organiza.

Há pessoas que sonham – e vão buscar nas palavras o meio de manifestar seus sonhos. Num delicado trabalho de ourivesaria, elas selecionam frases, fazem o polimento das concordâncias, montam parágrafos, para provocar emoções e despertar a imaginação dos seus leitores. Esses misteriosos seres, solitários e eternamente insatisfeitos, são chamados *escritores*.

Os escritores geralmente não sabem administrar bens nem lidar com dinheiro, não entendem de política cambial nem de juros acumulados. Às vezes, sofrem de insônia, pressão alta e enxaqueca. Vivem acossados pela insegurança: será que o meu livro vai fazer sucesso? Ficará encalhado? Você gostou do texto? Temem sempre os críticos, a rejeição dos leitores e, em certos países sombrios, a espada cega e implacável da censura. Mas essas criaturas de aparência frágil tornam a vida muito mais intensa, fazem das palavras um instrumento de magia, distribuem sonhos e emoções.

* Publicado no jornal *Linguagem Viva*, edição nº 260, ano XXI, abril de 2011.

Os regimes autoritários sempre odeiam quem escreve. Na América Latina, por exemplo, poetas, romancistas, críticos e jornalistas foram perseguidos, durante os chamados "anos de chumbo". Nos países socialistas também, porque as "ditaduras do proletariado" temiam os escritores e o poder desarmado de suas palavras. Até hoje, isso acontece em Cuba, no Marrocos, na Líbia, no Iraque, no Afeganistão, na China e em outras nações que ainda não se encontraram com a democracia.

Vezes os escritores acabam na prisão. Mas a cadeia não é o único mal que se abate sobre eles. Há processos variados de intimidação, ameaças, isolamento, desemprego. Há também a censura, que os brasileiros já conheceram em diversos períodos da vida nacional. Durante a ditadura de Getúlio Vargas – o período conhecido como "Estado Novo" –, tivemos um inesquecível exemplo da ação dos censores. Depois do golpe militar de 1964, também fomos obrigados a conviver com a censura, que se abateu sobre o país como uma praga, brandindo sua ignorância e sua truculência de forma implacável.

Apesar de todos esses problemas, apesar de tantos obstáculos, os escritores escrevem. São teimosos, quase obstinados. Escrevem sempre, mesmo na penumbra. Até na escuridão, escrevem e nos iluminam. Com o seu ofício, eles nos ensinam, nos enternecem, nos emocionam, nos humanizam, nos aprimoram. E nos fazem sonhar.

Num tempo já quase esquecido e tornado mítico, William Shakespeare escreveu: "Somos feitos da mesma matéria de que são feitos os sonhos." O sonho, portanto, é o nosso ponto de partida – e o nosso ponto de chegada. Talvez até nos acompanhe na viagem derradeira ao outro lado do tempo. "Morrer, dormir, quem sabe, sonhar...", sugeriu o próprio Shakespeare, um escritor que, mesmo morto, ainda nos oferece sonhos fantásticos com seus textos imortais.

**Rodolfo Konder** trabalhou como jornalista em revistas, jornais, estações de rádio e canais de televisão. Foi professor de Jornalismo na Fundação Armando Álvares Penteado (FAAP) durante um ano. Como escritor, foi conselheiro da União Brasileira de Escritores (2002/2004); e escreveu 20 livros. Recebeu o Prêmio Jabuti em 2001, pelo livro *Hóspede da Solidão*. Faleceu em 2014.

# O Manuelzão de Guimarães Rosa

Ronaldo Costa Couto

– Quem morre acaba, Manuelzão?

*– Ah, sô, a gente tá neste mundo é emprestado.*

Sempre sonhei contar um pouco da história de vida do vaqueiro e tropeiro Manuelzão e seu modo de ver o meio-mundo em que nasci e cresci, os Gerais de Guimarães Rosa. Mostrar o sábio sertanejo de carne e osso. O personagem imortalizado em *Manuelzão e Miguilim*, também perceptível nas linhas e entrelinhas do hipnótico *Grande sertão: veredas*.

Mergulhei na vida dele, entrevistei parentes e amigos, ouvi pesquisadores, li, reli e organizei tudo que pude garimpar. Fui vê-lo e revê-lo na sonolenta e miúda mineirinha Andrequicé. Algumas dúzias de casas simples e uma igrejinha a 30 quilômetros de 3 Marias e 280 de Belo Horizonte. Maior de 90 anos, magro, longa barba branca, Manuelzão vivia com Didi, sua segunda mulher, maior de 80. Ficamos amigos para sempre.

Seis entrevistas, muitas horas de prosa e gravação, fotos. Meu limite era o seu cansaço. Momentos mágicos, de pura inteligência e delicadeza. Muita simplicidade, muita profundidade. A paciência, a fala mansa e imantada, o olhar de mundo diferente, a sabedoria, a desconfiança nos poderosos, os sentimentos, a vida e a morte, Deus e o diabo. O sertão de todos nós, que está em toda parte. Aventuras, dor, ódio, alegria, coragem e covardia, andanças, travessias e travessuras, leitura de corpo e de alma de homens e mulheres, a compreensão dos bichos e plantas. O amigo João Rosa, Miguilim, Riobaldo e Diadorim, a inesquecível mula Balalaica, o amor e o humor. Na última entrevista, encontrei-o de pé na porta da casa singela. Brinquei:

– O movimento hoje tá parado, hein Manuelzão?

*– Companheiro tá no mio e eu já tô no fubá. Movimento parado nunca vi, não. Nem de vivo nem de morto.*

– Você completou quantos anos?

*– 182!*

– O quê?!

*– Eu conto os dia e as noite, então o cárculo meu sai dobrado.*

Comecei a escrever o livro de Manuelzão, mas fui atropelado pela vida. Muita pressão e pressa, urgências, outras coisas e motivos, necessidade de viver vidas alheias até mais do que a minha. A obra empacou pertinho de ficar pronta. Noite dessas, Manuelzão me visitou. Magro, alto, altivo, montado num garanhão branco, rédeas vermelhas nas mãos. Nem apeou. Parecia feliz. Me cumprimentou sorrindo, tocando o chapéu, cofiou a comprida barba branca, fixou os vivos olhos verdes diretamente nos meus, perguntou pelo livro e saiu em disparada do meu sonho.

Tenho o dever de libertar logo a obra dele. Segue um trecho, sem retoques.

> – Manuelzão, você chefiou a comitiva de vaqueiros que levou aquela boiada daqui do São Francisco para Araçaí, em 1952, junto com o Guimarães Rosa. Mais de 300 reses, 40 léguas, 11 marchas. Ele ajudou vocês com o gado?
>
> *– O João Rosa foi ouvino as história. Tomava nota de tudo quanto há. Tinha um caderninho de espiral marrado no pescoço e um lápis. Tudo que ele via, ele perguntava. Via uma arve de sicupira... quando a fôia dela tá nova é meio roxa, né? Mas na hora que madura, ela fica um verde iscuro. Aí ele queria saber por quê. Um mesmo capim, num lugá mais fundo ficava verde e num lugá mais seco, não. Aí ele inquiria tudo, feito vigário enxerido. Ocê tinha que dá a definição daquilo tudo e ele tomano nota. Conversava com todos.*
>
> – O João Rosa era bom cavaleiro?
>
> *– No primeiro dia que nóis foi no campo ele bebeu um copo de leite e comeu um biscoito fofo que a patroa tinha feito. E nóis saiu. Aí eu falei: "É só hoje que ele vai aguentá!". Mas ele até que sabia andá a cavalo, era bom cavaleiro. Aguentô!*

Manuelzão galopou para o céu imenso do sertão em maio de 1997, aos 184 anos.

Saudade de Manuelzão, saudade dos meus Gerais, de minhas raízes nas entranhas do Brasil profundo.

**Ronaldo Costa Couto**, mineiro de Luz, é doutor em História pela Universidade de Paris-Sorbonne (Paris IV) e economista pela UFMG, onde lecionou. Jornalista, pesquisador, homem público. Foi coordenador geral da fusão dos antigos estados da Guanabara e do Rio de Janeiro e exerceu diversos cargos públicos. Autor de *Matarazzo* (2004), *Tancredo Vivo* (1995), *História Indiscreta da Ditadura e da Abertura* (1998), *Memória Viva do Regime Militar* (1999), *A História Viva do BID e o Brasil* (1999) e *Brasília Kubitschek de Oliveira*. Membro do Instituto Histórico e Geográfico do Distrito Federal, da Academia Brasiliense de Letras, da Academia Mineira de Letras e do Instituto Victor Nunes Leal.

# O BURRINHO GENIVAL

Thereza Freire Vieira

Com o tempo, as coisas que nos cercam, até as pedras, fazem parte de nossa vida e não se consegue separar delas sem muita mágoa e apreensão.

Burrinho Genival já fazia parte da família e era de grande utilidade. Vivia carregando lenha, quando o seu Francisco ia lenhar sempre o levava e, enquanto procurava os galhos de árvores e ia acumulando num determinado lugar, o burrinho Genival ficava pastando por perto. Amarrava em seu lombo o feixe de lenha e ele ia voltando mansamente. Era ele quem carregava feixes de cana na hora de fazer o melado, a rapadura, e quando não tinham quem rodasse a moenda era ele que o fazia.

Enquanto o burrinho ia rodando calmamente, seu Francisco não se esquecia de levar sempre uma braçada de capim, e ele parava por alguns momentos para comer. Os filhos diziam para o seu Francisco: – Esse burrinho está muito manhoso, pai. Não dê moleza para ele!

– Até a gente precisa de descanso, por que ele não pode dar uma paradinha?

– Ele é gente, pai?

– Não, mas é filho de Deus, como todos os seres vivos.

Os filhos saíam rindo e diziam brincando: – O pai está caduco. Mas eles sabiam que não era o caso de seu Francisco. Ele sempre tratou o burrinho como um elemento da família.

O burrinho Genival nasceu no mesmo dia que a irmã mais velha Catarina. Catarina tinha trinta e seis anos! Estava quase empacando e o burrinho continuava a trabalhar no pesado. Pesado mesmo não era, porque o pai não deixava e muitas vezes diziam que o pai era mais amoroso, mais complacente com o burrinho do que com eles, que eram seus filhos.

– Vocês sabem se defender, o Genival não.

Quando os rapazes o levavam para algum serviço ele empacava, podiam puxar, arrastar, empurrar e ele não saía do lugar.

– Que bicho besta, teimoso! – eles gritavam, e o pai, na porta de casa picando fumo para fazer o seu cigarrinho de palha, abaixava a cabeça e assim o chapéu cobria o seu sorriso. Ele não queria irritar os filhos, mas o Genival só era bom mesmo para trabalhar com ele. Era preciso jeito, agradar, alisar o seu lombo, falar mansinho com ele. Sabe que até conversavam muito bem. É claro Genival não conseguia falar, mas ele falava, contava os seus problemas e o burrinho olhava para ele com aquele olhar manso, doce, como se quisesse consolá-lo.

Não sabia o que seria dele quando a sua mulher morreu. Saía às vezes montado em Genival, tentando ser leve, para não judiar do bichinho, ele desmontava, sentava sob aquele Jequitibá imenso, naquela sombra gostosa, e ali ele podia chorar tranquilo, conversar com a mulher, que não devia tê-lo deixado tão sozinho. Tenho os filhos. E filho é companhia para um homem com aquela idade? Ele não era mais criança, porque foi se meter a ter mais um filho? Sua mulher queria, mas custava ele ter falado não? Dissesse não e pronto, ela ainda estaria ali e ele não ficaria tão desesperado para criar os filhos. Mas ele não sabia dizer não para a sua companheira, que tantas alegrias havia lhe dado. Pronto. Foi mais burro que Genival. E Genival balançava a cabeça confirmando. Ele ficava horas inteiras conversando com o seu amigo e depois voltava para casa, mais aliviado e com mais coragem para enfrentar os seus problemas.

Quando Genival desapareceu, pensaram que seu Francisco ia enlouquecer. Ficava correndo pelos campos, gritando o seu nome. E se ele tivesse morrido? Não, Genival não ia fazer isso com ele! Imagine, Genival morrer. Não adiantava os filhos dizerem que Genival estava velho, cansado... Está tão bom como nos seus primeiros anos de vida. Não falem bobagem, dizia seu Francisco quase gritando.

A vizinhança toda ajudando a procurar o burrinho Genival, todos sabiam o que esse animal representava para o seu Francisco.

A noite mal dormida e a ansiedade de seu Francisco fez com que ele duvidasse de ter ouvido o relincho do animal, mas quando se repetiu várias vezes e parecia haver tristeza naquele som, seu Francisco levantou-se desesperado e foi encontrar Genival à porta da cozinha.

Atirou-se sobre ele, abraçando-o desesperadamente, beijando e chorando. Todos da casa saíram para ver o que havia acontecido.

– Quem roubou não conseguiu fazê-lo trabalhar, Genival quando empaca dá nos nervos, diziam os filhos.

**Thereza Freire Vieira** é médica geriatra formada na Faculdade Nacional de Medicina, no Rio de Janeiro. Membro de várias academias e associações literárias, possui mais de 57 livros publicados, entre romances, biografias, teatro e livros infantojuvenis. Participa da Sociedade Brasileira dos Escritores Médicos. Recebeu o Prêmio Luiz Jardim, na Academia Brasileira de Letras, pelo livro infantil *Tuti – O Cãozinho Carente* e o Prêmio Alejandro J. Cabassa, pelo romance *Implosão*, em concurso promovido pela UBR. Mantém coluna na revista *Brasília*.

## Quando escrevo, é de noite!

Thiago Sogayar Bechara

Tenho dormido tarde ultimamente. Aproveitado o que a noite possa ter de útil. Toda hora do dia em que eu escreva é de noite e, por isso, vejo que esta é, de fato, a melhor hora para se estar vivo. Quando canto, também algo há de noturno e que me envelhece. Minha paixão pelas palavras é a mesma que nutro pela chuva. Só que não sei chover com elas. Nem molhar o coração de quem me lê. O meu, sim, se inunda. De não palavras.

Chover legitima a existência das coisas. Parece que com o chão molhado elas existem mais. Ficam realçadas pela nossa desatenção sobre elas. E eu precisava dizer sobre isso. E sobre como me comove ver que elas existem. Elas todas como prédios, carros, asfalto, fiação, escapamento e sabiás. Para tudo, há uma alternativa de ser. Vai-se sendo assim ou assado. E quando chove, também é esse assado. Um jeito outro de ser o mesmo. Cada gota traz em si o reflexo do mundo onde cai. Olho da janela os espelhinhos que apresentam para mim o seu teatro mágico! Misteriosos porque eles também cantam. A minha voz, sim, eu sei molhada. Quando canto no chuveiro. Mas na chuva, é seca. Enxuta e bela como o gesto sábio de um monge. Apenas necessária. E essa contenção me obriga a ser passivo e a aprender rapidamente os ensinamentos da chuva antes que ela pare. Antes que faça doer de novo a consciência de estar vivo. Como agora!

Aí então passo a dormir mais tarde. Se é que há algo de útil na noite, senão a anestesia de saber-se resguardado. De qualquer forma, há minha simpatia por ela. E é tão bom ter algo por que sentir essa incondicional simpatia, que me acarinha. Será que escureço meus leitores como se no momento em que se abrissem meus livros esta névoa de anoitecimento levantasse também de suas páginas? Essas dúvidas vêm me tirando o sono, me obrigando mais e mais a pensar nelas e a escrever mais livros. O que é isso, afinal? Algum tipo de destino que não espera de mim menos que uma grande resposta a isso tudo? Não. Isso sou eu quem me cobro. Mas um destino que persiga a ideia de que a mim fora dada a inquietação da lucidez? Que lucidez é esta, se quanto mais me busco menos encontro quem de fato eu seja.

Talvez eu nem seja nada e pronto. E não há causa para texto algum. Nem mesmo destino haja. É que tudo se resume ao já e, neste já, algo está me deixando aberto como um pedaço de carne sobre a mesa. Inconcluso por não ter aprendido a ser. E é neste já que tudo ocorre. Mas não se trata de complô do acaso. Estou, ainda, em tempo de esquecer-me enquanto centro de qualquer coisa que seja. Mas há meu sofrimento e esse ninguém me toma. A certeza da lacuna aberta.

A noite, em mim, é o dia de um eu perfeito e sem lacunas. Eu seria todo durante o dia. E pronto! Gozando do que eu fosse e do que os outros saberiam que eu era. Mas uma parte de mim ainda tem de ser à noite. Não há como prescindir deste momento. Seria luxo ter o aval de tanta luz + acidez = lucidez. Digo isso porque são nestas horas que aproveito para projetar novamente tudo o que desejo de minha existência. E sabendo-me, por hora, incapaz de executar o projeto, ainda tomar fôlego para mais um dia de incubação deste novo eu que – algum dia haverá?

Entretanto, ainda sabendo desta não-serventia utilíssima da noite em mim, há meu amor, o que a torna bem-vinda em qualquer circunstância e isso me surpreende. Surpreende por não haver motivo para se estar surpreso. É que em toda a minha vida não há ineditismo em amar incondicionalmente as coisas. E quando amo, entretanto, me alivio e me espanto. Por que não simpatizaria com a noite que me traz, senão salvação, alívio momentâneo?

Deixei a antiga casa de Ribeirão Claro e vim-me embora pra São Paulo ter a vida que eu não pedi a ninguém. Estou bem. Ao menos por estar vivo. Tem tudo transcorrido – isto é tudo. É o que importa. Sair desta estagnação. A noite é quando o mundo abaixa a guarda e deixa em paz a angústia dos que se atormentam ao saber que alguém pode ainda não ter se deitado.

Mas faz parte da calmaria sabê-la frágil. E todo mar, ainda que manso, é fundo e desconhecido. Assim é o dia em mim, aguardando seu término. E eu duro o tanto quanto for profundo este oceano. Por isso é que, mesmo desatento ao chão molhado, algo nele me realça a certeza de pertencimento a um universo, a alguma lógica. Porque de solidão já basta esta de ser dono das palavras que me escapam. Que chova, mas que todos, nela, saiam encharcados. Por isso deito em seus úmidos braços e bebo cada gota deste bálsamo sagrado. A garantia de alguma existência nisso aqui.

**Thiago Sogayar Bechara**, paulistano nascido em 1987, é autor dos livros de poesia *Impressões*, publicação independente de 2002, e *Encenações*, com prefácio do jornalista Heródoto Barbeiro. Formou-se em Jornalismo pela Universidade Presbiteriana Mackenzie e é especializado em Jornalismo Cultural pela Fundação Armando Álvares Penteado (FAAP). Desde 2005, colabora com o portal do *Jornal Jovem*, escrevendo resenhas, contos, crônicas e produzindo edições especiais.

**GRÁFICA PAYM**
Tel. [11] 4392-3344
paym@graficapaym.com.br